Franz Kafka

Der Verschollene

失蹤者

法蘭茲・卡夫卡 著
姬健梅 譯

關於本書《失蹤者》

木馬文化編輯部

本書為法蘭茲・卡夫卡寫於一九一二年九月起至次年一月二十四日間的未完成作品。卡夫卡於一九一二年十一月十一日寫給當時女友菲莉絲・包爾（Felice Bauer）的信裡，提到作品名稱與分章規畫：「我正在寫的這個故事，其規模可說是無邊無際，為了讓您先有一點概念，這篇故事名叫《失蹤者》，背景是在北美洲的美利堅合眾國。目前已完成了五章，第六章也接近尾聲。各章的標題為：一、司爐，二、舅舅，三、紐約近郊別墅，四、徒步前往拉姆西斯，五、西方飯店，六、魯賓遜事件。——我列出這些標題，就彷彿別人能從這些標題想像出其內容似的，但他人當然無從想像，而我想把這幾個標題存放在您那兒，直到它成為可能。經過十五年來迄今無解的苦惱，這一個半月以來我在這第一篇較長的作品中感到安適。」一九一三年五月，本書第一章以《司爐：一則斷簡》（*Der Heizer: Ein Fragment*）為名，出版於庫特・沃爾夫出版社（Kurt Wolff Verlag）的《最新一日》（*Der jüngste Tag*）文學叢刊。一九一四年夏季，卡夫卡短暫提筆續寫，並寫下親自提名為〈布魯內妲出行記〉（Bruneldas Abreise）的四頁手稿；十月，寫作卡爾・羅斯曼被「奧克拉哈馬大劇場」雇用的全新篇章，標注分章符號，以寥寥幾行起頭後旋即中止。

卡夫卡的遺囑執行人暨摯友馬克斯．布羅德（Max Brod）於一九二七年擘畫以《美國》（*Amerika*）為名出版這部未竟之作，將卡爾離開西方飯店以後的章節定名為〈庇護所〉（Ein Asyl），新章則定名〈奧克拉哈馬露天劇場〉（Das Naturtheater von Oklahoma）接續其後。一九八三年，德國費舍爾出版社（S. Fischer Verlag）編者約斯特．席倫邁（Jost Schillenment）根據卡夫卡的原始手稿重建，保留原稿的拼字和標點，還原布羅德所修改及刪除的部分，並將卡夫卡一九一四年新寫的內容劃分為「殘稿」，以原始標題《失蹤者》為名出版校勘本。爾後，本作即以《失蹤者》為讀者所熟知。

本書依循校勘本架構，期望透過忠實呈現的原稿文字，帶讀者一同領略卡夫卡筆下規模「無邊無際」、壯闊的美國風景。

二〇二四年十二月

導讀
一部卓別林式的美國喜劇

台北藝術大學戲劇系兼任助理教授　耿一偉

小說一開始，卡爾・羅斯曼搭船到紐約，但請讀者留意一下，卡爾看到自由女神是持劍的。這不是很奇怪嗎？自由女神像應該是握著火炬的，卡夫卡卻說是手裡拿著劍。

卡夫卡最早在一九一二年十一月十一日給菲莉絲（Felice Bauer）的信中提到正在創作《失蹤者》這部作品。但在此之前的六月一號，他已參加過捷克政治家索庫波（František Soukup）所舉辦的《美國及其官僚體制》幻燈片報告，也讀過索庫波的《美國》（*Amerika*），並依據後者資料來描繪美國。作為小說的開頭，美國夢的象徵，卡夫卡不太可能會弄錯自由女神的細節。除非他意有所指。

如果順著小說的發展，卡爾的美國行，如同他看到的自由女神是拿著劍，總是令人感覺不友善，四處充滿威脅的（這裡也有點精神分析的意味，持劍的女神當然不是事實，只是卡爾的幻象）。在美國大半的經驗裡，卡爾如同其他卡夫卡長篇小說如《審判》（*Der Process*）或《城堡》

（*Das Schloss*）的原型人物一般，總是莫名被判了罪，毫無辯解的理由，卡爾就被參議員舅舅逐出家門，被飯店開除等等。唯一的差別是，這個年輕人似乎還沒有那麼絕望，總是會為了自己的權益奮鬥。即使從小說最後結尾看，搭著火車準備前往奧克拉哈馬州的卡爾，比剛來美國時對未來更充滿了希望。

仔細閱讀後來被馬克斯．布羅德下標題為「奧克拉哈馬露天劇場」的最後兩章殘篇非常有意思，讀起來令人異常振奮。卡爾．羅斯曼在這兩段裡彷彿才真正踏上那個所謂自由美國的土地，所有的人物都充滿善意與理解，即使是卡爾說謊的時候也輕易取得他人的信任。不能不留意到的重大轉變，是卡爾自稱自己的名字是黑人（Nergo），然後他就被奧克拉哈馬大劇場錄取了。

相較之前的處處受限，黑人卡爾此時似乎是處在天堂。但也不是沒道理，因為從這一章的開頭，小說忽然進入一個類似超現實的世界，場面驚人：「幾百名女子打扮成天使，身裹白布，背上插著大翅膀，吹奏著金光閃閃的長喇叭。但她們並非直接站在舞台上，而是每個人各自站在一個基座上，不過別人看不見那基座，因為天使服裝飄逸的長袍蓋住了整個基座。由於那些基座很高，最高的大概接近兩公尺，這些女子的身形顯得十分巨大……」

如果將此處對照小說一開始對船上空間的陰鬱描述，我們不得不解釋成，數百位巨大天使吹喇叭的歡迎場面，是反轉了持著劍的自由天使的不安意象，從一開始的不懷好意轉化最後的慶祝。如果用電影的畫面來想像，卡夫卡用視覺的方式暗示讀者，卡爾終於登上美國，天使們終於歡迎他的到來。順著這樣的解讀，我們再來看小說的最後結尾，就能理解卡夫卡為何會用海浪的比喻來形容卡爾探出火車窗外的感受：「寬廣的山澗奔湧而來，在丘陵起伏的河底形成大浪，夾帶著成千上萬小小的泡沫浪花，湧向火車駛過的橋下，這些浪花如此接近，其涼意使人的臉打起寒顫。」彷彿這個結尾才是真正搭船抵達美國時該有的感受。

如果說，結尾暗示了《失蹤者》的基調是喜劇的，那麼讀者也會容易感受到，小說中不少場面都充滿喜感，甚至讓我們聯想到卓別林（Charles Chaplin）的默片。卡爾所面對的美國，像是充滿各種機械裝置的非人世界，比如他在舅舅房間看到充滿上百個格層並能用曲柄控制格層巧妙運作的大書桌，或是他工作的旅館有三十一部電梯上上下下等。《失蹤者》裡的眾多角色，更像是卓別林《摩登時代》（*Modern Times*）中，被工業與資本主義文明壓榨的小人物，而他們的行為舉止，往往也讓讀者聯想到默片式的笨拙誇張。

除了人物特質之外，我特別留意到，在小說中，卡夫卡花很多時間在描繪手部動作或姿態上頭，人物幾乎沒有臉部表情，大多數場面會用各種關於手的動作來透露人物的內心狀態。比如小說一開場關於自由女神的描述，就是她的手：「她持劍的手臂跟先前一樣高高舉起，自由的微風在她身旁吹拂。」

我在閱讀過程中，另一個驚訝發現，是於整篇小說的描述風格充滿了電影感。這不只是視覺畫面感，更多是我們習以為常的電影語法，而卡夫卡卻在默片時代的早期，就將這些電影語法運用自如。比如在第五章〈西方飯店〉有一段，提到卡爾的同事德蕾莎的母親在她小時候過世的情形：「她似乎失去了她靈活的身手，撞倒了那一堆磚，越過去向下墜落。許多磚塊隨著她滾落，過了好一會兒之後，某處一塊沉重的木板鬆脫了，砰一聲落在她身上。」這裡的文字在讀者腦海喚起的，是完全電影化的經驗——我們先看到一名女子從工地墜落，然後畫面又回到一塊搖搖欲墜的木板，接著這塊木板又再落下砸到她身上——這根本就是兩個鏡頭剪接在一起。

卡爾最後會被奧克拉哈馬大劇院所吸引，海報上寫著「我們歡迎每一個人」，這句話深深吸引了卡爾，即使他自稱為黑人，甚至沒有證件，他還是在此謀得一職。在藝術的創造世界裡，沒有人受壓榨，沒有欺瞞。「想成為藝術家的人請到這裡來！我們的劇場用得上各種人才，人人各得其所！決定要加入我們的人，我們在此向他道賀！」卡爾在最後失蹤了，取代的是獲得自由的新黑人。

卡夫卡難得寫了齣默片式的喜劇，這部小說歡迎每一個人，決定要加入《失蹤者》的人，我們在此向他道賀！

目錄

失蹤者

Der Verschollene

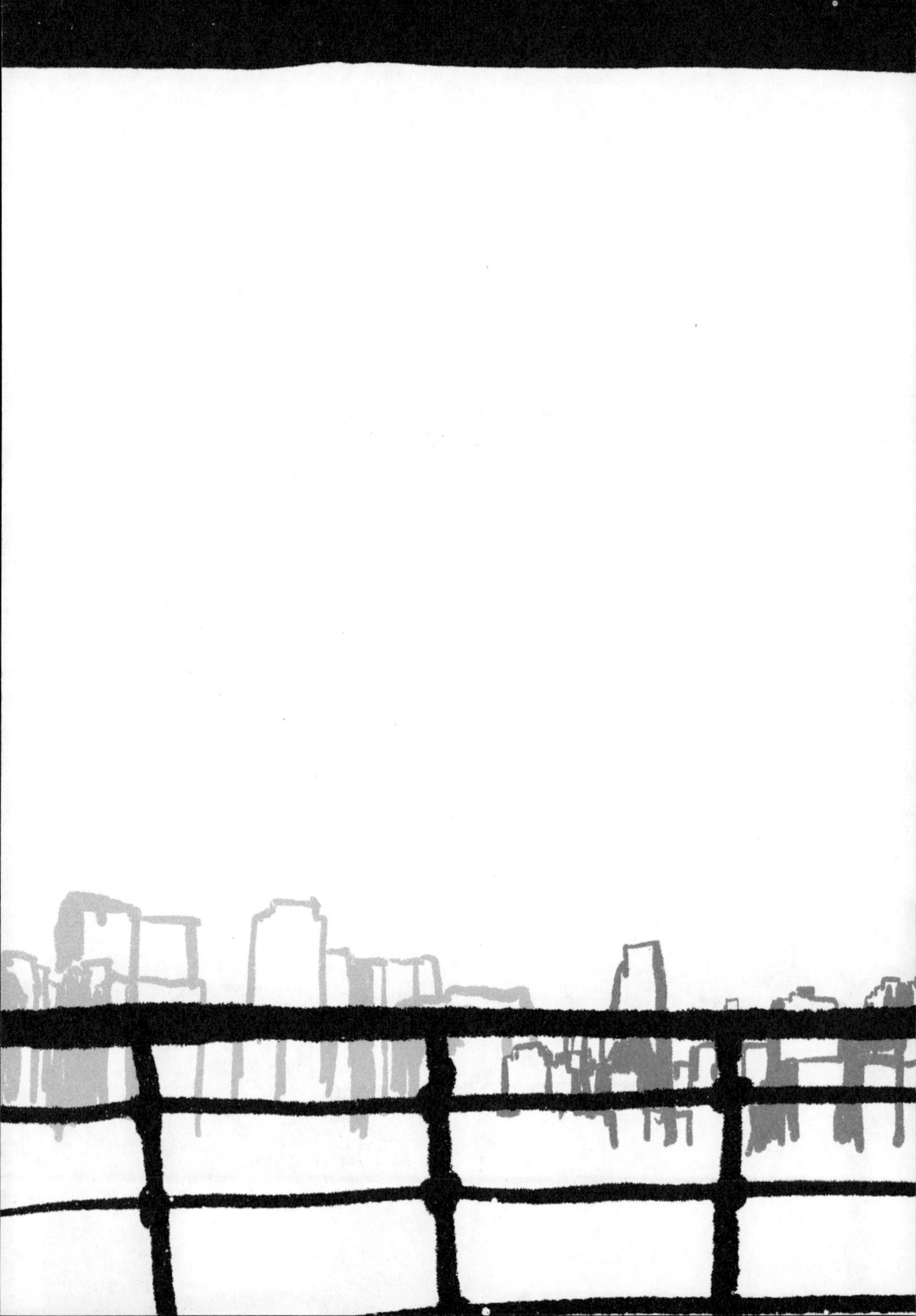

第一章　司爐

十七歲的卡爾．羅斯曼被他可憐的父母送往美國，因為一個女傭引誘他並且懷了他的孩子。當那艘已經放慢速度的船駛進紐約港，他像在一道忽然轉強的陽光中一眼看見他已觀察多時的自由女神像。她持劍的手臂跟先前一樣高高舉起，自由的微風在她身旁吹拂。

「真高啊。」他心想，雖然他還根本沒想到要走，但是一波波搬運行李的工人從他身旁經過，人數愈來愈多，漸漸把他擠到了甲板的欄杆旁。

一個與他在航程中有泛泛之交的年輕人經過時說：「哦，難道你還不想下船嗎？」卡爾笑著對他說「我反正已經準備好了」，一邊把皮箱扛在肩上，由於樂而忘形，也因為他是個強壯的少年。可是當他看著這個熟人輕輕揮動手杖隨著其他人一起走開，他才察覺他把雨傘忘在船艙裡了。他趕緊拜託這個熟人替他看一下皮箱，而對方看來並不怎麼樂意。他迅速掌握了位置，以便回來時能找得到路，就匆匆動身。遺憾的是，在船艙裡他發現一條能大幅縮短他路程的通道被封住了，這還是第一次，可能跟全體乘客將要下船有關。他只好穿過一個又一個的小空間、一再轉彎的走廊、一道接一道的短短樓梯、一個放著孤零零一張書桌的空房間，費力地去找他該走的路。由於這條路他只走過一、兩次，而且都是隨著一群人一起走，到最後他果然完全迷路了。他不知所措，而且因為他沒遇見半個人，只是不斷聽見頭頂上幾千雙腳走動的聲音，聽見已經停止運作的機器遠遠傳來最後一聲輕響，他便不假思索地敲起他在迷路中湊巧碰到的一扇小門。「門是開著的。」有人從裡面喊，卡爾把門打開，大大鬆了一口氣。一名壯漢尚未朝卡爾看過來就先問道：「你為什麼拚命敲門？」早已在船的上層被損耗掉的昏暗光線從一個天窗照進這間寒傖的艙房，一張床、一個櫃子、一把椅子和那個男子緊緊挨著，並排而立，有如存放在倉庫裡的東西。「我迷路了，」卡爾說，「在航程中我根本沒注意到，可是這艘船大得要命。」「是啊，你說得沒錯。」那男子帶點自豪地說，他在撥弄一個小皮箱的鎖，說話時並未停手，一再用雙手去壓那個皮箱，想聽見上鎖時發出的喀答聲。「你就進來吧，」那人又說，「你總不會要站在外面吧。」「我不會打擾你嗎？」卡爾問。「唉，哪會呢。」「你是德國人嗎？」卡爾還想確認這一點，因為他聽說過很多初到美國之人會遇上的危險，尤其是來自愛爾蘭人。「是啊，是啊。」那人說。卡爾還在猶豫。這時那人冷不防地抓住門把，迅速把門關上，連帶把卡爾推進了門內。「我受不了別人從走道上往裡面看著我，」那人說，又繼續弄他的皮箱，「每個人都從那裡經過，都要往裡面看，這誰受得了。」「可是走道上根本沒人啊。」卡爾說，他不舒服地擠在床柱旁邊站著。「沒錯，現在是沒人。」那人說。「我們談的當然是現在，」卡爾心想，「跟這個人很難溝通。」「你就躺到床上去吧，那裡位置比較大。」那人說。卡爾盡量爬進去，對於自己起初企圖跳上床卻沒能成功，他大聲笑了。可是他才爬進去，就喊道：「天哪，我完全把我的皮箱給忘了。」「你的皮箱在哪裡？」「在甲板上，一個熟人替我看著。可是他叫什麼名字呢？」他從母親為了這趟旅行而替他在外套襯裡縫上的暗袋抽出一張名片。「布特鮑姆。法蘭茲．布特鮑姆。」「你很需要那個皮箱嗎？」「當然囉。」「那你為什麼把它交給一個陌生人？」「我把雨傘忘在下面了，想去拿，但又不想拖著皮箱一起跑。結果我又迷路了。」「你就一個人？沒有人同行？」「是啊，就我一個人。」卡爾腦中閃過一個念頭：也許我該請這個人幫忙，我還能上哪兒去找一個更好的朋友。「結果現在你連皮箱也弄丟了。更別提那把雨傘了。」那人在椅子上坐下，彷彿卡爾的事現在引起了他一點興趣。「可是我相信我的皮箱還沒有搞丟。」「你願意這麼相信也隨你高興，」那人說，用力搔了搔他濃密的黑色短髮，「在船上，風俗會隨著港口而改變，如果是在漢堡，你那位布特鮑姆也許會看守那個皮箱，可是在這裡，他和皮箱八成都已經不見蹤影了。」「那我可得趕快上去瞧瞧。」卡爾說，同時環顧四周，看看他該怎麼出來。「你就待在這兒吧。」那人說，伸手在他胸口推了一把，簡直是粗魯地把他推回了床上。「為什麼？」卡爾生氣地問。「因為那沒有意義，」那人說，「等一下我也要走了，到時候我們一起走。皮箱如果已經被偷了，那就誰也幫不了你，你只能想念它一輩子；如果那個人還一直看著它，那他就是個笨蛋，就讓他繼續看著好了；也可能他只是個誠實的人，而把皮箱留在原地，那麼等到整艘船都空了，我們就更容易找到它。你的雨傘也一樣。」「你對這艘船很熟悉嗎？」卡爾猜疑地問，他的東西在空船上最容易找到，這個原本令人信服的想法似乎暗藏著什麼麻煩。「我可是船上的司爐*呀。」那人說。「你是司爐啊！」卡爾高興地叫道，彷彿這令他喜出望外，他撐起手肘，更仔細地打量那人，「在我和那些斯洛伐克人睡覺的艙房正前方有一扇小窗，從那扇窗可以看進機房。」「沒錯，我就在那裡工作。」司爐說。「我一向對技術很感興趣，」卡爾循著既定的思路說，「假如我不是非去美國不可，我將來肯定會成為工程師。」「你為什麼非去美國不可？」「唉，別提了！」卡爾說，把手一揮，表示這件事不值得一提，同時面露微笑看著司爐，彷彿就連那不曾招認的事也要請他包涵。「想來是有原因的。」司爐說，聽不出他這句話是想要求或拒絕卡爾講出這個原因。「現在我也可以當個司爐，」卡爾說，「如今我爸媽一點也不在乎我要做什麼。」「我的職位會空出來。」司爐說，由於對這件事有十足的把握，他把雙手插進褲袋，伸長了一雙腿往床上一擱，那雙腿裹在皺巴巴的鐵灰色皮褲裡。卡爾不得不再往牆邊挪一下。「你要離開這艘船？」「沒錯，我們今天就走。」「為什麼呢？你不喜歡當司爐嗎？」「嗯，這要看情況，喜不喜歡不見得是最重要的。不過你說得也沒錯，我是不喜歡當司爐。你大概並沒有下定決心要成為司爐，但是在這種情況下反倒最容易成為司爐。我堅決地勸你別這麼做。如果你在歐洲本來想上大學，為什麼在這裡就不想了呢？美國的大學還要好得多。」「是有這個可能，」卡爾說，「可是我幾乎沒錢上大學。雖然我曾經讀到過有人白天在一家商店上班，夜裡去讀大學，後來拿到博士，我記得他還當上了市長。可是這需要很大的毅力，對吧？我恐怕缺少這份毅力。再說我的功課也不是特別好，我一點也不難過離開學校。而且這裡的學校也許還更嚴格，我又幾乎不懂英文。我想這裡的人對外國人根本就有偏見。」「你也已經領教過這一點了嗎？這樣很好。那我就可以信任你。你看，我們明明是在一艘德國船上，這艘船屬於漢堡的美國航線班輪，可是船上為什麼不全是德國人？為什麼輪機長是個叫舒巴爾的羅馬尼亞人？這實在沒有道理。而這個狗東西在一艘德國船上虐待我們德國人。你別以為，」——他一口氣接不上來，揮動著手——「我是為了抱怨而抱怨。我知道你沒有影響力，自己也是個窮小子。可是情況實在太糟了，」他用拳頭重重敲了幾下桌子，敲時目不轉睛地盯著他的拳頭，「畢竟我已經在這麼多艘船上工作過，」——他一口氣說出二十艘船的名字，彷彿那就只是一個詞，卡爾聽得一頭霧水——「而且表現出色，受到稱讚，船長都很欣賞我，我甚至在同一艘商船上做了好幾年，」——他站起來，彷彿那是他人生的顛峰——「但在這艘破船上，一切都安排得井井有條，用不上什麼聰明才智——在這裡我卻不中用，總是礙著了舒巴爾，是個懶惰鬼，活該被趕走，靠著別人大發慈悲才能領到工資。這你能理解嗎？我不能。」「你不能容忍別人這樣對待你。」卡爾激動地說。他幾乎忘了自己置身於不安全的船艙裡，在一塊陌生大陸的海岸邊；在此處這個司爐的床上，他感覺像在家裡一樣。「你去找過船長嗎？你去向他據理力爭過嗎？」「唉，你走吧，你最好走開。我不想要你在這裡。你不仔細聽我說話，還要給我出主意。我怎麼能去找船長。」司爐又頹然坐下，用雙手捧著臉。「我沒法給他更好的建議。」卡

＊　司爐係負責在輪船、火車或大工廠燒鍋爐的人。

爾心想。他壓根就覺得他其實應該去拿他的皮箱，而不要在這裡出些只會被視為愚蠢的餿主意。當父親把皮箱永遠交給了他，父親曾開玩笑地問：你能保存多久呢？而這個珍貴的皮箱現在也許真的已經遺失了。唯一的安慰在於父親就算去探聽也無法得知他此刻的情況。輪船公司能說的頂多是他抵達了紐約。但卡爾感到遺憾的是那口皮箱裡的東西他幾乎還沒用到，雖然舉例來說，他早該換件襯衫了。也就是說，他在不該節省的地方節省；如今，在他職業生涯的開端，他正需要衣著整潔地露面，卻只能穿著骯髒的襯衫出現。這真教人沮喪。不然的話，失去那口皮箱也沒那麼糟，因為他身上穿的這套西裝甚至還比皮箱裡那一套更好，皮箱裡那一套其實只是用來應急，母親在他啟程之前還縫補了一下。他現在也想起來，皮箱裡還有一截產自維洛納的義大利臘腸，是母親替他裝進去的，當成一件額外的禮物，但他只吃了一點點，因為在航程中他毫無胃口，在統艙裡分到的湯對他來說就已經足夠。此刻他但願那截香腸就在手邊，可以拿來獻給司爐。因為卡爾從父親那裡得知，要博得這種人的好感很容易，只要偷偷塞給他們一點小禮物就行了，他父親就是藉著分贈雪茄而博得了所有與他有業務往來的低階職員的好感。此刻卡爾身上可送的東西就只剩下他的錢，而既然他說不定已經搞丟了皮箱，他暫時不想動用這些錢。他的心思又回到他的皮箱上，此刻他實在想不透，一路上他那麼小心地看守那口皮箱，幾乎連覺都沒睡好，現在卻如此輕易地讓人拿走了。他回想起那五個夜晚，當時他一直懷疑一個矮小的斯洛伐克人看上了他的皮箱，那人睡在他左邊第二個舖位上。這個斯洛伐克人在暗中窺伺，只等著卡爾終於撐不住而打起瞌睡，就可以用一根白天裡他一再把玩或練習的長棍子把皮箱拉到自己身邊。在白天裡這個斯洛伐克人看起來相當無辜，但是一到了夜裡，他就不時從他的鋪位上坐起來，眼巴巴地望向卡爾的皮箱。卡爾把這件事看得一清二楚，因為船上雖然明文規定不准點蠟燭，但移民者心中不安，總是有人不時點燃一支小蠟燭，試著解讀移民代辦處那些難懂的說明書。如果附近有這種燭光，卡爾就能稍微瞇一下，可是如果燭光離得遠，或是一片漆黑，那麼他就得睜大眼睛。這番辛苦弄得他精疲力盡。如今看來，他那番辛苦可能全是白費。這個布特鮑姆，哪天可別在什麼地方讓他遇上。

此刻從外面遠遠傳來短促的敲擊聲，像是發自孩童的腳，打破了在這之前的全然寂靜，那聲音逐漸接近，愈來愈強，最終成為一群男子平穩的行進。他們顯然排成一列而行，在狹窄的走道上這是自然而然的事，聽得見鏗鏗鏘鏘有如武器碰撞的聲音。卡爾本來差點在床上舒展身體，拋開對那口皮箱和那個斯洛伐克人的所有擔憂而睡上一覺，這時嚇得跳起來，推了司爐一下，要他終於注意到這件事，因為那個隊伍的前端似乎已經到了門口。「那是船上的樂隊，」司爐說，「他們剛才在甲板上演奏，現在要去收拾行李。現在一切就緒，我們可以走了。來吧。」他抓住卡爾的手，在最後一刻還從床鋪上方的牆上拿下一張聖母像，塞進胸前口袋，提起他的皮箱，帶著卡爾匆匆離開了艙房。

「現在我要去辦公室把我的意見告訴那些先生。船上已經沒有乘客了，不必顧慮什麼。」司爐把這幾句話翻來覆去地說了好幾次，行走中往旁邊踹了一腳，想去踩一隻橫越而過的老鼠，但只是把牠更快踢進了牠及時抵達的洞裡。他的動作根本就很遲緩，因為他雖有一雙長腿，但那雙腿卻太笨重了。

他們穿過廚房的一個隔間，幾個女孩繫著骯髒的圍裙——她們故意把髒水潑在圍裙上——在一個大木桶裡清洗餐具。司爐把一個叫琳娜的女孩叫過來，摟住她的臀部，帶著她走了一小段路，她不斷撒嬌地擠向他的手臂。「現在要發工資了，你要一起來嗎？」他問。「我何必費這個勁呢，還是你把錢拿來給我吧。」她回答，從他手臂下溜出去，跑開了。「你在哪裡撿到了這個漂亮男孩？」她還喊了一句，但並不想得到回答。聽得見所有的女孩都擱下了手邊的工作笑了起來。

他們卻繼續走，走到一扇門前，門的上方有一塊三角楣飾，由鍍金的小型女像柱扛著。以一艘船上的陳設來說，這看起來相當奢侈。卡爾看出他從不曾來過這個地方，在航程當中多半是只保留給頭等艙和二等艙的乘客，此刻船上即將進行大掃除，分隔門才被卸了下來。他們也的確已經遇見幾個揹著掃帚的男子向司爐打招呼。卡爾對這股繁忙感到驚訝，在他所待的統艙裡他對此自然所知甚少。沿著走道也鋪設了電線，同時一直聽見一口小鐘在響。

司爐恭恭敬敬地敲了門，聽到有人喊了「進來」，他做個手勢，請卡爾儘管進去不必害怕。卡爾也就走了進去，但是停在門邊。他看見大海的波浪在這個房間的三扇窗戶外，觀看海浪愉快的起伏讓他一顆心怦怦跳動，彷彿在這漫長的五天裡他並非時時看見大海似的。一艘艘大船交錯來去，只在船身重量容許的程度內向拍擊的浪花讓步。如果瞇起眼睛，會覺得這些船隻似乎由於沉重而在搖晃。桅杆上繫著狹長的旗幟，在航行中雖然被綳緊了，卻依舊來回舞動。禮炮聲響起，可能是從軍艦上傳來，這樣一艘軍艦在不遠處駛過，砲管由於鋼鐵外殼反光而閃閃發亮，似乎被這趟安全平穩但並非水平的航行所嬌寵。輕舟和小艇只在遠處可見，至少從門邊望過去是如此，它們成群結隊地駛進大船之間的空隙。而紐約市就矗立在這一切的後方，用摩天大樓的千萬扇窗戶看著卡爾。是的，在這個房間裡你知道自己身在何處。

三位先生坐在一張圓桌旁，一位是身穿藍色船員制服的高階船員，另外兩位是身穿黑色美國制服的港務局人員。桌上堆著高高一疊各式文件，高階船員手持鋼筆先把文件瀏覽一遍，再交給另外那兩位，他們一會兒閱讀，一會兒做摘要，一會兒把文件放進公事包裡，其中幾乎不斷輕輕磨牙的那一位不時口述些什麼讓他的同事記錄下來。

在窗前一張書桌旁坐著一位個子較小的先生，他背對著門，撥弄著面前一排大部頭的書，書擺在一個堅固的書架上，在頭部的高度。在他旁邊立著一個打開的錢箱，至少乍看之下是空的。

第二扇窗前無人，景色最好。第三扇窗戶旁邊卻站著兩位先生，正在小聲交談。其中一位倚著窗戶，也穿著船員制服，把玩著佩劍的劍柄。和他談話的那人面向窗戶，偶爾移動時使得前者胸前的一排動章露了出來。面窗之人穿著便服，拿著一支細竹杖，由於他雙手緊貼著臀部，那枝竹杖也像支佩劍一樣向外翹起。卡爾無暇一一細看，因為很快就有一名僕人朝他們走來，問司爐想做什麼，流露出彷彿他不該來此的眼神。司爐答道他想和出納主任談一談，答話和問話一樣小聲。僕人把手一揮，表示他本人拒絕這個請求，但還是踮起腳尖繞了個大圈避開那張圓桌，朝著在撥弄大部頭書本的那位先生走過去。清楚可見這位先生在聽見僕人所說的話時簡直愣住了，但終究還是朝著想和他談話的人轉過身來，然後對著司爐揮手，表示嚴峻拒絕，為了保險起見也對著僕人揮手。於是僕人回到司爐這邊，用彷彿向他透露祕密的口吻說：「你馬上滾出這個房間！」

聽見這個回答，司爐低頭望向卡爾，彷彿卡爾是他的心，他正默默向它訴苦。卡爾沒有多作考慮，拔腿就跑，穿過房間，甚至輕輕擦過那名高階船員所坐的椅子，僕人彎著腰追趕，伸出準備抓人的雙臂，宛如追捕一隻害蟲，可是卡爾最先跑到出納主任的桌旁，他抓緊了桌子，以防僕人想試圖拖走他。

當然，房間裡立刻熱鬧起來。桌旁那名高階船員一躍而起，港務局那兩位先生冷靜而專注地旁觀，窗邊那兩位先生並肩而立，僕人認為既然地位高的諸位先生已經流露出興趣，他就不該再待在那裡，便退下了。門邊的司爐緊張地等待需要他幫忙的時刻到來。出納主任終於在他的扶手椅上大動作轉向右邊。

卡爾從他外套的暗袋裡掏出護照，並不擔心讓這些人看見他的暗袋，他沒有進一步介紹自己，而把護照打開來放在桌上。出納主任似乎覺得這本護照無關緊要，因為他用兩根手指把它彈到一邊，於是卡爾把護照再塞回口袋，彷彿這道手續已經圓滿解決。接著他開口說：「恕我冒昧，我認為司爐先生受到了不公平的對待。這裡有個叫舒巴爾的人騎在他頭上。他曾經在許多艘船上工作過，別人對他十分滿意，他可以把那些船的名字一一唸出來，他做事勤快，盡忠職守，實在很難理解為什麼偏偏在這艘船上別人會認為他不稱職，舉例來說吧，這裡的勤務比起在商船上並不算太困難。因此，妨礙他升遷的只可能是毀謗中傷，讓他得不到本來肯定會得到的讚揚。關於這件事，我只說了個大概，他自己會向各位提出他想申訴的細節。」卡爾這番話是對著所有在場的先生講的，因為的確大家都在聽，而在所有人當中總該會有一個公正的人，不見得剛好就是那位出納主任。此外，卡爾很聰明地沒有提及他才剛認識司爐不久。而若非那位拿著細竹杖的先生的一張紅臉擾亂了他的思緒，他還會說得更加精彩，從他此刻所站的位置他才第一次看見這張臉。

「他說的句句都是實話。」司爐說，雖然還沒有人問他，甚至根本還沒有人看他一眼。司爐這樣操之過急本來會是一大錯誤，若非那位佩著勳章的先生顯然已經拿定主意要聽聽司爐說的話，此時卡爾恍然明白那人肯定就是船長。因為那人伸出手，用斬釘截鐵的堅定聲音向司爐喊道：「你過來！」現在一切都取決於司爐的舉止，因為卡爾毫不懷疑正義站在他這一邊。

幸好司爐在這個場合顯示出他是個見過世面的人。他冷靜過人地從小皮箱裡一把抓出一疊文件和一本筆記簿，完全不理會那位出納主任，逕自朝船長走去，把他的證據攤開在窗台上，彷彿這是理所當然的事。出納主任沒有別的辦法，只好也走過去，向大家解釋：「這個人愛抱怨是出了名的，他待在出納處的時間比待在機房的時間還要長，把舒巴爾這個冷靜的人都快逼瘋了。」他轉身向司爐說：「你聽著！你的糾纏不休實在太過火了。別人已經多少次把你從支薪處趕出去，以你那些無一例外完全不合理的要求，你也活該被趕出去！你有多少次從那裡跑到出納總處這兒來！有多少次別人對你好言相勸，說舒巴爾是你的直屬上司，身為他的屬下，你必須服從他！現在你居然還趁著船長在場時到這兒來，一點也不害臊地騷擾他，還放肆地帶了這個小毛頭來替你發言，提出這些無聊的指控，我在這艘船上根本是第一次看見這小子。」

卡爾勉強按捺住跳向前的衝動。而船長也已經說話了：「我們就聽這個人說說看吧。反正我也漸漸覺得舒巴爾有點太過自作主張。不過，我說這話並非就表示對你有利。」後面這句話是對司爐說的。船長當然不可能馬上就替他出面，但一切似乎都走在正確的路上。司爐開始說明，一開始就克制住自己，而用「先生」來稱呼舒巴爾。卡爾高興極了，他站在出納主任離開的書桌旁，開心地一直去壓一個信秤。舒巴爾先生不公平。舒巴爾先生偏袒外國人。舒巴爾先生把司爐趕出機房，讓他去掃廁所，那肯定不是司爐分內的工作。有一次甚至還懷疑起舒巴爾先生的能幹，說他其實只是看似能幹，事實上並非如此。聽到這裡，卡爾猛盯著船長看，眼神親切，彷彿船長是他同事，免得司爐那有點笨拙的表達方式影響了船長對司爐的印象。畢竟從司爐說的這一堆話裡聽不出什麼究竟，雖然船長仍舊看著前方，眼神流露出他下定決心這一次要聽司爐把話說完，但其他幾位先生卻漸漸不耐煩了，不久之後，司爐的聲音就不再能絕對掌控全局，這令人有點擔心。那位穿便服的先生首先用他的細竹杖去敲鑲木地板，雖然聲音很小。另外幾位先生當然偶爾會朝那邊看一眼，兩位港務局人員顯然趕時間，再度拿起文件翻閱，雖然還有點心不在焉，那名高階船員又朝桌子挪近了一點，而出納主任認為自己贏定了，諷刺地深深嘆了口氣。似乎只有那個僕人沒受到眾人注意力分散的影響，對於這個受制於大人物的可憐人的痛苦，他有部分能感同身受，嚴肅地向卡爾點頭，彷彿想藉此說明什麼。

與此同時，港口的日常生活仍在窗前繼續進行，一艘平板貨船載著堆成小山般的圓桶駛過，使得房間裡頓時幾乎一片漆黑，那些圓桶想必堆放得異常整齊，才不至於滾動；小型汽艇隨著掌舵男子雙手的顫動筆直地呼嘯而過，假如卡爾此刻有時間的話，就能看得更仔細一點；奇特的浮體偶爾自行浮出動盪不安的水面，隨即又被淹沒，在驚異的目光下沉入水中；遠洋輪船的小艇由奮力工作的水手划著向前，上面載滿乘客，他們滿懷期望地靜靜坐著，就跟別人把他們塞進小艇時一樣，雖然有些人忍不住轉頭去看那不斷變換的景色。一種無休無止的活動，一種騷動，從不安的海水傳到無助的人們身上，也感染了他們的行動。

這一切都催促著要快速、明瞭、敘述明確，可是司爐在做什麼呢？他固然說得滿頭大汗，顫抖的雙手早已拿不住放在窗台上的文件，對舒巴爾的怨言從四面八方湧上他心頭，依他的看法，每一個怨言都足以將這個舒巴爾徹底埋葬，可是他能向船長呈現的就只是一片可悲的混亂，把所有的事情都攪在一起。拿著細竹杖的先生早已對著天花板輕輕吹起口哨，那兩位港務局人員把那名高階船員留在桌旁，一副再也不打算讓他離開的表情，出納主任很想干預，顯然只是由於船長態度冷靜才沒有插手。僕人則以待命的姿勢隨時等待船長下達一道針對司爐而發的命令。

這時卡爾不能再袖手旁觀。於是他緩緩走向那群人，一邊走一邊迅速思考該如何盡量巧妙地插手。此事也的確刻不容緩，只要再過一會兒，他們倆很可能就會被趕出辦公室。船長固然可能是個好人，而且卡爾也覺得此刻他格外有理由要表現出自己是個公正的上司，但他畢竟不是別人可以任意擺布的工具——而司爐卻正是這樣對待他，當然，這是由於司爐的內心有無盡的憤怒。

於是卡爾對司爐說：「你得要說得簡單明瞭一點，照你敘述的方式，船長先生沒法做出正確的判斷。他難道會知道所有機械工人和跑腿工友的名字嗎？更別說他們的前名了，難道只要你一提到一個名字，他就能馬上知道那人是誰？你還是把你要申訴的事整理一下，先說最重要的，再說其他的，也許到最後大多數的事就根本連提也不必提了。你說給我聽的時候不總是說得清清楚楚嗎？」如果在美國可以偷別人的皮箱，就也可以偶爾撒個謊，他在心裡這樣替自己辯解。

要是這番話能有幫助就好了！還是說已經太遲了？雖然司爐一聽見這個熟悉的聲音立刻住了嘴，但是他那雙被眼淚、受傷的男性自尊和痛苦的回憶完全遮蔽的眼睛，根本連卡爾都不再能好好看清。現在他如何能夠——在這個沉默下來的人面前，卡爾想來也默默看出了這一點——現在他如何能夠突然改變自己的說話方式，既然他分明覺得自己彷彿已經道出了一切卻沒有獲得絲毫贊同，另一方面又好像他根本什麼都還沒有說，現在總不能奢望這幾位先生把一切再聽一次。而在這種時刻，他唯一的支持者卡爾還想來好好教誨他，卻反而讓他看出一切的一切都完了。

要是我別看窗外，早點過來就好了，卡爾心想。他在司爐面前低下頭，把雙手在褲縫上一拍，表示不再抱任何希望。

可是司爐誤會了他的意思，也許是懷疑卡爾在暗暗責備他，於是懷著想勸卡爾別這麼做的好意，居然還和卡爾爭執起來，替他的所作所為更加火上加油。這時候，圓桌旁那幾位先生早已對這番平白打擾了他們工作的吵鬧感到氣憤，出納主任漸漸覺得船長的耐心令人費解，眼看就要爆發，僕人又完全站在主人那一邊，用狂野的目光打量著司爐，拿著細竹杖的先生終於對司爐感到完全麻木，簡直對他感到厭惡，掏出一本小記事簿，顯然在思索全然不同的事，目光在記事簿和卡爾之間來回移動。就連船長偶爾也會朝他投去友好的一瞥。

「我知道，我知道，」卡爾說，這會兒吃力地擋開司爐衝著他而發的滔滔話語，儘管如此，他在爭執中仍舊對司爐露出友善的微笑，「你說得對，說得對，我從來沒有懷疑過。」由於害怕挨打，他很想擋住司爐那雙揮來揮去的手，當然更想把他推到角落裡，輕聲說幾句令他放心的話，不必讓其他人聽見。可是司爐激動得完全失控。現在卡爾甚至已經從一個念頭中得到某種安慰，想到如有必要，司爐在絕望中能拚命制伏在場全數七位男士。不過，朝書桌望一眼就知道書桌上有塊板子，板子上有許多連接著電線的按鈕，只要有人伸手一按，就能讓整艘船連同充斥著敵對之人的所有走道起而反抗。

這時那位拿著細竹杖、明明漠不關心的先生走向卡爾，問道：「你叫什麼名字來著？」聲音並不太大，但清楚蓋過司爐的叫喊。就在此時響起了敲門聲，彷彿門外有人正等著這位先生開口。僕人看了船長一眼，船長點點頭。於是僕人就走過去開了門。門外站著一個中等身材的男子，穿著正式的舊外套，從外表看起來其實不適合在機器旁工作，但卻正是——舒巴爾。假如卡爾沒有從眾人的眼睛裡看出這一點——這些眼睛流露出一種心滿意足，就連船長也不例外——他也勢必會從司爐身上赫然看出，司爐繃緊了手臂，握緊了拳頭，彷彿握緊拳頭是最重要的事，他願意為此犧牲生命中的一切。此刻他所有的力氣都凝聚在那上面，包括勉強支撐著他的力氣。

也就是說，敵人輕鬆自在、神清氣爽地盛裝出現，手臂下夾著一本簿冊，大概是司爐的工資紀錄和工作證明，他逐一看進每個人的眼睛，不怯於承認他想先確定一下每個人的情緒。那七個人也已經全都是他朋友了，因為就算船長先前對他略有微詞或是假裝對他略有微詞，在司爐帶給他這番痛苦之後，他對舒巴爾大概再無任何批評。對於像司爐這樣的人，再嚴厲處置也不為過，若要說舒巴爾有什麼可議之處，那就在於這段時間以來他沒能制住司爐的桀驁不馴，以至於司爐今天竟敢出現在船長面前。

這時或許還能假定，司爐和舒巴爾在這些人面前的對質仍可達到在一個高等法庭上對質應有的效果，因為就算舒巴爾善於偽裝，可未必能堅持到最後。他這人的壞只要稍微流露出來就足以讓那幾位先生看見，卡爾會想辦法讓他露出真面目。畢竟他已經順帶了解了每一位先生的洞察力、弱點和脾氣，從這一點來看，在這裡所度過的時間並未白費。要是司爐能以更佳狀態上場就好了，可是他似乎完全失去了戰鬥力。假如有人把舒巴爾推到他面前，他大概能用拳頭敲破舒巴爾可恨的腦袋，就像敲破一個薄殼的堅果。可是就連走到舒巴爾面前的那幾步路，他大概都幾乎走不動。為什麼這麼容易預見的事卡爾卻沒有預見？沒有預見舒巴爾最後一定會來，若非出於主動，就是受到船長召喚。為什麼他沒有在來此的途中和司爐商量出一份詳細的作戰計畫，而是如同他們實際上所做的，無可救藥、毫無準備地碰到一扇門就闖進來？司爐到底還能不能說話？能否在交叉詰問中回答「是」或「不是」？當然，這番詰問只有在最好的情況下才會發生。他站在那裡，雙腿叉開，膝蓋微彎，頭稍微抬起，空氣從張開的嘴裡進進出出，彷彿體內少了處理空氣的肺。

卡爾卻覺得自己充滿力量而且頭腦清楚，這種狀態他在家鄉時也許從未有過。要是他爸媽能看見就好了，看他如何在陌生的國度、在有身分地位的人物面前捍衛正義，即使尚未獲勝，但他已完全準備好去做最後的征服。爸媽是否會修正對他的看法？讓他坐在他們中間，誇獎他？正視他那雙對父母百依百順的眼睛，就這麼一次，一次就好？全是些沒把握的問題，而且在最不合適的時刻提出來！

「我來是因為我認為司爐在指控我不誠實。廚房裡一個女孩告訴我，她看見他往這邊走。船長先生及在場的各位先生，我準備好根據我的文件資料來駁斥任何指控，如有必要，也可以請不懷成見、未受左右的證人來作證，他們就站在門口。」這就是舒巴爾說的話。這的確是一個男子漢清楚的發言，從聽眾臉上表情的變化看來，別人會以為這是他們長久以來首次再度聽見人類的聲音。然而他們沒注意到這番冠冕堂皇的話也有漏洞。為什麼他想到的第一個具體字眼是「不誠實」？莫非對他的指控應該從這一點切入，而非從他對國籍的偏見切入？廚房的一個女孩看見司爐往辦公室走，而舒巴爾立刻就明白了？難道不是作賊心虛才使他的頭腦變得更敏銳？而且他還馬上就帶來了證人，還說他們不懷成見、未受左右？這純粹是騙人的伎倆，而那幾位先生居然加以容忍，還視之為正確的行為加以肯定？在廚房女孩通報之後和他來此之前，他毫無疑問蹉跎了許多時間，而他這麼做難道不是只有一個目的？就是要讓司爐使那幾位先生感到疲乏，使他們漸漸失去清楚的判斷力，舒巴爾最怕的就是此一判斷力。他肯定已經在門後站了很久，之所以直到那一刻才敲門，難道不是因為那位先生問起次要的問題而讓他得以指望司爐已經沒轍了？

一切都一清二楚，也由舒巴爾不由自主地表達出來，可是還得有人換種說法去告訴那幾位先生，把事情說得更顯而易見。必須有人去喚醒他們。所以，卡爾啊，動作要快，趁著那些證人尚未出場把一切淹沒，至少你要好好利用這段時間。

可是就在此時船長向舒巴爾示意要他打住，於是他立刻退到一邊——因為他這件事看來被暫時擱置了——僕人馬上湊過去，兩人開始小聲交談，交談中還不時斜眼瞥向司爐和卡爾，做了幾個極其自信的手勢。看來舒巴爾是在練習他的下一篇演說。

「雅克先生，您剛才不是想問這個年輕人什麼事嗎？」在一片沉默中，船長對拿著細竹杖的先生說。

「的確。」此人說，微微欠身，謝謝船長的周到，接著又問了卡爾一次：「你叫什麼名字來著？」

卡爾認為，為了那件主要的大事著想，最好趕快解決這樁此人堅持提問的意外事件，於是一改他以出示護照來自我介紹的習慣，免得還要先把護照找出來，簡短地答道：「卡爾・羅斯曼。」

「哎呀。」被稱為雅克的那人說，起初簡直不敢相信，微笑著向後退了幾步。就連船長、出納主任、那名高階船員、乃至那名僕人都對卡爾的姓名流露出高度的驚訝。只有港務局那兩位先生和舒巴爾面無表情。

「哎呀，」那位雅克先生又說了一次，踩著略顯僵硬的步伐走向卡爾，「那我就是你的雅克舅舅，你就是我親愛的外甥。」他向船長說：「我一直就有這個預感。」接著擁抱了卡爾，親吻他，卡爾無言地任由這一切發生。

「您尊姓大名？」卡爾問，在他感覺到對方鬆開了自己之後，口氣雖然彬彬有禮，卻完全無動於衷，同時他努力想看出這個新事件對於司爐會造成什麼後果。暫時還沒有任何跡象顯示舒巴爾能從中得到什麼好處。

船長認為這個問題有損雅克先生的尊嚴，說道：「年輕人，你應該要明白自己有多幸運，」雅克先生走到窗邊，顯然是不想讓其他人看見他激動的表情，另外還用一條手帕輕輕擦臉，「自稱是你舅舅的這一位是國會議員艾德華・雅克。從現在起，燦爛的前程對你來說指日可待，這大概完全出乎你意料之外。在乍聽到消息的這一刻盡量試著看清這一點，並且鎮靜下來。」

「我的確有個雅克舅舅在美國，」卡爾向船長說，「但如果我沒聽錯的話，雅克只是這位參議員先生的姓氏。」

「是這樣沒錯。」船長滿懷期待地說。

「嗯，我舅舅雅克，也就是我母親的兄弟，卻是名叫雅克，至於他的姓氏當然是跟我母親一樣，她娘家的姓氏是班德麥爾。」

「各位！」國會議員喊道，他在窗前稍事休息之後愉快地走回來，這一喊是針對卡爾的說明。除了那兩位港務局人員之外，大家全都笑了，有些像是受到感動，有些則讓人捉摸不透。

我所說的話明明一點也不可笑，卡爾心想。

「各位，」國會議員又說了一次，「你們參與了一樁小小的家庭事件，這既非我的本意，也有違各位的本意，因此我不得不向各位稍作解釋，因為我想只有船長先生，」說到這裡，兩人互相鞠了個躬，「完全知悉此事。」

現在我真得好好注意聽他說的每一句話了，卡爾心想，同時在往旁邊一瞥時高興地發現司爐又漸漸恢復了生命力。

「我在美國停留了許多年——當然，『停留』這個字眼對於已全心全意成為美國公民的我來說並不恰當——這些年來我和歐洲的親人完全斷絕了消息，至於原因，一來和此事無關，二來若要敘述實在太累。我甚至害怕我將不得不把事情原委告訴我親愛的外甥的那一刻，屆時很遺憾地將免不了要針對他父母及其親屬說句坦白的話。」

「毫無疑問，他是我舅舅，」卡爾心想，豎耳傾聽，「他大概是改了名字。」

「我親愛的外甥如今被他的父母——讓我們用一個與事實相符的字眼——給拋棄了，就好比把一隻惹人生氣的貓扔到門外。我一點也不想粉飾我外甥做了什麼事而受到這樣的懲罰——粉飾不是美式作風——可是他所犯的錯其實只要說出來就足以讓人原諒了。」

「這話倒可以聽聽，」卡爾心想，「可是我不希望他把這事告訴所有的人。再說他也不可能知道這件事。從哪裡得知呢？不過再看看吧，他將來會知道一切的。」

「事情是這樣的，」舅舅繼續說，微微傾身向前，用撐在身前的細竹杖支撐身體，這果然讓他得以減去幾分沒必要的鄭重，否則他免不了會顯得鄭重其事，「他被一個名叫約翰娜·布魯默的女傭引誘了，一個大約三十五歲的女人。我用『引誘』這個字眼完全沒有傷害我外甥感情的意思，可是實在很難找到另一個同樣恰當的字眼。」

卡爾已經走到離舅舅很近的地方，這時他轉過身，想從在場之人的臉上看出他們對這番敘述的反應。沒有人笑，大家都耐心而嚴肅地聆聽。畢竟誰也不會一逮到機會就嘲笑一位國會議員的外甥。反倒是司爐向卡爾微笑了一下，雖然只是淺淺一笑，而這一笑一方面令人高興，因為這表示司爐又有了生命跡象，另一方面也值得原諒，因為卡爾先前在艙房裡想把這件如今被公開的事當成一樁特別的祕密。

「如今布魯默這個女傭，」舅舅繼續說，「有了我外甥的孩子，是個健康的男孩，在受洗時被命名為雅克，毫無疑問是紀念區區在下我，想必是我外甥隨口提到我時令那個女傭留下了深刻的印象。我要說幸好如此。因為他父母為了避免支付贍養費或是避免被這樁醜聞波及——我得要強調，我既不清楚當地的法律，也不了解他父母的其他情況，只知道早些時候他父母寫來過兩封央求的信，我雖然沒有回信，卻把信保存下來，這兩封信也是我多年來唯一和他們有過的信件聯繫，而且是單方面的——再回到正題上，由於他父母為了避免支付贍養費和避開醜聞而讓兒子，也就是我親愛的外甥，被送到美國來，看得出來他們不負責任地沒給他足夠的裝備——假如這男孩完全得靠自己，撇開正是在美國還會發生的奇蹟不談，他大概馬上就會淪落在紐約港的街頭，若非那個女傭寫了一封信給我，告訴了我這整件事，還描述了我外甥的個人特徵，並且很明智地告訴了我這艘船的名字，這封信四處流落了很久，我在前天才收到。假如我有心讓各位消遣一下，我可以把這封信裡的幾段，」——他從口袋裡掏出兩大張寫得密密麻麻的信紙揮了揮——「在這裡朗誦出來。這封信肯定具有娛樂效果，因為它是以一種略顯單純的精明寫成，雖然始終懷著善意，也懷著對孩子父親的許多愛意。但我只想說明情況，既不想替各位提供多餘的消遣，也不想在迎接我外甥時傷害他可能還懷有的感情，如果他願意，他可以在已經替他準備好的房間裡靜靜地讀這封信當作教訓。」

可是卡爾對那個女傭並沒有感情。在回憶中被推得愈來愈遠的眾多往事中，她坐在廚房裡，在餐櫥旁邊，把手肘撐在櫥面上。當他偶爾到廚房裡來替他父親拿杯水，或是來轉告他母親的吩咐，她便看著他。有時她在餐櫥一側以彆扭的姿勢寫一封信，從卡爾的臉上汲取靈感。有時她用手遮住眼睛，別人喊她她也不聽。有時她在她位於廚房旁邊的小房間裡跪下來，向一個木頭十字架祈禱，這時卡爾就只會在經過時從微微打開的門縫裡怯怯地觀察她。有時她在廚房裡跑來跑去，卡爾若是擋了她的路，她會像個女巫一樣笑著往後退。有時當卡爾走進來，她會把廚房門關上，握住門把不放，直到他要求離開。有時她拿來他根本不想要的東西，默默地把東西塞進他手裡。可是有一次她喊了聲「卡爾！」，他還在對這聲出乎意料的稱呼感到驚訝，她就扮著鬼臉，嘆著氣，把他帶進她的小房間，鎖上了門。她緊緊摟住他脖子讓他透不過氣來，當她請他脫掉她的衣服，事實上是她在脫掉他的衣服，把他放在她床上，彷彿從此以後不想再把他讓給任何人，而想撫摸他，照顧他，直到世界末日。「卡爾，噢，我的卡爾。」她喊道，彷彿她正看著他，向自己證實她擁有了他，他卻什麼也看不見，在那許多似乎是她特意為他疊起的溫暖被褥裡感到不自在。然後她也在他身邊躺下，想從他那兒得知某件祕密，但他沒有祕密可以告訴她，她半開玩笑半認真地生氣了，搖著他，細聽他的心跳，也把胸部湊過去要他細聽，但她卻無法讓卡爾就範，她把赤裸的肚子壓在他身上，用手在他雙腿間摸索，那實在令人作嘔，使得卡爾把頭頸都搖離了枕頭，然後她用肚子朝著他撞了幾下，他覺得她彷彿成了他的一部分，也許是基於這個原因，一股可怕的無助之感攫住了他。最後，在她多次表達了再見的願望之後，他哭著回到自己的床上。這就是事情的全部經過，而他舅舅卻懂得將這件事大肆渲染。而且這樣說來，那個廚娘也惦記著他，通知了舅舅他將抵達。這件事她做得很好，將來他大概還得報答她一下。

「現在，」參議員喊道，「我要聽你坦白說，我是不是你舅舅。」

「你是我舅舅，」卡爾說，親吻了他的手，舅舅因此也親吻了他的額頭，「我很高興遇見了你，可是如果你以為我爸媽只說了你的壞話，那你就錯了。而即使撇開這一點不談，你說的這番話裡也有幾個錯誤，我的意思是，事情的經過並不全是像你講的這樣。不過，從此地你也的確無法好好判斷那些事，再說，我認為，這幾位先生實在不可能太在乎這件事，如果他們在細節上得到的資訊略有錯誤，也不會造成什麼太大的損害。」

「說得好，」參議員說，帶著卡爾走到一臉關心的船長面前，「我不是有個很出色的外甥嗎？」

「參議員先生，」船長說，一邊鞠了個躬，只有受過軍事訓練的人才有辦法像這樣鞠躬，「我很高興認識您的外甥。我的船能夠成為這樣一次相逢的地點，實在格外榮幸。不過，搭乘統艙想必很不舒適，是啊，誰想得到統艙裡都載了些什麼人。舉例來說吧，有一次，匈牙利頭等貴族的長子也搭乘我們的統艙，他的名字和旅行的原因我已經不記得了。這件事我在很久以後才得知。嗯，我們竭盡一切努力來讓統艙的乘客在航程中舒適一些，比起像是美國的輪船公司要努力多了，但是我們當然還始終無法使這樣一趟航行變成一種享受。」

「那對我沒有壞處。」卡爾說。

「那對他沒有壞處！」參議員笑著大聲重複了一次。

「只不過我的皮箱恐怕搞丟了——」說到這裡他想起了先前發生的一切以及尚待去做的事，他環顧四周，看見所有在場之人都待在原來的位置上，由於敬意和驚訝而默默無言，眼睛都盯著他。只有那兩位港務局人員，如果從他們嚴肅而自滿的臉上能看出什麼的話，就會看出他們為自己來得不是時候而感到遺憾，比起在這個房間裡已經發生或將要發生的一切，此刻擱在他們面前的懷錶對他們來說很可能更為重要。

令人訝異的是，繼船長之後頭一個表示關心的是司爐。「我由衷地恭喜你。」他說，和卡爾握握手，藉此也想表達出某種稱讚之意。當他想用同一句話向參議員道賀時，對方卻向後退，彷彿司爐逾越了權限；司爐也就立刻作罷。

但其他人現在看出了自己該做什麼，隨即鬧哄哄地圍在卡爾和參議員身邊。以至於卡爾甚至也得到了舒巴爾的恭賀，不但接受了，還為此致謝。最後，當周圍重新平靜下來，那兩位港務局人員也走過來，用英語說了兩句話，給人一種可笑的印象。

參議員一心想要盡情享受這份歡喜，讓自己和旁人重溫了對一些小事的回憶，大家不僅容忍他這麼做，甚至還聽得興味盎然。他提起他把廚娘在信裡提到的卡爾身上最顯著的特徵記在筆記簿裡，以便在必要時馬上派上用場。就在司爐惱人地喋喋不休時，他純粹為了消遣而掏出筆記簿，為了好玩，試著把那廚娘觀察到的特徵拿來和卡爾的外貌相比對，當然，她的觀察並不像偵探般準確。最後他說：「我就這樣找到了我的外甥。」那語氣像是他想要再次受到恭賀。

「司爐現在會怎麼樣？」卡爾問，沒理會舅舅最後述說的事。他認為以他的新地位，他可以把心裡想的話全說出來。

「司爐會得到他應得的對待，」參議員說，「以及船長先生的發落。我想我們已經受夠了這個司爐，在場的每一位先生肯定都會同意我這句話。」

「可是這不是重點，畢竟這件事跟正義有關。」卡爾說。他站在舅舅和船長中間，也許是受到這個位置的影響，他認為決定權握在他手中。

儘管如此，司爐對自己似乎不再抱什麼希望。他把雙手半塞進腰帶，在他激動的動作下，那腰帶連同一截花襯衫一起露了出來。對此他一點也不在乎，他已經吐完了苦水，現在也不妨讓人看見他身上的破爛衣服，再讓別人把他抬出去。他想像，僕人和舒巴爾身為此處階級最低的兩個人，應該要幫他最後這個忙。這樣一來，舒巴爾就能得到安寧，不會再如同出納主任所說的被逼瘋了。船長就可以只雇用羅馬尼亞人，到處就都說羅馬尼亞語，到時候也許一切真的會運作得更好。不會再有司爐來出納總處囉嗦，別人只會在相當友好的回憶中記得他的最後一番囉唆，因為那位參議員明確指出他這番囉唆直接促成了甥舅的相認。再說，這個外甥先前多次試圖幫忙他，因此早就事先充分謝過他在甥舅相認一事上所效的力；此刻司爐壓根沒想到還要再要求卡爾做些什麼。再說，就算他是參議員的外甥，他也還遠遠不是船長，而那句兇惡的話最終將從船長口中說出。——因此，順著他的想法，司爐也試著不向卡爾看過去，只可惜在這個充斥敵人的房間裡，他的目光沒有其他地方可以停駐。

「你別誤解了情況，」參議員對卡爾說，「這件事也許涉及正義，但同時也涉及紀律，兩者在這裡都要交由船長先生來判斷，尤其是後者。」

「的確如此。」司爐喃喃地說。注意到並聽懂了他這句話的人露出驚訝的微笑。

「此外，我們已經大大妨礙了船長先生執行公務，船剛抵達紐約，公務肯定十分繁忙，該是我們離開這艘船的時候了，免得多管閒事、節外生枝，把兩名機械人員之間無足輕重的爭吵變成了一樁大事。再說，親愛的外甥，我完全明白你的行事方式，但是這正給了我趕緊把你帶離此處的權利。」

「我會馬上交代下去，替您備好一艘小艇。」船長說，沒有對舅舅所說的話提出絲毫異議，這令卡爾感到驚訝，因為舅舅所說的話明明可以被視為舅舅的自謙自抑。出納主任急忙衝向辦公桌，打電話把船長的命令傳達給水手長。

「時間緊迫，」卡爾心想，「可是我若要做些什麼，很難不得罪所有的人。舅舅才剛剛找到我，現在我總不能把他扔下。船長雖然很有禮貌，但也就僅止於此。一旦涉及紀律，他的禮貌就到此為止，而舅舅肯定說出了他心裡的話。我不想和舒巴爾談話，甚至後悔自己跟他握了手。而這裡其他的人全都無足輕重。」

懷著這些念頭，他慢慢走向司爐，把司爐的右手從腰帶裡拉出來，握在手裡撫弄著。「你為什麼不說話？」他問，「你為什麼容忍這一切？」

司爐只是皺起了眉頭，彷彿在尋思他要說的話該如何表達，同時低頭看著他和卡爾的手。

「船上沒有人像你這樣受到不公平的對待，這一點我很清楚。」卡爾一邊說一邊把手指在司爐的手指之間來回抽動，司爐眼睛發亮地環顧四周，彷彿一種幸福降臨在他身上，而沒有人可以為此生他的氣。

「可是你得要保護自己，該說是的時候說是，該說不的時候說不，不然別人根本不會知道真相。你得答應以後會照著我的話去做，因為我有理由擔心，我恐怕沒辦法再幫你了。」這時卡爾哭了起來，親吻司爐的手，拿起那隻皸裂、幾乎沒有生命的手，貼在自己臉頰上，就像一件他不得不放棄的寶貝。——但參議員舅舅也已經走到他身邊，把他拉開，雖然只帶著一絲強迫。「這個司爐似乎把你迷住了，」他說，越過卡爾的頭頂朝船長投去會心的一瞥，「你在感到孤單的時候找到了這個司爐，現在你對他心懷感激，這一點值得稱讚。但是單是為了我的緣故，就請你別做得太過火了，你要學著理解你的地位。」

門外起了一陣騷動，聽得見叫喊，甚至好像有人被粗魯地推得撞上了門。一名水手走進來，樣子有點邋遢，繫著一件女傭的圍裙。「有一群人在外面，」他喊道，用手肘朝四周撞了一下，彷彿他還在擁擠的人群中。接著他總算回過神來，想向船長行禮，這時他注意到身上那條女傭的圍裙，一把扯下扔到地上，喊道，「真噁心，他們替我繫上了一條女傭的圍裙。」但他隨即併攏腳跟，敬了個禮。有人想笑，但船長嚴肅地說：「你們情緒可真高昂啊。是誰在外面？」「那些是我的證人，」舒巴爾站向前來說，「懇請原諒他們舉止不當。在一趟航行結束後，這些人有時就像發瘋了似的。」——「馬上叫他們進來，」船長下令，隨即轉身面向參議員，彬彬有禮但口氣急促地說，「可敬的參議員先生，現在煩請您帶著您外甥跟著這名水手走，他將帶兩位到小艇上。和參議員先生您相識帶給我莫大的喜悅和榮幸，這自不待言。但願不久之後就有機會和參議員先生您重拾我們被打斷的談話，關於美國艦隊的情況，說不定還會再一次以像今天這般令人愉快的方式被打斷。」「目前我有這麼一個外甥就夠了，」舅舅笑著說，「現在請容我向您致謝，謝謝您的友好親切，珍重再見了。再說，」——他熱情地摟住卡爾——「我們在下一次回歐洲時說不定能共處一段較長的時間。這並非不可能。」「那會令我由衷感到高興。」船長說。兩位先生握了手，卡爾則只能無言地匆匆和船長握握手，因為船長已經要忙著應付那大約十五個人，他們在舒巴爾的帶領下走進來，有點驚慌，卻十分吵鬧。水手請求參議員允許他走在前面，替甥舅二人把人群分開，他們輕鬆地穿過那群彎腰鞠躬的人。看來這些本性善良的人把舒巴爾和司爐之間的爭吵當成一種玩笑，就算在船長面前也不減其滑稽可笑。卡爾注意到那個廚房女傭琳娜也在其中，她笑嘻嘻地向卡爾眨眼，繫上那水手扔下的圍裙，因為那圍裙是她的。

他們繼續跟著水手走，離開了辦公室，轉進一條小走道，走了幾步之後來到一扇小門前，門後一段短短的階梯通往替他們備妥的小艇。小艇上的水手都起立敬禮，水手長隨即一個箭步跳上船。參議員正提醒卡爾上船時要小心，卡爾就在最上面一級階梯上激動地哭了起來。參議員用右手托住卡爾的下巴，緊緊摟住他，同時用左手撫摸他。他們就這樣一階一階慢慢往下走，緊緊依偎地上了小艇，參議員在自己正對面替卡爾找了個好位子。參議員打了個信號之後，水手就把小艇撐離了大船，立刻全力划行。他們划離大船才不過幾公尺，卡爾就意外發現他們就位在大船出納總處開窗的那一側。三扇窗戶前都站滿了舒巴爾的證人，他們友善地揮手道別，就連舅舅都向他們致謝，而一名水手表演了一項特技，在並未中斷規律划槳的情況下向大船上送了個飛吻。那的確像是司爐這個人已不復存在。卡爾更仔細地端詳舅舅，他們兩人的膝蓋幾乎要碰在一起，而他心中升起懷疑，懷疑這個人是否真能取代那個司爐。舅舅也避開了他的目光，望向在小艇周圍輕輕搖晃的波浪。

第二章　舅舅

卡爾在舅舅家很快就習慣了新的環境，而舅舅也在每件小事情上都親切地遷就他，卡爾從來無須自不愉快的經驗中學到教訓，這種教訓往往會使初到國外的生活變得辛酸。

卡爾的房間位在一棟樓房的七樓，舅舅的企業占了六樓到二樓，底下還有三層地下室。每當卡爾在早晨從小小的臥室走進房間，從兩扇窗戶及一扇陽台門照進來的光線總是一再令他驚訝。假如他以年少窮移民的身分上岸，他得要住在哪裡？是啊，說不定別人根本不會讓他進入美國，而把他遣送回國，一點也不在乎他已經無家可歸了，根據舅舅對移民法的了解，認為這甚至大有可能。因為在此地不能指望別人同情，針對這一點，與卡爾所讀到的關於美國的事十分相符；似乎只有那些幸運兒能在此地、在周圍那些無憂無慮的臉孔之間真正享受自己的幸運。

房間前面有一道狹窄的陽台，長度與房間相同。若是在卡爾的故鄉，這裡大概會是位置最高的觀景地點，在這裡卻只能看見一條街，在兩排有如被齊頭砍掉的房子之間筆直地伸向遠方，因此有如向後傾斜一般，遠處一座大教堂的輪廓在霧氣繚繞中巍巍聳立。不論晨昏或是在夜裡的夢中，這條街上的交通都絡繹不絕，從上面向下看，呈現出一種由扭曲的人形和各種車輛的車頂構成的混合物，一再重新組合，從中又複製出更加狂亂的新混合物，由噪音、灰塵和氣味構成，而這一切都被一道強烈的光線攫住並穿透，這道光線一再被大量的物體分散、帶走，又汲汲帶回來，對於被迷住的眼睛來說，這道光顯得那麼具體，彷彿每一瞬間都有一塊蓋住一切的玻璃，在這條街的上空被一再用力擊碎。

舅舅在所有的事情上都很謹慎，他建議卡爾暫時別認真去從事任何事。他應該先檢視一切，觀察一切，但是別讓自己被迷住。舅舅說一個歐洲人初到美國的頭幾天就好比重新出生，雖然適應美國要比從另一個世界來到人間時適應得更快，卡爾無須懷有不必要的恐懼，但得要時時記得，如果想藉由未來這些判斷的幫助在此生活下去，最初的判斷總是不可靠，不能因此而擾亂未來的所有判斷。舅舅說他自己就見過剛到此地的人不按照這個好原則行事，反而成天站在陽台上，像迷途的羔羊一樣俯視著街道。這肯定會把人弄糊塗！這種孤獨的無所事事，以一個來此地遊玩、愛上紐約一個繁忙日子的旅客來說是可以這麼做，或許也可以建議他這麼做，雖然不是毫無保留；但是對一個將要在此地居留的人來說，這種無所事事就是種墮落，這個字眼就算有點誇張，用在這種情況上也不為過。而的確，每逢舅舅來探望，若是看見卡爾在陽台上，舅舅總是生氣地拉長了臉，他一向每天只來一次，而且總是在不同的時間前來。卡爾很快就察覺了這一點，於是盡可能放棄了站在陽台上這項消遣。

畢竟這也遠遠不是他唯一的消遣。在他房間裡擺著一張美式書桌，品質最好的那一種，他父親多年以來一直想要一張，在各式各樣的拍賣會上試圖以他能負擔的便宜價格買下一張，但是由於他財力有限，始終沒有買成。當然，在歐洲拍賣會上被一再轉賣的所謂美式書桌和這張桌子無法相提並論。例如，在這張書桌的上部有上百個格層，大小不一，就連美國總統也能替他所有的卷宗找到恰當的位置存放，此外在書桌側面有個調節器，藉由轉動一根曲柄，能夠視需求任意改變這些格層的位置，或形成新的格層。薄薄的側壁緩緩下降，形成新格層的底板或頂板；把曲柄轉動一圈之後，書桌的上部看起來就完全改觀，而視轉動曲柄的方式而定，這一切進行得或快或慢，有時快得驚人。這是件最新發明，卻使卡爾鮮活地憶起故鄉聖誕市集上表演給驚嘆連連的孩童看的耶穌誕生劇，卡爾小時候也常裹著冬衣站在那前面，不停地對照一個老人轉動曲柄的動作和耶穌誕生劇裡的各種效果，包括三個聖王走走停停的前進，星星的亮起，以及在神聖的馬廄裡侷促的生活。那時他總覺得站在他身後的母親沒有仔細注意劇中所有事件的發展，他把她拉近自己，直到感覺到她貼近他後背，他高聲呼喊，向她指出比較隱蔽的現象，也許是隻小兔子，牠在前方草叢裡一會兒直立，一會兒準備跑走，他就這樣一直嚷嚷，直到母親摀住他的嘴，大概又陷入她先前的漫不經心。當然，製造這張桌子並非為了使人回憶起這些往事，不過，在發明史上很可能存在著類似的模糊關聯，一如在卡爾的回憶中。不同於卡爾，舅舅根本不喜歡這張桌子，他只是想替卡爾買張像樣的書桌，而這種書桌如今全都配備了這種新裝置，其優點也在於無須太多花費就能被安裝在舊書桌上。不過，舅舅不忘勸告卡爾，盡可能少去使用那個調節裝置；為了加強這番勸告的效果，舅舅聲稱此一機器裝置非常敏感，容易損壞，要修復要花很多錢。不難看出舅舅這些話只是托詞，但另一方面也得考慮到，要固定這個調節裝置使之無法轉動乃是十分容易的事，但舅舅並沒有這麼做。

在頭幾天裡，卡爾和舅舅之間自然較常交談，卡爾也提及他在家鄉時喜歡彈鋼琴，雖然並不常彈，而且只能以母親教他的初學者技巧彈奏。卡爾很明白自己這番話等於是在請求舅舅送他一架鋼琴，但他對周圍的觀察已足以讓他知道舅舅絲毫不需要節省。儘管如此，他的這項請求並未被馬上滿足，而是過了大約八天之後，舅舅才幾乎不情願地承認，說鋼琴剛剛送達，卡爾若是願意，可以去監督其搬運。監督搬運當然很輕鬆，但甚至不比搬運鋼琴這件事本身輕鬆多少，因為屋子裡有專門運送家具的電梯，一整輛搬運家具的車子都進得去，而且毫不擁擠，那架鋼琴就也搭著這部電梯往卡爾的房間升上去。卡爾雖然也可以和那架鋼琴及搬運工人搭乘同一部電梯，但是因為一部空著的客梯就停在旁邊，他便搭乘了這部客梯，使用一根操縱桿讓自己始終與另一部電梯維持在相同的高度，目不轉睛地透過電梯的玻璃壁面看著那架如今屬於他的美麗樂器。等到鋼琴放在他房間裡，他彈出了頭幾個音，簡直欣喜若狂，沒有繼續彈奏，而是跳起來，雙手叉腰，寧願隔著一段距離讚歎地注視這架鋼琴。這個房間的音響效果也很好，有助於讓他剛住進一間鐵屋時那種微微不適之感完全消失。事實上，雖然這棟建築從外表看起來是鐵鑄的，在房間裡卻完全察覺不到鐵製的建材，任誰也無法指出陳設中有什麼東西妨礙了整體的舒適，哪怕只是一丁點。起初卡爾對他的鋼琴彈奏寄予厚望，至少在入睡之前不羞於去想自己說不定能藉由彈琴而直接影響美國的現況。不過，當他在打開的窗前彈奏故鄉一首古老的士兵之歌——晚上士兵躺在軍營的窗邊，望向陰暗的廣場，會從一扇窗戶到另一扇窗戶傳唱著這首歌——窗外充滿了噪音，聽起來很怪異，等他再望向街道，那條街毫無改變，只是一個大循環中的一小部分，如果認不出方圓之內起作用的所有力量，就無法使這一小部分停下。舅舅容忍他彈鋼琴，也沒說什麼反對的話，何況卡爾雖然並未受到告誡也只在少數時候享受彈琴的樂趣，舅舅甚至還帶了美國進行曲的樂譜給卡爾，當然還有美國國歌的樂譜，不過，有一天舅舅一本正經地問卡爾是否也想學拉小提琴或吹奏法國號，此舉大概無法純粹由對於音樂的喜好來解釋。

學英文當然是卡爾的首要任務。一所商學院的一位年輕教授每天早上七點來到卡爾的房間，看見他已經坐在書桌前寫作業，或是在房間裡一邊來回踱步一邊背誦。卡爾想必看清掌握英文是當務之急，而且在這件事情上他有最好的機會藉由快速進步來讓舅舅感到歡喜。果然，起初他和舅舅的談話中所用的英文只局限於問候和道別，不久之後甥舅之間的交談就有愈來愈多的部分改用英文，較為親密的話題也因此出現。一天晚上，卡爾頭一次有能力向舅舅朗誦了一首美國詩，描述一場大火，舅舅在滿意之餘露出了極其嚴肅的表情。當時他們倆站在卡爾房間的一扇窗前，天光已經消逝，舅舅看出窗外，和著詩句的節奏緩慢而規律地拍手，卡爾挺直地站在他旁邊，眼睛直視前方，把那首困難的詩一字一句背誦出來。

卡爾的英文愈好，舅舅就愈有興趣把他介紹給熟人，只不過每次都安排好，暫時要那位英文教授在這種會晤場合始終待在卡爾身邊。一天上午卡爾被介紹認識的第一個熟人是個身材苗條而且異常柔順的年輕人，舅舅格外客氣地帶他到卡爾的房間來。他顯然屬於那種在父母眼中不成材的富二代，他所過的生活，不管是哪一天，若是看在普通人眼裡，都無法不感到痛心。而他彷彿也知道或猜到這一點，並且就他力量所及來加以應付，在他的唇邊和眼角始終漾著一絲笑意，那笑容似乎針對他自己、針對與他面對面的人還有全世界而發。

在舅舅無條件的贊同下，商量好卡爾將和這個被稱為馬克先生的年輕人一起在清晨五點半去騎馬，也許在馬術學校，也許在戶外。雖然卡爾起初猶豫著要不要答應，畢竟他還從不曾坐上馬背，想要先稍微學習一下，但是由於舅舅和馬克都極力勸他，把騎馬描述成純粹的消遣和健康的運動，根本不算是技術，他終於答應。只不過這下子他四點半就得起床，這常常令他很遺憾，因為大概是由於他在白天裡必須時時維持專注，在此地他簡直是患了昏睡症，但是在他的浴室裡，這份遺憾很快就消失無蹤。淋浴的蓮蓬頭橫跨了整個浴缸的長度和寬度——家鄉有哪個同學能擁有這種東西，更別說還是自己專用的，即使是最富有的同學也一樣——卡爾就舒展四肢躺在這個浴缸裡，可以張開雙臂，隨心所欲地讓水柱部分或整片落下來灑在自己身上，那水先溫後熱，又再變溫，最後變得冰冷。他躺在那裡，宛如在享受仍舊微微持續的睡眠，尤其喜歡用閉上的眼瞼去攔截最後落下來的幾滴水珠，水珠隨即裂開，從臉上流下。

舅舅那部高大的汽車送他到騎馬學校，那位英文教授已經在等他了，馬克則毫無例外地晚一點才會到。但他也大可放心地遲到，因為真正生氣蓬勃的騎馬活動要等他來了才會展開。當他走進來，馬兒不是就從半睡半醒中騰躍而起嗎？咻咻的鞭子聲不就更響亮地在空間裡迴盪？環繞的樓座上不就驀地零星出現了幾個人？不管他們是觀眾、照顧馬匹的人、學騎馬的人還是其他身分。卡爾利用馬克到來之前的時間，還是稍微預習一下騎馬，哪怕是最初級的練習。那裡有個高個男子，幾乎無須抬起手臂就能登上最高大的馬背，他替卡爾上這堂總是不超過十五分鐘的騎馬課。卡爾在這門課的成績不算太好，不斷學到許多表達唉聲嘆氣的英文用語，在學騎馬時氣喘吁吁地向他的英文教授喊出來，教授總是倚著同一根門柱，往往睡眼惺忪。可是當馬克一到，他對騎馬的所有不滿就幾乎煙消雲散。高個男子被打發走了，不久之後，在那仍舊昏暗的大廳裡就只聽得見奔馳的馬蹄聲，也幾乎只看得見馬克向卡爾發號施令時舉起的手臂。這種有如睡眠般流逝的消遣在半小時後結束，馬克急著離開，向卡爾道別，如果他對卡爾的騎馬表現特別滿意，偶爾還會拍拍他的臉頰，由於趕時間，他甚至沒有和卡爾一起走出門外就不見人影。然後卡爾帶著那位教授坐上汽車，回家上英文課，他們通常會繞道而行，因為若要穿過從舅舅家直接通往騎馬學校的那條擁擠街道，會浪費掉太多時間。此外，不久之後，至少英文教授就不必再陪他去上騎馬課。因為要麻煩這個疲倦的人白白浪費時間到馬術學校去，這令卡爾感到內疚，再說和馬克用英文所做的溝通十分簡單，於是卡爾請求舅舅免去教授這項責任。舅舅在考慮之後便也接受了這個請求。

相對而言，舅舅過了很久才決定讓卡爾一窺他的事業，雖然卡爾曾多次懇求。那是一種經銷及運輸事業，就卡爾記憶所及，在歐洲也許根本沒有這類事業。因為此一事業由一種居間貿易構成，但並非把貨物從生產者轉交給消費者或商家，而是替大型聯合工廠中介各種貨物及原料，包括在這些工廠之間的買賣。因此，這項事業包括規模龐大的採購、倉儲、運輸和銷售，同時必須與客戶不斷維持準確的電話與電報聯繫。電報廳比卡爾家鄉的電報局還大，一個同學曾經帶卡爾去過電報局，那同學在電報局有熟人。在電話廳裡一眼望去，每間電話亭的門都不停地開開關關，電話鈴聲令人心慌意亂。舅舅打開了離他最近的一扇門，在電燈灑下的光亮中，可以看見一名職員對開門關門發出的聲響無動於衷，頭上箍著一個把聽筒壓在耳朵上的鋼圈，右手臂擱在一張小桌子上，彷彿那條手臂特別沉重，只有拿著鉛筆的手指有規律地迅速移動，有如機器一般。他對著話筒所說的話不多，甚至常會看見他或許想向對方提出反對意見，想更仔細地詢問對方，但他所聽見的某幾句話迫使他在執行此一意圖之前垂下目光，動手書寫。舅舅低聲向卡爾說明這名職員也不需要說話，因為此人所收到的同一批消息同時還會由另外兩名職員接收，再加以比較，以求盡可能排除錯誤。就在舅舅和卡爾從門裡出來的那一瞬間，一名實習生溜進門內，拿著那張寫了字的紙張出來。在電話廳的中央不斷有人穿梭來去。沒有人打招呼，打招呼的習慣被廢除了，每個人都緊跟著走在他前面之人的腳步，看著地板，想在地板上盡快前進，或是瞄一眼手裡所拿紙張上的隻字片語或數字，紙張隨著他的步伐飄動。

「你真的很有成就。」有一次卡爾在這樣參觀整個企業時說道，要全部參觀一遍得花上好幾天，就算每個部門都只看上一眼。

「而你要知道，這一切都是我在三十年前親手創辦的。當年我在港口區有家小商行，一天裡如果能卸下五箱貨物就算多了，而我就會志得意滿地回家。如今我擁有碼頭上第三大的倉庫，那間小商行成了我手下第六十五組搬運工人用餐和放工具的地方。」

「這簡直不可思議。」卡爾說。

「在這裡一切都發展得非常快。」舅舅用這句話結束了這番談話。

有一天，舅舅在吃飯時間快到時來找卡爾，卡爾本來和平常一樣打算獨自用餐，而舅舅要他立刻換上黑色西裝和他共餐，兩位生意上的朋友也會參加。當卡爾在隔壁房間換衣服，舅舅坐在書桌前，檢查了卡爾剛做完的英文作業，伸手在桌上一拍，大聲說：「實在太棒了！」聽見這聲誇讚毫無疑問使得穿衣更為順利，不過卡爾對自己的英文也的確已經相當有把握。

在舅舅家的餐廳裡——卡爾對這餐廳還有印象，他剛到的第一天晚上曾經來過——兩位又高又胖的先生站起來打招呼，後來從餐桌上的交談才得知一位姓葛林，另一位姓卜倫德。原來針對熟人，舅舅習慣上幾乎隻字不提，總是讓卡爾自己透過觀察來取得必要或有趣的資訊。在實際用餐時，大家只談了生意上的內幕消息，對卡爾來說等於是上了一課商業英文課，大家讓卡爾靜靜地吃飯，彷彿他是個孩子，首先得要好好吃飽，然後葛林先生彎身對卡爾說話，顯然努力要盡量把英文說得清晰易懂，泛泛地問起卡爾對美國的初步印象。在一片死寂中，卡爾朝舅舅瞥了幾眼，回答得相當仔細，而且為了表示感謝，試著用一種帶有紐約腔的說話方式來博得好感。其中一個詞甚至讓三位先生全都笑成一團，卡爾正擔心自己犯了個嚴重的錯誤，但是並非如此，卜倫德先生向他解釋，他甚至說了句很逗趣的話。這位卜倫德先生似乎對卡爾特別感興趣，當舅舅和葛林先生又談起生意上的事，卜倫德先生要卡爾把椅子挪近一點，先詳細問了他各種問題，關於他的名字、他的出身和他的旅程，最後為了讓卡爾能休息一下，他一邊笑，一邊咳嗽，急忙談起自己和他的女兒，他們父女住在紐約近郊的一座小莊園，但他只能在莊園裡度過晚上時光，因為他是銀行家，這份職業使他必須整天待在紐約。他也馬上親切地邀請卡爾去這座莊園走一走，說像卡爾這樣初來乍到的美國人肯定也需要偶爾離開紐約一下。卡爾立刻請求舅舅允許他接受此一邀請，舅舅也看似愉快地同意了，卻並未如卡爾及卜倫德先生所期望地提出確定的日期，甚至不曾考慮要提出。

可是隔天卡爾就被叫到舅舅的一間辦公室裡——單是在這棟屋子裡舅舅就有十間不同的辦公室——在那裡卡爾看見舅舅和卜倫德先生躺在安樂椅上，相當沉默寡言。「卜倫德先生，」舅舅說，在房間的暮色中幾乎認不出他來，「卜倫德先生是來接你去他的莊園，如同我們昨天談過的。」「我不知道今天就要去，」卡爾回答，「否則我就會做好準備。」「既然你還沒準備好，也許我們最好把這趟拜訪延後。」舅舅說。「準備什麼呀！」卜倫德先生大聲說，「年輕人隨時可以出發。」「這不是為了他的緣故，」舅舅向客人說，「不管怎麼說，他都還得上樓到他房間去一趟，這會耽誤您的時間。」「時間也還很充裕，」卜倫德先生說，「我也事先考慮到會有耽擱，所以提早下班了。」「你看，」舅舅說，「你還沒去，就已經給別人添了多少麻煩。」「真是抱歉，」卡爾說，「但我會馬上回來。」說完拔腿就想走。「別太匆忙，」卜倫德先生說，「你一點兒也沒有給我添麻煩，正好相反，你來拜訪讓我十分高興。」「你會錯過明天的騎馬課，你已經取消上課了嗎？」「沒有，」卡爾說，他所期盼的這次拜訪漸漸成了一種負擔，「我本來並不知道——」「儘管如此，你還是要去？」舅舅又問。和藹的卜倫德先生開口幫忙：「我們待會兒會在馬術學校停一下，把事情處理好。」「這個建議不錯，」舅舅說，「可是馬克會等你的。」「他不會等我，」卡爾說，「但他當然會去。」「所以呢？」舅舅說，彷彿卡爾的回答絲毫算不上辯解。又是卜倫德先生說出了決定性的話：「可是克拉拉，」——她是卜倫德先生的女兒——「也等著他，而且就在今晚，她總該比馬克有優先權吧？」「當然，」舅舅說，「那你就趕快到你房間去吧。」一邊彷彿不經意地在安樂椅的扶手上拍了好幾下。卡爾已經走到了門口，這時舅舅又用一句問話把他留住：「明天早上要上英文課的時候你應該就回來了吧？」「可是！」卜倫德先生喊道，在他的肥胖所允許的範圍內在安樂椅上吃驚地轉身，「難道他明天不能至少在外面待一天嗎？我後天一早再送他回來。」「這絕對不行，」舅舅回答，「我不能讓他的學業亂了秩序。日後等他的職業生活上了軌道，我會很樂意准許他以較長的時間接受這般友好而且令人感到榮幸的邀請。」「這話多麼矛盾啊！」卡爾心想。卜倫德先生難過起來。「可是就只能玩一晚住一夜，這實在幾乎不值得。」「我也這麼認為。」舅舅說。「人要知足，」卜倫德先生說，已經又笑了起來，向卡爾喊道，「那麼我等你。」由於舅舅沒有再說什麼，卡爾便急忙走開。等他在不久之後做好出門的準備回來，在辦公室裡就只見到卜倫德先生，舅舅已經走了。卜倫德先生高興地握住卡爾的雙手搖了搖，彷彿他想盡可能確認卡爾現在的確會跟他一起走。卡爾由於這番匆忙還全身發熱，也搖著卜倫德先生的雙手，為了這趟出遊而感到高興。「舅舅沒有因為我要走而生氣吧？」「當然沒有！他說那些話並不是認真的。他只是很重視你的教育。」「他親口告訴您他先前說的話並不是認真的嗎？」「喔，是啊。」卜倫德先生拖長了聲調說，證明了他是個沒辦法說謊的人。「您明明是他的朋友，他卻這麼不樂意讓我去拜訪您，這實在很奇怪。」卜倫德先生對此也想不出解釋，雖然他沒有公開承認。當他們倆搭乘卜倫德先生的汽車行駛在溫暖的夜裡，兩人還久久思索著此事，雖然他們隨即談起別的事來。

他們坐得很近，卜倫德先生說話時把卡爾的手握在自己手裡。卡爾想多聽些有關克拉拉小姐的事，彷彿是對長程旅途感到不耐煩，希望藉由聽故事能比實際上更快抵達。

卡爾還從不曾在晚間搭車穿過紐約的街道，越過人行道和車道，如同在一股旋風中時時變換方向，噪音飛馳，不像是由人類所造成，而像是由一種陌生的自然力造成，儘管如此，當他試圖仔細聽進卜倫德先生所說的話，他的注意力卻全放在卜倫德先生的深色背心上，一條金鍊子靜靜地橫掛在背心上。在街道上，戲院觀眾毫不掩飾他們擔心自己會遲到，踩著飛快的腳步或搭乘能盡快行駛的車輛湧向戲院。卡爾他們所搭的車駛離這些街道，穿過連接市區與郊區的過渡城區，進入市郊，在那裡，騎警一再指示他們的汽車開上支道，由於大馬路被正在罷工遊行的金屬工人占據了，在十字路口只允許最必要的車輛交通。等這輛汽車從較為昏暗、發出低沉回聲的巷弄出來，穿越一條有如廣場般的馬路，兩旁出現了無人能一眼看盡的景觀，人行道上擠滿群眾，以極小的步伐移動，他們的歌聲比單單一個人的聲音還要整齊畫一。在交通維持暢通的車道上，有時會看見一名警察騎在靜止不動的馬上，或是扛著旗幟的人，也有人舉著寫了字、橫跨馬路的布條，有時也會看見一名被同仁與副手圍住的工人領袖，或是有軌電車的一節車廂，它先前逃得不夠快，此刻停在那裡，車上無人，黑漆漆的，司機和售票員坐在候車站上。一小群好奇的人站在遠處，距離真正的示威者很遠，他們沒有離開，雖然並不明白這樁事件究竟是怎麼回事。卡爾則愉快地靠在卜倫德先生摟著他的臂彎裡，深信自己不久之後即將成為一棟鄉村別墅裡受歡迎的客人，別墅裡燈光明亮，四周有圍牆環繞，還有狗兒看守，這個念頭令他愉快無比。就算他因為漸漸打起瞌睡而不再毫無錯誤地理解卜倫德先生所說的一切，至少是不再不間斷地理解，他還是不時打起精神，揉揉眼睛，再度加以確認，看卜倫德先生是否注意到他在打瞌睡，因為這是他無論如何想要避免的事。

第三章 紐約近郊別墅

「我們到了。」卜倫德先生說，剛好在卡爾恍神的一刻。汽車停在一棟鄉間別墅前面，按照紐約郊區有錢人別墅的式樣，比起僅供一家人使用的尋常鄉間別墅占地更廣，蓋得也更高。由於屋內只有下層亮著燈光，根本無法估量這屋子究竟有多高。栗樹在屋前簌簌作響，在樹木之間——柵欄已經打開了——一條短短的小路通往那棟屋子的露天台階。卡爾自認為可以從他下車時的疲倦推斷出這趟車程的確相當長。在栗樹林蔭道的黑暗中，他聽見一個少女的聲音在他身旁說：「雅克先生總算來了。」「我姓羅斯曼。」卡爾說，握住少女朝他伸過來的手，此刻他辨認出了她的輪廓。「他只是雅克的外甥，」卜倫德先生向她說明，「他自己名叫卡爾．羅斯曼。」「這不要緊，我們一樣高興他來作客。」少女說，她並不太在乎姓名。儘管如此，當卡爾走在卜倫德先生和那位少女中間，朝著屋子走去，他還是問道：「你是克拉拉小姐嗎？」「是的，」她說，來自屋內的一道朦朧光線已經照在她朝他轉過來的臉上，「但是我不想在這一片漆黑中作自我介紹。」莫非她在柵欄邊上等我們嗎？卡爾心想，他走著走著，漸漸清醒過來。「對了，我們今晚還有另一位客人。」克拉拉說。「這不可能！」卜倫德先生氣惱地喊道。「是葛林先生。」克拉拉說。「他什麼時候來的？」卡爾問，彷彿有了一種預感。「剛到。難道你們沒聽見他的車開在你們的車前面嗎？」卡爾抬頭望向卜倫德，想得知他如何看待此事，但他把雙手插在褲袋裡，只是走路的腳步更重了。「只住在剛出了紐約市的地方沒有用，還是不免會受到打擾。我們非得再搬到更遠的地方去住不可。哪怕我得坐車坐上大半夜才能到家。」他們在露天台階前停下腳步。「不過葛林先生其實已經很久沒到這兒來了。」克拉拉說，她顯然完全同意她父親的看法，但是想要安撫他。「他為什麼偏偏要在今天晚上來。」卜倫德說，這句話已經氣沖沖地從鼓起的下唇說出來，下唇那塊肉鬆垮沉重，很容易就會晃來晃去。「的確！」克拉拉說。「也許他待會兒就走了。」卡爾表示，自己都驚訝於他居然跟這兩個昨天還完全陌生的人意見一致。「喔，不，」克拉拉說，「他有件大生意要和爸爸談，可能會談很久，因為他已經開玩笑地嚇唬過我，說我若想當個周到的女主人，就得陪著聽到天亮。」「真是夠了，這表示他要留下來過夜。」卜倫德喊道，彷彿事情不可能更糟了。「我真想，」他說，由於起了這個新念頭而變得和氣一些，「我真想再把羅斯曼先生你帶回車上，把你送回你舅舅家。今天這個晚上從一開始就受到阻撓，誰曉得下一次要到什麼時候你舅舅才會再讓你到我們這兒來。可是如果我今天就送你回去，下一次他就不好拒絕讓你來作客了。」說著他已經握住卡爾的手，打算把這個主意付諸實行。可是卡爾沒有移動，而克拉拉請求讓他留下來，因為至少她和卡爾將一點兒不會受到葛林先生的打擾，卜倫德最後也看出自己的決心並不十分堅定。此外——而這也許具有決定性——他們忽然聽見葛林先生站在台階最上面的平台上朝著院子向下喊：「你們到底在哪裡？」「來吧。」卜倫德說，轉身走上露天台階。卡爾和克拉拉走在他後面，此刻在燈光中互相打量。「她有雙紅唇。」卡爾心想，想到卜倫德先生的嘴唇，又想到這雙嘴唇在他女兒身上變得多麼美麗。「晚餐過後，」她說，「如果你同意的話，我們就馬上到我房間去，就算爸爸得和這位葛林先生打交道，至少我們可以擺脫他。到時候再麻煩你彈鋼琴給我聽，因為爸爸曾說過你彈得很好，只可惜我完全沒有演奏音樂的能力，碰也不碰我的鋼琴，雖然我其實很喜歡音樂。」卡爾完全同意克拉拉的建議，雖然他也很想讓卜倫德先生參加他們的聚會。不過，葛林的碩大身影在他們走上台階時逐漸顯現——卡爾已經習慣了卜倫德的高大——在這個身影前，卡爾失去了在今晚把卜倫德先生誘離此人身邊的任何希望。

葛林先生急忙招呼他們，彷彿要彌補許多損失掉的時間，他握住卜倫德先生的手臂，推著卡爾和克拉拉走進餐廳，餐桌上擺著由新鮮綠葉襯托的鮮花，使得餐廳顯得格外隆重，使人加倍遺憾葛林先生的在場打擾。卡爾站在桌旁等待其他人先就座，正高興那扇通往院子的大玻璃門將繼續開著，因為一股濃郁的香氣飄進來，宛如飄進一座園亭，這時偏偏葛林先生氣喘吁吁地動手去把這扇玻璃門關上，彎下腰去搆最下面的門閂，又伸直身子去搆最上面的門閂，而且一切動作都像年輕人一樣敏捷，讓急忙趕來的傭人無事可做。用餐時，葛林先生說的頭幾句話是對卡爾得到舅舅的許可前來拜訪而表示驚訝。他把一匙又一匙的湯舀進嘴裡，向右手邊的克拉拉和左手邊的卜倫德先生解釋他何以如此驚訝，又說到卡爾的舅舅多麼照顧卡爾，對卡爾的愛有多深，讓人很難還稱之為舅舅對外甥的愛。「他在這裡毫無必要地攪局還不夠，還要干涉我和舅舅之間的事。」卡爾心想，那金黃色的湯他一口也喝不下。但他又不想讓人察覺他有多反感，於是就默默地把湯一口口灌下去。這一頓飯活像受罪，過得十分緩慢。只有葛林先生興致盎然，頂多還有克拉拉，他們有時找到機會大笑一聲。只有幾次，當葛林先生談起生意的事，才把卜倫德先生拉進了談話，而卜倫德先生也很快就從這類談話中退出，過了一陣子，葛林先生就必須再一次出其不意地用這類談話去偷襲他。而葛林先生還強調——卡爾豎耳傾聽，彷彿有危險即將發生，這時克拉拉不得不提醒他有塊烤肉在他面前，而他正在吃晚餐——他從一開始就沒打算來當不速之客。因為要談的這樁生意固然十分緊迫，但至少最重要的部分原本可以今天在城裡洽談，較次要的部分則可以留待明天或日後再談，所以在下班之前他還在卜倫德先生辦公室裡等了很久，卻沒有遇到他，於是他不得不打電話回家，說他要在外面過夜，然後開車出城。「那我得要道歉，」卡爾搶在別人答話之前大聲說，「因為卜倫德先生今天提早下班是我的錯，對此我感到很抱歉。」卜倫德先生用餐巾蓋住了大半張臉，克拉拉雖然對著卡爾微笑，但並非出自關心，而是想設法影響他。「不需要道歉，」葛林先生說，一邊鋒利地切了幾刀，把盤中的鴿子肉割開，「正好相反，我很高興能在如此愉快的聚會中度過這個晚上，而不是獨自在家吃晚飯，讓我年邁的女管家替我上菜，她很老了，就連從門口走到餐桌前都有困難，如果我想看著她走這一趟，我可以久久靠坐在椅子上。不久之前我才設法讓男傭把菜餚端到餐廳門口，可是就我對她的了解，從門口到餐桌這段路非她莫屬。」「天哪，」克拉拉喊道，「她可真是忠心！」「是啊，這世上還是有忠心的人。」葛林先生說，把一口食物放進嘴裡。卡爾湊巧看見他用舌頭一捲就抓住了食物，幾乎覺得噁心，便站了起來。卜倫德先生和克拉拉幾乎同時抓住他的手。「你還得繼續坐著。」克拉拉說。等他再度坐下，她對他耳語說：「等一下我們就一起離開。你要有耐性。」葛林先生在這當中平靜地用餐，彷彿若是他令卡爾感到噁心，卜倫德先生和克拉拉自然有責任讓卡爾平靜下來。

就算葛林先生毫不疲倦地隨時準備好接受每一道剛端來的菜餚，這頓飯之所以拖得很長，主要是因為他對待每道菜餚的仔細，看來他的確像是想徹底忘了他年邁的女管家。偶爾他會稱讚克拉拉小姐操持家務的本領，這對她顯然是種恭維，卡爾卻很想阻止他，彷彿他在攻擊她。而葛林先生光是稱讚她還不夠，還多次對卡爾顯然胃口不佳而表示遺憾，說時目光並未離開盤子。卜倫德先生替卡爾的胃口辯護，雖然他身為主人其實也該鼓勵卡爾多吃一點。而果然，由於卡爾在整頓晚餐中所承受的壓力，他變得十分敏感，違反了自己較佳的理智，把卜倫德先生這番話解釋為不友善的表示。正是由於他處於這種狀態，他才一會兒完全失當地吃得又快又多，然後又有很長一段時間疲倦地擱下刀叉，是同桌之人當中最呆板的一個，負責上菜的傭人往往不知道該拿他怎麼辦。

「明天我就會去告訴參議員先生，你如何用不吃東西來令克拉拉小姐傷心。」葛林先生說，只以他使用刀叉的方式來表達出他這幾句話是開玩笑的。「你只要看看這個女孩，看她有多難過。」他繼續說，伸手托起克拉拉的下巴。她由著他這麼做，閉上了眼睛。「你這個小丫頭。」他喊道，靠坐在椅背上，笑得脹紅了臉，因為酒足飯飽而中氣十足。卡爾徒勞地想揣摩出卜倫德先生的態度。卜倫德先生坐在他的盤子前，盯著這盤子，彷彿真正重要的事發生在盤子上。他沒有把卡爾的椅子拉近自己，若是開口說話，就是對著大家說話，對卡爾卻沒有什麼特別的話可說。另一方面他容忍葛林這個老奸巨猾的紐約單身漢不懷好意地去碰克拉拉，侮辱卡爾——卜倫德的客人，至少是把他當成小孩子來對待，而且誰曉得等葛林養足了力氣還會做出什麼事來。

等到晚餐結束——當葛林察覺到全場的氣氛，他率先站起來，在某種程度上使得大家都隨之起立——卡爾獨自走到一旁，走向由白色窄木框隔開的幾扇大窗戶當中的一扇，那幾扇窗面向露台，當他走近，他看出那些窗戶其實是道地的門。卜倫德先生和他女兒起初對葛林的反感當時令卡爾有點難以理解，而這份反感如今安在？此刻他們和葛林站在一起，向他點頭。葛林先生的雪茄冒出的煙在大廳裡瀰漫，把葛林的影響力帶進了他本人永遠不會踏進的角落和壁龕。卜倫德先生送的那支雪茄很粗，卡爾的父親在家裡常說起這種雪茄，把它當成一件事實，但他可能從未親眼見過。即使卡爾站得這麼遠，仍然感覺到這股煙刺得他鼻子裡癢癢的，也仍然感覺得到葛林先生的舉止，這種感覺令他感到可怕，他從此刻所站的位置只迅速轉頭瞄了葛林先生一眼。現在他甚至不再排除一種可能，亦即舅舅之所以一直拒絕允許他前來拜訪，就是因為知道卜倫德先生個性軟弱，看出了卡爾來訪可能會受到委屈，就算舅舅並未確實預見此事。卡爾也不喜歡那個美國女孩，雖然肯定不是因為她不如他想像中美麗。自從葛林先生和她有了互動，卡爾甚至驚訝於她的臉所呈現出的美，尤其驚訝於她滴溜溜轉的眼睛所發出的光芒。他還從未見過像她身上那樣緊緊裹住身體的裙子，淡黃色的布料柔軟而結實，細細的皺褶顯示出繃緊的強度。然而卡爾根本不在乎她，他樂於放棄去她房間，如果他可以打開這扇門——他的手也已經擱在門把上了——坐進汽車，倘若司機已經睡了，他就自己散步回紐約。夜色清朗，一輪滿月俯視著他，這月光夜色人人都能享用，卡爾覺得擔心自己在戶外也許會感到害怕未免荒謬。他想像著——在這座大廳裡他頭一次感到愉快——他將如何在早晨出現，讓舅舅大吃一驚，若是走路回家他不可能在早晨以前抵達。雖然他還從未去過舅舅的臥室，也根本不知道舅舅的臥室位在哪裡，但他會打聽出來的。接著他會敲門，一聽見那聲正式的「進來！」就跑進房間，給親愛的舅舅一個驚喜，到目前為止他一向只見過全身穿戴整齊的舅舅，而這時他將看見舅舅穿著睡衣，直挺挺地坐在床上，驚訝地看著門。這件事本身也許還不算什麼，可是只需要設想一下這件事可能帶來的結果！也許他將頭一次和舅舅共進早餐，舅舅坐在床上，他坐在椅子上，早餐則擺在他們之間的小桌子上，也許這種共進早餐將成為經常性的安排，也許他們將由於這樣的早餐而比現在更常碰面，幾乎免不了會更常碰面，目前他們一天只見一次面，而到時候他們自然也會更坦率地交談。畢竟他今天之所以不太聽舅舅的話，或者應該說有點倔強，就只是由於缺少這種坦率的對談。就算他今晚必須在此地過夜——可惜此事看來已成定局，雖然他們任由他待在這扇窗前，讓他自己娛樂自己——說不定這趟不愉快的造訪將成為一個轉捩點，能改善他和舅舅的關係，說不定舅舅今晚在自己的臥室裡也有類似的念頭。

他略感安慰地轉過頭去。克拉拉站在他面前，說：「難道你一點也不喜歡我們家嗎？不想稍微有點賓至如歸的感覺嗎？來吧，讓我再做最後一次嘗試。」她帶著他穿過大廳朝門走去。那兩位先生坐在一張邊桌旁，喝著高腳杯裡冒著氣泡的飲料，卡爾沒見過這種飲料，很有興趣嚐一嚐。葛林先生把一隻手肘撐在桌子上，把整張臉盡量湊近卜倫德先生；不認識卜倫德先生的人很可能會以為他們在商量某件陰謀，而不是在談生意。卜倫德先生親切地目送著卡爾走向門口，葛林先生則絲毫沒有轉頭去看卡爾，雖然一個人通常會不由自主地追隨談話對象的目光。卡爾覺得葛林先生的舉止表示出他深信卡爾和葛林在此地應該要努力各顯神通，隨著時間過去，他們之間必要的社會關係將自兩人之中一人的勝利或毀滅而產生。「如果他這麼認為，」卡爾心想，「那他就是個傻瓜。我實在不想跟他有什麼瓜葛，而他也不該來惹我。」他才踏上走道，就想到自己的舉止可能不太禮貌，因為剛才他一雙眼睛緊盯著葛林，幾乎是讓克拉拉把他拖出了房間，因此這會兒他更加順從地走在她旁邊。穿過走道時，看見每隔二十步就站著一個身穿華麗制服的傭人，手持燭台，用雙手緊握燭台的粗柄，起初卡爾簡直不敢相信自己的眼睛。「到目前為止只有餐廳裡新裝設了電線線路，」克拉拉解釋，「我們不久之前才買下這棟房子，再整個加以改建，在一棟老房子固執的建造方式容許改建的範圍內。」「這麼說來，在美國也已經有老房子了。」卡爾說。「當然，」克拉拉笑著說，拉著他繼續走，「你對美國的看法很奇怪。」「你不該笑我。」他生氣地說。畢竟他已經認識了歐洲和美國，她卻只認識美國。

經過一扇門時，克拉拉微微伸出手把門推開，但並未停下腳步，說：「你將睡在這裡。」卡爾當然想馬上看看這個房間，可是克拉拉不耐煩地幾乎嚷嚷起來，說要看這個房間還有的是時間，要他先跟著她走。兩人在走道上拉扯了一陣子，最後卡爾表示他沒有必要凡事都聽克拉拉的，掙脫開來，走進那個房間。窗前出人意料地一片黑暗，原來是被一棵樹的樹梢遮住了，那整片樹梢都在搖曳。聽得見鳥兒在鳴唱。不過，在這個月光尚未照進來的房間裡幾乎什麼也看不清。卡爾遺憾自己沒有把舅舅送的手電筒帶在身邊。手電筒在這棟屋子裡可說是不可或缺，假如有幾支手電筒，就可以讓這些傭人去睡覺。他坐在窗台上，看出窗外，聆聽著外面的聲音。一隻驚起的鳥兒似乎擠著穿過這株老樹的枝葉。一列紐約郊區火車在鄉間某處鳴著汽笛。除此之外一片安靜。

但並沒有安靜多久，因為克拉拉急忙走進來，顯然生氣地喊道：「這是什麼意思？」一邊拍打著她的裙子。卡爾想要等她客氣一點的時候再回答，但她大步走向他，喊道：「你到底要不要跟我來？」一邊在他胸口推了一下，不知道是故意的，還是只是出於激動，害他差點摔出窗外，若非他在最後一瞬間從窗台上往下滑，用雙腳碰到了房間的地板。「我差點就掉下去了。」他說，滿是責備之意。「可惜你沒掉下去。你為什麼這麼不聽話。我要再推一次把你推下去。」而她真的抱起他，用她經過運動鍛鍊的身體幾乎把他抬到了窗邊，他在驚愕中起初忘了要把重心往下壓。可是在窗邊他回過神來，一扭腰掙脫開來，轉而抱住了她。「哎喲，你弄痛我了。」她馬上說。可是這會兒卡爾認為不能再把她鬆開。他雖然允許她自由地任意走動，卻跟著她，並未放開她。要抱住穿著緊身衣裳的她也很容易。「放開我。」她輕聲低語，臉龐發熱，緊貼著他的臉，她離他這麼近，他要看見她很吃力。「放開我，我會給你一件好東西。」「她為何呻吟呢？」卡爾心想，「我又沒有壓著她，她應該不會痛才對。」但他還是不放開她。可是他才默默站在那裡一會兒，一個不留心，身上就忽然感覺到她愈來愈強的力氣，她掙脫了他，用熟練的正手抓抓住他，再用一種特殊格鬥技巧的腳法擋開了他的腿，把他推向牆壁，同時極均勻地呼吸。那兒有一張長沙發，她把卡爾推到沙發上，略略朝他彎下身子，說：「現在你動得了的話就動看看。」「貓，瘋貓！」卡爾又羞又怒，就只能喊出這幾個字。「你瘋了，你這隻瘋貓。」「你說話小心點。」她說，把一隻手滑到他脖子上，用力掐住他的脖子，以至於他除了張嘴吸氣什麼也不能做，同時她用另一隻手拂過他的臉頰，像是試驗性地去摸它，再把手縮回來，愈來愈遠地縮進半空中，隨時可能一個巴掌甩下來。「怎麼樣？」她問道，「如果我結結實實地賞你一巴掌，把你打回家，算是懲罰你對待一名淑女的態度。這對你未來的人生道路也許會有好處，就算這不會留下什麼美好的回憶。我替你感到惋惜，你算得上是個俊帥的男孩，假如你學過柔道，說不定已經把我痛揍了一頓。儘管如此，儘管如此——像你現在這樣躺在這裡，我實在巴不得賞你一巴掌。我可能會感到遺憾，可是如果我真的賞你巴掌，那我現在就讓你知道，我將幾乎是違背自己的意願而這麼做。而且我當然不會只滿足於一個耳光，而會左右開弓，一直打到你的臉頰腫起來。而你也許是個有榮譽心的人——我幾乎想相信你是——被賞了這些巴掌之後不想再活下去，就自行了斷離開人間。可是你為什麼這麼不聽我的話。難道我不討你喜歡嗎？不值得到我房間去嗎？當心！我差點冷不防地就賞了你一個耳光。如果你今天還能安然離開的話，下一次你就放規矩一點。你可以跟你舅舅鬧彆扭，但我不是你舅舅。另外我還想要提醒你，如果我沒有賞你巴掌就放了你，你也不必認為你此刻的處境和真正挨了耳光從榮譽的立場來看沒有什麼兩樣，假如你這麼想，那我就不如真的賞你幾個耳光。等我把這一切都告訴馬克，不知道他會怎麼說。」一想起馬克讓她鬆開了卡爾，在他模糊的思緒中，馬克顯得像個救星。有一會兒的時間他還感覺到克拉拉的手在他脖子上，因此還動了一下，之後就靜靜躺著。

她要求他站起來，他沒有回答，也沒有動彈。她在某處點燃了一根蠟燭，房間裡有了光亮，天花板上出現一道藍色的鋸齒形圖案，可是卡爾躺著，頭擱在沙發墊子上，就像克拉拉先前把他放在沙發上那樣，絲毫沒有移動。克拉拉在房間裡走來走去，裙子在她雙腿周圍窸窣作響，然後她停下腳步好一會兒，大概是在窗前。接著聽見她問：「彆扭鬧夠了嗎？」在這個明明是卜倫德先生安排好要讓他過夜的房間裡得不到安寧，這令卡爾心情沉重。這個女孩在房間裡走來走去，又停下腳步說話，而他對她實在感到說不出的厭倦。趕快睡一覺，然後離開這裡，這是他唯一的願望。他根本不想上床了，只想待在這張沙發上。他只暗中等待著她走開，等她一走，他就要跳到門邊把門閂上，再回來往沙發上一倒。他很想伸展四肢打個呵欠，但他不想在克拉拉面前這麼做。於是他躺著，凝視著上方，感覺到他的臉愈來愈僵硬，一隻繞著他飛的蒼蠅在他眼前一閃一閃的，而他並不確知那是什麼。

克拉拉又走到他身邊，彎下身子，進入他的視線，假如他沒有克制住自己，就會不得不看著她。「我要走了，」她說，「也許晚一點你會有興趣到我那兒去。我房間的門是從這扇門數過去第四扇，在走道的這一側。也就是說，你會再經過三扇門，再下一扇就是正確的。我不會再下樓到大廳去，而會待在我房間裡。你也實在把我弄累了。我不見得會刻意等你，但你如果想來的話就來。要記得，你答應過要彈琴給我聽。不過，也許我把你弄得你筋疲力盡，你連動都沒法動，那你就留在這裡睡個飽。我們打架的事我暫時還不會告訴我爸爸；我這樣說是免得你會擔心。」說完她就用兩大步跳著離開了房間，雖然她剛才聲稱自己累了。

卡爾立刻坐直，一直這樣躺著他已經受不了了。為了稍微活動一下，他走到門邊，看向外面的走道。那裡可真是一片漆黑！當他關上門，把門閂好，再度在燭光中站在他的桌旁，他感到高興。他決定不要在這棟屋子裡多做停留，而要下樓去找卜倫德先生，坦白告訴他克拉拉是怎麼對待他的——他一點也不在乎承認自己落敗——用這個應該夠充分的理由請求卜倫德先生允許他搭車或走路回家。要是卜倫德先生反對他立刻回家，那麼卡爾想至少請他找個傭人帶卡爾到附近的旅館去。雖然按照常理，不會有人用卡爾所計畫的方式來對待和氣的主人，可是更沒有人會像克拉拉這樣對待客人。她甚至還把她答應暫時不把他們打架一事告訴卜倫德先生當成一番好意，這實在是沒有天理。難道卡爾是受邀前來參加摔角比賽的嗎？以至於他會覺得被一個女孩子摔倒很丟臉，而這個女孩可能把一生中大部分的時間都用來學習摔角的技巧。搞不好還是馬克教她的。她儘管去把一切都告訴他，卡爾知道馬克肯定會講道理，雖然他從不曾有機會具體得知這一點。但卡爾也知道，假如有馬克來教他，他的進步會比克拉拉更大；到時候他會找一天再到這兒來，很可能是不請自來，他當然會先調查地形，先前克拉拉的一大優勢就在於她熟悉地形，然後他就抓住同樣這個克拉拉，把她在同樣這張沙發上痛揍一頓，就是她今天把他扔在上面的這一張。

現在只需要找到回大廳的路，他很可能也在起初心不在焉的時候把帽子擱在大廳裡某個不恰當的地方。他當然打算把蠟燭帶著，但就算有燭光，要認清路也不容易。例如，他甚至不知道這個房間是否跟大廳位在同一層樓。在來這裡的路上，克拉拉一直拉著他走，他根本無法東張西望，葛林先生和那些舉著燭台的傭人也令他分心，簡而言之，現在他的確不知道他們是上了一層樓還是兩層樓，還是根本沒上樓。從窗外景觀看來，這個房間的位置相當高，因此他假設他們上了樓，可是在這棟屋子的大門口就已經必須爬上台階，那麼屋子的這一側說不定也是架高的。如果在走道上能有一道光線從哪扇門裡透出來的話，那就好了，或是有點人聲從遠處傳來，不管多麼小聲。

舅舅送給他的懷錶顯示出現在是十一點，他拿起蠟燭，走出房間到走道上。他讓房門開著，以防萬一找不到路，至少還能再找到他的房間，之後在萬不得已時能找到克拉拉的房門。為了確保房門不會自行關上，他用一張椅子把門擋住。在走道上情況不妙，一陣風迎著卡爾吹來——他當然是避開克拉拉的房門而往左邊走——那風雖然很微弱，卻很容易就能把蠟燭吹熄，於是卡爾用手護著燭火，而且常常得要停下腳步，好讓變小的火焰再恢復正常。這般前進十分緩慢，這段路因此顯得加倍漫長。卡爾已走過一大片完全沒有門的牆壁，無法想像牆壁後面是什麼。接著又出現了一扇又一扇的門，他嘗試把門打開，試了好幾扇，那些門全都鎖住了，而且顯然沒有住人。這實在是太浪費空間，卡爾想到舅舅曾答應要帶他去看的紐約東區，據說在一個小房間裡住了好幾家人，而一家人的住所就只由房間的一個角落構成，小孩子就聚在父母身邊待在那個角落裡。而這裡卻有這麼多空房間，只為了在有人敲門時發出空洞的聲音。卡爾覺得卜倫德先生被假朋友引入了歧途，溺愛他的女兒，因此而墮落了。舅舅對他的判斷肯定正確，這趟拜訪以及在這些走道上的遊蕩只能歸咎於舅舅的原則，不願意影響卡爾對別人的判斷。卡爾打算在早上把這一點直截了當地告訴舅舅，因為按照舅舅的原則，舅舅也很樂意靜靜聆聽外甥對他的看法。此外，這個原則也許是舅舅身上唯一令卡爾不喜歡的地方，而就連這種不喜歡也不是絕對的。

走道一側的牆壁驀地到了盡頭，由一道冰冷的大理石欄杆取而代之。卡爾把蠟燭放在旁邊，小心地俯身在欄杆上。黑暗的空洞迎面撲來。如果這是這棟屋子的主廳——一片拱頂形狀的天花板出現在蠟燭的微光裡——為什麼他們不是穿過此廳進屋裡來？這個又大又深的空間是做什麼用的？站在這上面就像站在一座教堂的樓座上。卡爾幾乎對自己不能在這棟屋子裡留到明天而感到遺憾，他很想在日光中讓卜倫德先生帶著他到處參觀，了解屋內的一切。

另外，這道欄杆並不長，不久之後，卡爾就又走進封閉的走道。走道突然轉彎，卡爾猛地撞上牆壁，幸好他一直緊張兮兮地小心拿著蠟燭，蠟燭並未掉落熄滅。由於走道似乎沒有盡頭，也沒有能看見外面的窗戶，高處低處都沒有絲毫動靜，卡爾已經以為他始終在同一個圓形走道上繞圈子，已經在希望說不定能再找到他房間敞開的門，可是那扇門和那道欄杆都沒有再出現。到目前為止卡爾忍住了沒有大聲呼喊，因為他不想三更半夜在別人家裡大呼小叫，但此時他看出在這棟沒有照明的屋子裡這樣做並不為過，正打算朝著走道兩邊大喊一聲哈囉，此時他注意到一道小小的光線從他來時的方向朝他接近。現在他才得以估計出這條筆直走道的長度，這棟屋子是座堡壘，而非別墅。這道拯救了卡爾的光線讓他喜出望外，以至於忘了所有的謹慎，朝著那光線跑過去，才跑了幾步，他的蠟燭就熄滅了。他不予理會，因為他不再需要這支蠟燭了，一個老傭人提著燈籠朝他走來，將會向他指出正確的道路。

「您是哪位？」傭人問，把燈籠拿到卡爾的臉旁，這樣一來，他同時也照亮了自己的臉。由於一把白色大鬍子，他的臉顯得有點僵硬，那鬍子一直垂到胸前，末端鬈曲，像一綹一綹的絲。卡爾心想，這一定是個忠實的傭人，主人才會允許他留這麼一把鬍子。他目不轉睛地上下左右打量著這把鬍子，對方也打量著他，卻並未妨礙他打量對方。此外他立刻答道他是卜倫德先生的客人，想從他的房間走到餐廳去，卻找不到。「原來如此，」傭人說，「我們還沒有裝電燈。」「我知道，」卡爾說。「您要不要用我的燈籠把您的蠟燭點著？」傭人問。「那就麻煩了。」卡爾說著，點燃了蠟燭。「走道上風很大，」傭人說，「蠟燭很容易熄滅，所以我提了燈籠。」「是啊，燈籠實用多了。」卡爾說。「您身上也已經滴滿了燭蠟。」傭人說，用蠟燭照著卡爾的西裝。「我還根本沒注意到這一點。」卡爾喊道，心裡很難過，因為舅舅說過在所有的西裝當中這套黑西裝最適合他。此刻他想起來，和克拉拉的那番扭打想必對這套西裝也沒有好處。傭人相當殷勤，在倉促間盡可能替他把西裝擦乾淨；卡爾一再在他面前轉動身體，向他指出這裡那裡還有汙漬，傭人就順從地替他擦掉。等他們繼續向前走，卡爾問道：「這裡究竟為什麼風這麼大呢？」「因為這裡還有很多地方沒蓋好，」傭人說，「雖然已經開始改建了，但是速度很慢。如今建築工人還又罷工了，這件事您或許也知道。這種施工帶來很多麻煩。現在鑿出了好幾個大缺口，沒有人砌牆去補，風就從整棟屋子穿過。要不是我耳朵裡塞著棉花，我是受不了的。」「那我說話也許應該要更大聲一點？」卡爾問。「不，您的聲音很清楚，」傭人說，「不過，再把話題拉回這棟建築上，尤其在小教堂附近這裡，風大得實在讓人受不了，這個小教堂將來一定得和屋子的其餘部分隔開。」「所以說，走道上經過的那道欄杆是通往一間小教堂囉？」「對。」「我當時就是這麼想的。」卡爾說。「那間小教堂很值得一看，」傭人說，「要不是有這間教堂，馬克先生大概不會買下這棟屋子。」「馬克先生？」卡爾問，「我以為這屋子屬於卜倫德先生。」「當然，」傭人說，「可是馬克先生在買房子這件事上講話有份量。您不認識馬克先生嗎？」「噢，我認識他，」卡爾說，「可是他和卜倫德先生是什麼關係呢？」「他是小姐的未婚夫。」傭人說。「這我的確不知道。」卡爾說著停下了腳步。「這件事讓您這麼驚訝嗎？」傭人問。「我只是想把事情考慮清楚。如果不了解這些關係，就可能會犯下大錯。」卡爾回答。「我只納悶他們沒有告訴您這件事。」傭人說。「的確。」卡爾不好意思地說。「可能他們以為您已經知道了，」傭人說，「這件事並不是新聞。喔，我們到了。」他打開一扇門，門後是一道階梯，垂直通往餐廳後門，餐廳裡燈火通明，就跟卡爾抵達時一樣。聽得見卜倫德先生和葛林先生的聲音從裡面傳來，就跟大約兩小時之前一樣沒有改變，傭人在卡爾走進餐廳之前說：「如果您希望我等您，我就在這裡等，待會兒再帶您回房間。畢竟在此地的第一個晚上就要把路摸熟很不容易。」「我不會再回我的房間。」卡爾說，不知道為什麼在這樣回答時竟難過起來。「情況不至於這麼糟。」傭人說，露出略帶優越的微笑，拍拍卡爾的肩膀。他可能把卡爾這句話解釋成卡爾打算整夜待在餐廳裡，和那兩位先生喝酒聊天。卡爾此刻並不想向他坦白，此外他想，這個傭人稍後可以告訴他通往紐約的路，比起此地的其他傭人，此人更討他喜歡。於是他說：「如果你願意在這兒等，這肯定是你的一番好意，而我感激地接受。總之，我一會兒之後就會出來，到時候就會告訴你我接下來要做什麼。我也認為我還會需要你幫忙。」「好，」傭人說，把燈籠擱在地上，坐在一個低矮的基座上，基座上之所以空著大概也跟這棟屋子的改建有關，「那我就在這裡等。」當卡爾想拿著那支點燃的蠟燭往餐廳走，傭人又說：「您也可以把蠟燭留在我這兒。」「我真是心不在焉。」卡爾說，把蠟燭遞給傭人。傭人只向他點點頭，但卻看不出他是有意點頭呢，還是這只是他用手捋鬍子的結果。

卡爾開了門，那門大聲地哐噹作響，這並不是他的錯，因為這扇門只由一片玻璃構成，如果有人只抓緊門把而迅速開門，整片玻璃幾乎就會彎曲。卡爾一慌連忙鬆手，因為他原本想要格外安靜地走進去。他沒有再轉身，就察覺傭人顯然離開了先前所坐的基座，在他身後小心地把門關上，沒有發出一絲聲響。「打攪了，請兩位原諒。」他向那兩位先生說，他們正一臉驚訝地看著他。而他同時用目光匆匆掃過大廳，看能否趕緊找到他的帽子。可是到處都看不見他的帽子，餐桌已經徹底收拾乾淨，說不定很尷尬地，那頂帽子不知怎地被拿到廚房去了。「你把克拉拉留在哪兒了？」卜倫德先生問，似乎並不介意受到打擾，因為他立刻改變了他在安樂椅上的坐姿，整個人面向著卡爾。葛林先生擺出一副事不關己的樣子，掏出一個皮夾，其大小和厚度都很驚人，似乎在那許多口袋中尋找一件特定的東西，但一邊找也一邊讀著剛好在手邊的文件。「我有個請求，但是您可別誤會。」卡爾說，急忙走向卜倫德先生，為了盡量靠近，他把手擱在那張安樂椅的扶手上。「到底是什麼樣的請求呢？」卜倫德先生問，用毫無保留的坦誠眼神看著卡爾，「我當然會答應。」他摟住卡爾，把他拉到自己兩腿之間。卡爾樂於容忍對方此舉，雖然他覺得自己已經長大了，不適合受到這樣的對待，不過，要說出他的請求自然就更困難了。「你喜不喜歡我們這兒呢？」卜倫德先生問，「你不也覺得，從城市來到鄉間讓人有種得到解放的感覺嗎？一般說來，」——他朝葛林先生瞥了一眼，這道毫不含糊的目光被卡爾稍微遮住——「一般說來我總是一再有這種感覺，每天晚上都有。」卡爾心想：「他說這話就好像他渾然不知這棟屋子這麼大，有那些沒完沒了的走道，那間小教堂，那些空房間，到處都一片黑暗。」「說吧！」卜倫德先生說，「你的請求！」他和藹地搖搖默默站著的卡爾。「我請求，」卡爾說，雖然他盡量壓低聲音，坐在旁邊的葛林卻免不了還是會聽見一切，而卡爾實在不想讓葛林聽見這個可能會被視為冒犯了卜倫德的請求——「我請求您現在就讓我回家，就在夜裡。」既然最難啟齒的話已經說出來了，其餘的一切就更快地脫口而出，他說了自己先前根本沒想到要說的話，沒用上一句謊話。「我不計一切地想要回家。我很樂意以後再來，因為凡是卜倫德先生您在的地方，我也很樂意待。只是今天我不能留在這裡。您曉得的，舅舅並不樂意允許我來此拜訪。他之所以不樂意，肯定有他的理由，就跟他所做的一切事情一樣，而我可說是放肆地強求得到他的許可，違逆了他明智的判斷。我根本就是濫用了他對我的愛。他對這趟造訪有何顧慮，這一點現在已經不重要了，我只清楚知道，在這些顧慮中沒有什麼會傷害卜倫德先生您的感情，您是我舅舅的好友，是他最好的朋友。在我舅舅的朋友中，其他人都遠遠不能和您相提並論。這也是我之所以不聽舅舅話的唯一理由，但這個理由並不充分。您也許並不太明白我和舅舅之間的關係，因此我只想說說最明瞭易懂的部分。在我的英文課尚未結束之前，在我尚未充分了解貿易實務之前，我完全仰賴舅舅的好心幫助，當然，身為有血緣關係的親人，我是可以享有這份幫助。您可別以為我現在就已經能夠以正當的方式——願上帝保佑我免於其他一切可能——養活自己。就這件事而言，可惜我所受過的教育太不實用。我在歐洲一所文理中學讀過四年，成績中等，就掙錢來說，這絲毫沒有用處，因為我們那兒的中學課程非常落後。如果我告訴您我都學了些什麼，您會大笑。如果繼續讀下去，把中學讀完，再去上大學，到時候也許就能彌補一切，最後能算是受過妥善的教育，可以當成基礎，讓人下定決心去掙錢。遺憾的是，我卻不得不中斷這具有連貫性的學業，有時候我覺得自己根本一無所知，而到頭來，一切我可能知道的知識在美國也還嫌太少。最近在我的故鄉新設立了改良過的文理中學，學生也學習現代語言，或許也學習商業知識，當我從小學畢業時，還沒有這種新制中學。我父親雖然想讓我學英文，但是一來我當時無法預見自己將會遭遇什麼樣的不幸，無法預見我將會需要用到英文，二來在中學裡要學的東西很多，以至於我沒有時間再去做別的事——我提起這一切，是想讓您明白我多麼依賴舅舅，也多麼感謝他。您肯定會承認，在這種情況下，我不能擅自去做任何違反他意願的事，哪怕他沒有明白說出他的意願，而我只是猜到。因此，為了勉強彌補我在他面前所犯的錯誤，我必須馬上回家。」卡爾說這一大段話時，卜倫德先生凝神傾聽，好幾次摟住卡爾，雖然並不明顯，尤其是當卡爾提到他舅舅時，也有幾次表情嚴肅、似是滿懷期待地看向葛林，葛林仍舊在忙著弄他的皮夾。至於卡爾，在說這番話時愈是清楚意識到自己相對於舅舅的地位，就愈發坐立難安，情不自禁地試圖掙脫卜倫德先生的手臂，這裡的一切都束縛著他，回到舅舅身邊的路途——穿過那扇玻璃門，走下台階，穿過林蔭道，經過公路，穿過市郊，抵達交通繁忙的大馬路，通往舅舅家，這段路途像是種緊密相屬的東西，空蕩，平坦，躺在那裡等待著他，以強烈的聲音召喚他。卜倫德先生的善意和葛林先生的可憎變得模糊，他只想從這個煙霧瀰漫的房間裡得到告別的許可，除此無他。雖然他自覺不受卜倫德先生羈絆，對葛林先生做好了戰鬥準備，可是四周一份隱隱的恐懼充滿了他的心，這一陣陣恐懼模糊了他的眼睛。

他向後退了一步，現在他距離卜倫德先生和葛林先生一樣遠。「您不是有話要對他說嗎？」卜倫德先生問葛林先生，像是懇求般地握住葛林先生的手。「我不知道該跟他說什麼？」葛林先生說，終於從口袋裡掏出一封信，放在面前的桌上，「他想回到舅舅身邊，這的確值得稱讚，而按照一般人的預感，會認為他這樣做將使舅舅特別高興。除非是他的不聽話已經讓舅舅太過生氣，這也不無可能，在這種情況下，他當然就留在這裡比較好。事情實在很難說，雖然我們兩個都是他舅舅的朋友，而且要在這份友誼中分出我和卜倫德先生的高下並不容易，但我們無法看透他舅舅的心思，尤其是此地與紐約相隔好幾公里。」「哦，葛林先生，」卡爾說，克制住自己的情緒，走近葛林先生，「我從您的話中聽出來，您也認為我最好馬上回去。」「我可沒這麼說。」葛林先生表示，埋首看著那封信，用兩根手指在信的邊緣滑來滑去，似乎藉此暗示剛才是卜倫德先生問他，而他也回答了，至於他跟卡爾其實沒有什麼關係。

這時卜倫德先生走向卡爾，把他從葛林先生身旁輕輕拉開，拉到一扇大窗戶前。「親愛的羅斯曼先生，」他彎身在卡爾耳畔說，並且用手帕擦臉作為準備，擦到鼻子時停下來擤鼻涕，「你總不會以為我想違背你的意願把你留在這裡吧。沒這回事。只是我無法提供汽車供你使用，因為車子停在離此地很遠的一個公共停車場，由於這屋子到處都尚未完工，我還沒有時間蓋一座自己的車庫。再說司機也不睡在這兒，而是在停車場附近過夜，確切的地點我實在也不清楚。再說，此時此刻在這裡待命也根本不是他職責所在，他的職責只在於一早準時把車開到這兒來。不過，如果你要馬上回家，這一切都不是阻礙，因為如果你堅持要這麼做，我立刻陪你到最近的郊區火車站去，只不過車站距離這裡很遠，所以你到家的時間很可能不會比明天一早和我一起搭汽車走——我們七點就出發了——早到哪裡去。」「那麼，卜倫德先生，我還是寧可搭郊區火車走，」卡爾說，「我還根本沒想到可以搭火車。您自己也說，我若是搭郊區火車會比一早搭汽車提早一點抵達。」「可是只有很小的差別。」「儘管如此，卜倫德先生，儘管如此，」卡爾說，「我將記得您的好意，隨時樂意再度來訪，前提當然是在我今日的表現之後您還願意邀請我，日後或許我能更清楚地表達，何以今天我能提早見到舅舅的每一分鐘對我來說如此重要。」彷彿他已經得到了離去的許可，他又加了一句：「不過，您千萬別送我去。也沒有這個必要。外面有個傭人，他會願意送我去車站。現在我只還需要找到我的帽子。」說到最後一句話時，他已經穿過房間，在倉促中想做最後一次嘗試，看能否找到他的帽子。「不如讓我給你一頂便帽應應急吧，」葛林先生說，從口袋裡掏出一頂便帽，「也許你戴著剛好合適。」卡爾驚愕地停下腳步說：「我可不能拿走您的便帽。不戴帽子我也能走。我什麼也不需要。」「這頂便帽不是我的，你儘管拿去吧！」「那就謝了。」卡爾說，為了不再逗留就接過那頂便帽。他戴上它，先是笑了，因為它戴起來完全合適，又把它拿在手裡端詳，想看出它有何特別之處，卻看不出來；那是頂全新的便帽。「戴起來剛剛好！」他說。「喔，戴起來剛好！」葛林先生喊道，拍了一下桌子。

卡爾已經朝門走去，打算去找那個傭人，這時葛林先生站起來，在吃過豐盛的晚餐又休息了許久之後伸伸懶腰，用力拍拍自己的胸口，用介於建議和命令之間的語氣說：「在你離開之前，你得去向克拉拉小姐道別。」「你是得去道別。」卜倫德先生也說，他也站了起來。聽得出他這句話並非發自內心，他雙手無力地拍著褲縫，把外套鈕釦一再扣上又打開，那件外套按照流行的式樣剪裁得很短，幾乎遮不住臀部，穿在像卜倫德先生這樣的胖子身上很不合適。此外，當他像這樣站在葛林先生旁邊，讓人明顯看出卜倫德先生胖得不健康，他厚厚的背有點駝，腹部鬆軟，彷彿撐不住，是個真正的負擔，那張臉則顯得蒼白憔悴。而葛林先生就不同了，他也許比卜倫德先生還胖一點，但卻是個結實的胖子，身體各部分互相支撐，雙腳像士兵般併攏，抬得挺直的頭輕輕搖晃，看起來就像個高大的體操選手，正站在前方示範標準動作。

葛林先生繼續說：「所以說，你先到克拉拉小姐那兒去。這對你而言肯定是件愉快的事，也正好能配合我的時間安排。因為事實上，在你離開此地之前，我還要告訴你一些有趣的事，這可能也會左右你回家一事。只可惜我奉命在午夜之前不能向你透露。你可以想像得到，這讓我自己也很難受，因為這妨礙了我安眠，但我要堅守任務。現在是十一點一刻，所以我還可以和卜倫德先生把我的事情談完，你在這裡只會打擾我們，而你可以和克拉拉小姐好好共處一段時間。十二點整的時候你再到這兒來，屆時你就會得知必要的事。」

卡爾能拒絕這個要求嗎？這確實只要求他對卜倫德先生表現出最基本的禮貌和感謝，何況還是由一個原本冷淡而又粗魯的人提出來，身為當事人的卜倫德先生卻盡可能在言語和目光上都很節制。而他要等到午夜才能得知的又是什麼有趣的事？這使得他現在要延遲四十五分鐘才能回家，如果他將得知的那件事不能使他回家至少加速四十五分鐘，他就不感興趣。但他最大的疑慮在於他究竟能不能去找克拉拉，她可是他的敵人哪。假如他至少隨身帶著舅舅送給他當作紙鎮的鐵尺就好了。克拉拉的房間可能是個危險的巢穴。可是此時實在不可能說出一句有損克拉拉的話，因為她是卜倫德先生的女兒，而且他才聽說了她甚至還是馬克的未婚妻。其實她在他面前的舉止只要稍有不同，他就會由於她的這些關係而公開讚賞她。他還在考慮這一切，但他發現別人並不要求他考慮，因為葛林打開了門，向那個從基座上跳下來的傭人說：「帶這個年輕人到克拉拉小姐那兒去。」

「別人是這樣下達命令的。」卡爾心想，當傭人抄了一條特別短的捷徑，拉著卡爾到克拉拉的房間去，幾乎用跑的，由於年老體衰而發出呻吟。當卡爾經過他的房間，房門仍舊敞著，他想進去一下，也許是為了讓自己冷靜下來。但傭人卻不允許他這麼做。「不行，」他說，「您自己也聽到了，您得到克拉拉小姐那兒去。」「我只想在裡面待一下。」卡爾說，心裡想著去沙發上躺一會兒作為調劑，讓時間能更快接近午夜。「您別增添我執行任務的困難。」傭人說。「他似乎認為我必須去見克拉拉小姐是樁懲罰。」卡爾心想，就走了幾步，但出於倔強又再度停下腳步。「年輕的先生，您就來吧，」傭人說，「既然您已經在這兒了。我知道您今夜就想離開，但不是所有的事都能盡如人意，我剛才就跟您說過了，這幾乎是不可能的。」「沒錯，我想要離開，而且我也會離開，」卡爾說，「現在只是要去向克拉拉小姐道別。」「喔，」傭人說，卡爾看得出來他一句話也不相信，「那您為什麼猶豫著不去道別呢？來吧。」

「是誰在走道上？」克拉拉的聲音響起，看得見她從近處一扇門裡探出身子，手裡拿著一盞紅燈罩大檯燈。傭人趕緊走過去向她報告，卡爾緩緩地跟在他後面。「你來晚了。」克拉拉說。卡爾暫時沒有回答她，先對傭人小聲說：「你就在這門口等我！」聲音雖小，用的卻是嚴厲的命令口吻，因為他已經了解了傭人的天性。「我本來已經打算去睡了。」克拉拉說，一邊把那盞燈放在桌上。一如剛才在樓下餐廳裡，傭人又小心地從外面把門關上。「都已經過了十一點半了。」「過了十一點半了？」卡爾用詢問的口氣又說了一次，彷彿對這個數字感到驚慌。

「那我得馬上道別，」卡爾說，「因為十二點整我就必須到樓下餐廳去。」「你有什麼急事呀。」克拉拉說，心不在焉地整理寬鬆睡衣上的皺褶，她的臉頰發紅，一直帶著微笑。卡爾自認為看出沒有再度和克拉拉發生爭吵的危險。「你能不能還是彈一下鋼琴呢？爸爸昨天答應過我，你自己今天也答應過我。」「可是不會太晚了嗎？」卡爾問。他很樂意順從她的心意，因為她和先前判若兩人，彷彿她不知怎地晉升至卜倫德先生的階層，又繼續晉升至馬克的階層。「是啊，已經很晚了，」她說，似乎已經失去了聽音樂的興致，「這裡的每一個聲響都會在整棟屋子裡發出回聲，你若是彈琴，我相信就連睡在閣樓裡的傭人都會醒來。」「那我就別彈了，我肯定希望還能再來，順帶一提，如果你不嫌太麻煩的話，就找個時間來拜訪我舅舅，順便也去看看我的房間，我有一架很棒的鋼琴，是舅舅送給我的。到時候如果你想聽，我就把我會彈的那幾首小曲都彈給你聽，可惜我會彈的曲子不多，而且這些曲子也根本不適合用這麼大的樂器來演奏，這麼大的樂器只該由大師來演奏。不過，只要你事先通知我你要來，你就也可以有這份享受，因為舅舅將要替我請一位有名的老師——你可以想像得到我有多麼高興——而他的演奏肯定會值得你在我上課時來拜訪我。老實說，我很慶幸現在已經太晚了而不能彈琴，因為我還根本不太會彈。我若是彈了，你就會驚訝於我彈得多差勁。現在請容許我告辭，畢竟也已經是睡覺的時間了。」而因為克拉拉和氣地看著他，似乎完全沒有因為打架的事而耿耿於懷，他在伸手與她相握時又微笑著加了一句：「在我的故鄉，我們習慣說：祝你好睡，做個甜蜜的夢。」

「等一下，」她說，並未握住他的手，「也許你還是該彈琴。」說著她就消失在一扇小小的側門後面，鋼琴就擺在那扇側門旁邊。「這是怎麼回事？」卡爾心想，「我不能久等，不管她多麼親切。」有人在走道上敲門，傭人不敢把門完全打開，隔著窄窄的門縫輕聲說：「對不起，剛才有人來叫我，我不能再等下去了。」「你儘管走吧，」卡爾說，現在他敢獨自一人回餐廳去了，「只要把燈籠替我放在門口就好。對了，現在幾點了？」「快要十一點四十五分了。」傭人說。「時間過得真慢啊。」卡爾說。傭人正打算把門關上，這時卡爾想起他還沒有給對方小費，從褲袋裡拿出一先令——如今他總是按照美國人的習慣把叮咚作響的硬幣放在褲袋裡，紙鈔則放在背心口袋——遞給傭人，說：「謝謝你的服務。」

克拉拉已經又走進來，雙手攏著梳好的頭髮，這時卡爾才想到他不該讓傭人走的，因為待會兒誰要帶他去車站呢？嗯，想來卜倫德先生會找到另一個傭人來帶他去，再說，這個傭人說不定是被叫到餐廳去了，屆時將會聽候差遣。「請你還是稍微彈一下吧。在這裡難得聽到音樂，讓人不想錯過任何聽到音樂的機會。」「那我們就別耽誤時間了。」卡爾說，沒有多做考慮，馬上在鋼琴前坐下。「你需要樂譜嗎？」克拉拉問。「謝了，我還根本不太看得懂樂譜。」卡爾回答，已經彈了起來。那是首小曲，卡爾很清楚這首曲子必須相當緩慢地彈奏，別人才能聽得懂，尤其是對外國人來說，但是他卻用最嚇人的進行曲速度草草彈奏。等他彈完，屋裡被打攪的寧靜彷彿又擠回原位。「彈得很好。」克拉拉說，可是在這番彈奏之後，什麼客套話也無法讓卡爾覺得受到恭維。「幾點了？」他問。「十一點四十五分。」「那我還有一點時間。」他說，心想：「做個決定吧。我也不必把我會彈的十首曲子全部彈一遍，但我可以盡量彈好一首曲子。」於是他彈起他喜歡的那首士兵之歌，彈得很慢，使得聽者巴巴渴望著下一個音符，卡爾卻遲遲不彈出來。事實上，就跟彈奏每一首曲子一樣，他必須先用眼睛找到要用的琴鍵，除此之外，他還感覺到心中湧起一陣痛苦，在這首曲子的結尾之外尋找著另一個結尾，卻沒能找到。「我什麼都彈不好。」曲子彈完時卡爾說，眼裡噙著淚水看著克拉拉。

這時隔壁房間裡有人大聲鼓掌。「還有別人在聽！」卡爾大夢初醒地喊道。「是馬克。」克拉拉小聲說。這時也已經聽見馬克在喊：「卡爾．羅斯曼，卡爾．羅斯曼！」

卡爾把雙腳一抬，越過鋼琴長凳，一轉身就把門打開。他看見馬克半躺半坐在一張有華蓋的大床上，被子鬆鬆地蓋在腿上。這張床樣式簡單，用沉重的木頭做成，稜角分明，藍色絲綢的床幔是唯一帶點女孩子氣的裝飾。床頭櫃上只點著一支蠟燭，但床單被套及馬克的襯衫全都白閃閃的，在燭光中發出的反光幾乎令人目眩；床幔的邊緣也閃閃發亮，絲綢在邊緣沒有完全繃緊，略成波浪。而在馬克後方，那張床及其餘一切就都陷入全然的黑暗中。克拉拉倚著床柱，眼裡就只有馬克。

「你好，」馬克說，伸手與卡爾相握，「你彈得真不錯，在這之前我只見識過你的騎馬技術。」「這兩件事我都不在行，」卡爾說，「假如我知道你在聽，我絕對不會彈。可是你這位小姐——」他沒有說下去，猶豫著沒說「未婚妻」，因為馬克顯然已經和克拉拉上過床。「這我早就料到了，」馬克說，「所以克拉拉得把你從紐約誘到這裡來，否則我根本聽不到你彈琴。你彈得還很生澀，就連這些你練熟的曲子都彈錯了幾個地方，而且這都是些很初級的曲子，但不管怎麼說，你的演奏令我很高興，再說我不看輕任何人的演奏。不過，你要不要坐下來，在我們這兒再多待一會兒？克拉拉，拿張椅子給他吧。」卡爾吞吞吐吐地說：「謝了。我不能留下來，就算我很想留下。我太晚得知在這棟屋子裡有這麼舒適的房間。」「我把一切都按照這種方式來改建。」馬克說。

就在此刻，十二聲鐘響急促地接連響起，一聲未完，下一聲就敲響在前一聲的餘音裡，卡爾感覺到這口鐘大幅擺動掀起的微風拂過他的臉頰。這是座什麼樣的村莊，竟會有這種鐘！

「我得走了。」卡爾說，向馬克和克拉拉伸出雙手，但並未和他們握到手就跑出房間到走道上。他發現燈籠不在走道上，後悔自己過早給了傭人小費。他想摸索著沿著牆壁走到他房間敞開的門邊，但是才走到一半，就看見葛林先生舉著蠟燭搖搖晃晃地急忙走近。在他舉著蠟燭的那隻手裡還拿著一封信。

「羅斯曼，你為什麼沒過來？為什麼讓我等？你在克拉拉小姐那裡做了什麼？」「問題真多！」卡爾心想，「現在他還要把我壓在牆上。」的確，葛林先生就站在卡爾面前，緊貼著他，卡爾的背抵著牆。葛林的體型在這條走道上顯得龐大可笑，卡爾好笑地暗忖，不知道他是否把善良的卜倫德先生給吞下肚了。

「你果然不是個守信用的人。答應了十二點要下來，卻在克拉拉小姐的門外鬼鬼祟祟地徘徊。而我答應你要在午夜告訴你一些有趣的事，我這就已經來了。」

說完他就把那封信遞給卡爾。信封上寫著：「卡爾．羅斯曼收，午夜時親手遞交，不論他人在何處。」卡爾拆信時葛林先生說：「畢竟，我為了你而從紐約開車到這兒來，我認為單是這一點就已經值得讚許了，你實在犯不著還讓我在走道上追著你跑。」

卡爾一看到信就說：「是舅舅寫的！」又對著葛林先生說：「這在我預料之中。」

「這是否在你預料之中，我一點也不在乎。你讀信吧。」葛林說，把蠟燭朝卡爾遞過去。

卡爾在燭光下讀著：

親愛的外甥！在我們可惜嫌短的共同生活中，你想必已經看出我是個一絲不苟講求原則的人。這一點不僅令我身邊的人十分不愉快，對我來說也一樣，但是我所有的成就都要歸功於我的原則，誰也不能要求我否定自己，誰也不能，包括你在內，我親愛的外甥，雖然，如果有一天我願意容忍針對我而發的一般性批評，會讓你排在第一個。那我會巴不得用這雙按著信紙書寫的手接住你，把你高高舉起。可是由於目前沒有任何跡象顯示這種情況將會發生，經過今天這樁事件，我非得把你送走不可，而我懇切地請求你別來找我，也不要寫信來或是透過中間人來跟我接觸。你違背我的意思而決定今晚要離開我身邊，那麼你就也得要一輩子堅持這個決定，唯有如此，這才是男子漢所做的決定。我選擇由葛林先生來遞交這封信，他是我最好的朋友，肯定會想出夠委婉的話語來告訴你，眼下我的確沒有這種話語可用。他是個很有影響力的人，看在我的份上，他將會用建議和行動支持你邁向獨立自主的頭幾步。在這封信的末尾，我再度覺得我們的分離難以置信，為了理解這件事，我必須一再對自己說：卡爾你們這一家人從沒帶來過什麼好事。葛林先生若是忘了把你的皮箱和雨傘交給你，你就提醒他一下。祝你有幸福的未來。

你的雅克舅舅謹上

「你讀完了嗎？」葛林問。「是的，」卡爾說，接著問道，「您把我的皮箱和雨傘帶來了嗎？」「在這裡。」葛林說，把卡爾的舊皮箱放在卡爾身邊的地板上，先前他用左手把皮箱藏在背後。「還有雨傘呢？」卡爾又問。「全都在這兒，」葛林說，也把掛在褲袋裡的雨傘抽了出來，「這些東西是一個名叫舒巴爾的人拿來的，他是漢堡輪船公司美國航線的輪機長，聲稱在船上找到了這些東西。有機會時你可以向他道謝。」「現在至少這幾件舊東西我失而復得了。」卡爾說，把雨傘擱在皮箱上。「不過你以後要把它們看好一點，這是參議員先生要我轉告你的。」葛林先生表示，接著顯然是出於個人的好奇而問道：「這皮箱究竟有什麼稀奇？」「這是我家鄉的人入伍時帶的皮箱，」卡爾回答，「是我父親從前在軍隊裡用的皮箱，而且這皮箱也很實用。」他又微笑著加了一句：「前提是你沒有把它隨便扔下。」「畢竟你也已經學到教訓了，」葛林先生說，「而你在美國大概也沒有另外一個舅舅。我再給你一張前往舊金山的三等車廂車票。我之所以替你決定了這趟旅程，一來是因為你在東部會有比較好的工作機會，二來是因為在此地你能考慮的所有工作都會跟你舅舅扯上關係，而一定要避免讓你們相遇。在舊金山你可以不受打擾地工作，儘管是從最底層開始，再試著漸漸往上爬。」

卡爾從這番話裡聽不出什麼惡意，一整晚都藏在葛林心裡的這個壞消息已經被傳達，從這時起，葛林似乎不再是個危險人物，比起和其他任何人，和葛林或許更能開誠布公地交談。如果一個人無辜地被選中來傳達一個如此機密而又折磨人的決定，在他還攜帶著這個決定時，再好的人也勢必會顯得可疑。「我將立刻離開這棟屋子，」卡爾說，期望得到一個見多識廣之人的認可，「因為我之所以受到接待只是因為我是舅舅的外甥，身為陌生人我就不該待在這裡。請您好心地告訴我出口在哪裡，然後帶我到路上，能讓我就近找到一家旅館。」「但是你動作要快，」葛林說，「你給我添了不少麻煩。」看見葛林立刻邁開大步，卡爾打住了，這份匆忙的確可疑，他從下面抓住葛林的外套，忽然看清了事實真相地說：「還有一點您得向我解釋。在您要轉交給我的那封信的信封上只寫著我該於午夜收到，不論我人在何處。那麼當我在十一點十五分想離開此地的時候，您為何以這封信為由把我留在這裡？您這樣做超出了您所受的委託。」葛林在回答之前把手一揮，誇張地表示卡爾這番話毫無用處，接著說：「信封上難道寫著我該為了你而累得半死？而且從信的內容難道可以推斷出信封上這句話該這樣理解嗎？假如我沒有把你留下來，我就必須在午夜時在公路上把這封信交給你。」「不，」卡爾不為所動地說，「事情不完全是這樣。信封上寫著『午夜後轉交』。如果您太累了，說不定就根本無法跟著我，也說不定我在午夜時就回到了舅舅家，不過就連卜倫德先生都否認有此可能，又說不定您其實有義務用您的汽車送我回舅舅家，既然我那麼想回去，而您忽然提都不提您有車。信封上這句話不是明白表示出午夜對我而言還是最後期限嗎？而我錯過了這個期限是您的錯。」

卡爾用銳利的眼神看著葛林，分明看出了葛林在兩種情緒之間掙扎，一是由於被揭穿而感到羞愧，一是由於意圖得逞而感到高興。最後他控制住自己，說道：「什麼都別再說了！」那語氣像是他打斷了卡爾的話，而卡爾明明已經沉默良久，葛林同時踢開前面一扇小門，推著重新拿起皮箱和雨傘的卡爾走出去。

卡爾驚訝地站在戶外。在他面前，一道沒有欄杆、附建於這棟屋子的樓梯通往樓下。他只需要走下去，再稍微向右轉上那條通往公路的林蔭道。在明亮的月光下根本不可能迷路。他聽見狗吠聲在下面的院子裡此起彼落，牠們被放出來在樹木的暗影中到處跑。在除此之外的寧靜中，可以清楚聽見牠們在高高躍起之後落在草叢裡。

卡爾幸運地走出了院子，沒有受到這些狗的糾纏。他無法確定紐約在哪個方向，在來此的途中他太少留意此刻可能會派上用場的細節。最後他對自己說，他也不一定非去紐約不可，沒有人在紐約等他，甚至有一個人肯定不期望見到他。於是他隨便選了個方向，就上路了。

第四章 徒步前往拉姆西斯

走了一小段路之後，卡爾來到一家小旅店，那其實只是紐約貨運交通的終點小站，平常很少有人在此過夜，卡爾要了最便宜的床位，因為自認為必須馬上開始節省。按照他的要求，客店老闆把手一揮，彷彿當他是名員工，示意他上樓去，一個蓬頭亂髮的老婦人在樓上迎接他，由於睡眠受到打擾而生氣，幾乎沒聽他說話，就不斷提醒他走路要小聲，領著他去到一個房間，輕輕向他「噓！」了一聲，隨即關上房門。

房間裡一片漆黑，卡爾起初不確定這只是因為窗簾放下來了呢，還是房間裡也許根本沒有窗戶；最後他發現一扇被布簾遮住的小窗，便把布簾拉開，些許光線透了進來。房間裡有兩張床，但是床上都有人。卡爾看見兩個年輕人在床上沉睡，他們的樣子不怎麼令人信賴，主要是因為他們不知為何竟穿著一身衣服睡覺，其中一個甚至還穿著靴子。

當卡爾拉開那扇小窗的布簾，那睡著的兩人當中之一把雙臂和雙腿稍稍抬起，那副模樣讓卡爾暗自發笑，儘管他心中憂慮。

他隨即看出他沒辦法睡覺了，因為他不能讓剛剛失而復得的皮箱和身上的錢遭受失竊的危險，姑且不提房間裡也沒有其他地方可供他睡覺，既沒有沙發，也沒有長椅。但是他也不打算離開，因為他不敢從老婦和老闆身邊經過，馬上又再離開這家店。畢竟這裡也不見得比公路上更危險。引人注目之處只在於，在那一點光線下所能看清的範圍內，整個房間裡竟看不見一件行李。但這兩個年輕人說不定是這家店裡的服務生，由於要招呼客人，不久之後就得起床，所以才穿著衣服睡覺，這種可能性極高。當然，若是這樣，和他們睡在同一個房間裡可不怎麼體面，但卻更加沒有危險。只不過至少在疑慮尚未完全消除之前，他無論如何不能躺下來睡覺。

在一張床前的地上擺著一支蠟燭和火柴，卡爾躡手躡腳地去拿了過來。對於點亮燭光他沒有顧慮，因為按照客店老闆的安排，這個房間既屬於那兩個人也屬於他，再說那兩人已經享受了半個夜晚的睡眠，還占用了那兩張床，相對於他已經占了很大的便宜。此外，出於謹慎，他在四處走動和忙著弄這弄那時當然盡量不要把他們吵醒。

首先他想檢查一下他的皮箱，看看他都有些什麼東西，他對這些東西的記憶已經有點模糊，而其中最貴重的東西大概已經遺失了。因為凡是舒巴爾碰過的東西，就很難指望能完好無損地拿回來。當然，舒巴爾可以指望從舅舅那裡拿到一大筆小費，再說，皮箱裡若是少了幾樣東西，他也可以賴在原先看顧皮箱的布特鮑姆先生身上。

皮箱一打開，卡爾對眼前所見感到震驚。在飄洋過海時他花了多少時間來一再重新整理這個皮箱，現在所有的東西全都亂七八糟地塞在裡面，一開了鎖，箱蓋就自動高高彈起。但卡爾隨即高興地看出，箱裡混亂的原因只在於後來有人把他在船上所穿的那套西裝也塞了進去，而皮箱裡當然沒有放這套西裝的位置。箱裡的東西一件也沒少。在那件外套的祕密口袋裡不僅裝著卡爾的護照，也裝著從故鄉帶來的錢，因此，如果加上卡爾此時身上所帶的錢，目前他擁有的錢相當充裕。他抵達美國時所穿的內衣也在箱子裡，洗乾淨了，並且熨過。他也立刻把錢和錶放進這個果然可靠的祕密口袋。唯一令人遺憾的是，那截產自維洛納的義大利臘腸也還在，使得所有的東西都沾上了臘腸味。如果找不出辦法來消除這個氣味，接下來這幾個月卡爾走到哪裡就都得帶著這股氣味。

在找出壓在箱底的幾件東西時——包括袖珍本《聖經》、信紙和他父母親的相片——他頭上的便帽掉進了皮箱裡。在它舊時的環境中，他立刻認出了它，這是他的便帽，是母親給他在旅途中戴的。然而他出於謹慎，在船上並沒有戴，因為他知道在美國大家一般都戴便帽，而非正式的帽子，因此他不想在抵達美國之前就把這頂便帽戴舊了。只不過葛林先生利用了這頂便帽來取笑卡爾。難道這也是出於舅舅的委託？在不經意的生氣動作中，他抓住皮箱的蓋子，箱蓋砰一聲關上了。

這下子沒救了，那兩個睡著的人被吵醒了。其中一人首先伸了個懶腰，打了個呵欠，另外一人也馬上照做。這時，皮箱裡的東西幾乎全攤在桌上，如果這兩人是小偷，他們就只需要走過來挑選。不僅是為了防止此一可能，同時也為了馬上把事情澄清，卡爾拿著蠟燭走到那兩張床邊，說明他何以有權待在這裡。他們似乎根本沒期望聽到這番說明，因為他們還睏得說不出話來，只是不帶一絲驚訝地看著他。他們兩個都還很年輕，但是艱苦的工作或是貧困使得臉上的骨頭提早突顯出來，下巴上的鬍子亂糟糟的，很久沒剪的頭髮壓扁在頭上，此時他們由於睏倦而用指節揉著凹陷的眼睛。

卡爾想利用他們此時的虛弱狀態，便說道：「我名叫卡爾．羅斯曼，是德國人。既然我們同住在一個房間裡，請你們也告訴我你們的姓名和國籍。我還要馬上說明，我不會要求使用床鋪，因為我來得太晚，而且根本沒打算睡覺。另外，你們不必對我的漂亮衣服起反感，我窮得很，而且沒有前途。」

兩人當中個子較小的那一個——就是還穿著靴子的那一個——用雙臂、雙腿和臉上表情表明他對這一切都不感興趣，現在根本不是說這些客套話的時候，躺下來立刻又睡著了；另一個人，一個黑皮膚的男子，也又再躺下，但是在入睡前還懶洋洋地伸出手說：「那邊那個人叫作魯賓遜，是愛爾蘭人，我叫德拉馬歇，是法國人，現在請你安靜點。」話才說完，他就用力一口氣吹熄了卡爾的蠟燭，倒回枕頭上。

「所以說，危險暫時避開了。」卡爾心想，回到桌旁。如果他們的睏倦不是托詞，那就一切都沒有問題。討厭之處只在於其中一人是愛爾蘭人。卡爾不太記得他曾在家裡讀過的是一本什麼樣的書，書裡說在美國得要提防愛爾蘭人。住在舅舅家的時候，他本來大有機會追根究柢，把愛爾蘭人究竟哪裡危險這個問題弄個清楚，但是因為他自以為將永遠受到很好的照顧，就完全忘了問。此時他想用他再度點燃的蠟燭至少把這個愛爾蘭人看清楚一點，而他覺得偏偏是這個愛爾蘭人的模樣比那個法國人討喜。隔著一點距離，踮著腳尖站立的卡爾還能看出那個愛爾蘭人甚至還殘留有一絲圓臉頰的痕跡，在睡夢中露出十分友善的微笑。

無論如何，卡爾下定決心不睡覺，在房間裡僅有的一張椅子上坐下，暫時把打包皮箱這件事延後，反正他有一整夜的時間來做這件事，他翻了翻《聖經》，卻沒有去讀。接著他把父母親的相片拿在手裡，照片上，矮小的父親站得又挺又高，母親則微微下陷地坐在他前面的安樂椅上。父親一隻手扶著椅背，另一隻手握拳，放在一本畫冊上，那本翻開的畫冊放在他身側一張單薄的裝飾用小桌上。家裡還有一張相片拍的是卡爾和他父母親，照片上的父親和母親用銳利的目光看著他，他則在攝影師的要求下看著相機。不過，他上路時這張相片沒有讓他帶走。

因此他更加仔細地看著面前這張相片，試著從各個不同的角度攔截父親的目光。但是不管他如何移動蠟燭的位置來改變眼前所見，父親就是不願意變得更逼真，他唇上那撇水平的濃密鬍鬚也根本不像真的，這張相片拍得並不好。母親則拍得比較好，她撇著嘴，彷彿承受著一份痛苦卻強顏歡笑。卡爾覺得彷彿每個觀看這張照片的人都一定會注意到這一點，乃至於在下一個瞬間又覺得此一印象過於清晰，幾近荒謬。一個人怎麼可能從一張照片看出影中人隱藏的感受，並且對之深信不疑？他把目光從照片上移開一會兒。等他把目光再移回來，他注意到母親的手垂在安樂椅的扶手前，近得可以去親吻。他想著是否還是該給爸媽寫信，他們倆的確都要他寫信，父親最後在漢堡還十分嚴肅地要求過他。當初，在一個可怕的夜晚，當母親在窗邊告知將送他去美國，他自然曾堅決地發誓永遠不寫信回家，不過，一個無知少年所立下的這種誓言在如今的新情況下又算什麼？當初他也同樣可以發誓他到美國兩個月後就要當上美國民兵組織的將軍，而事實上他卻和兩個流浪漢一起待在一間閣樓裡，在紐約市郊的一間旅店，而且還必須承認他在這裡適得其所。於是他微笑著審視父母的臉孔，彷彿能從他們臉上看出他們是否仍渴望得到兒子的消息。

在這樣的凝視中，他隨即察覺他的確很疲倦了，幾乎不可能整夜不睡。相片從他手中落下，接著他把臉擱在相片上，那份涼意讓他的臉頰感到舒適，他懷著一份愉快的感覺睡著了。

一早有人在他腋下搔癢，把他弄醒了。這樣放肆亂來是那個法國人。不過那個愛爾蘭人也已經站在卡爾的桌前，兩人感興趣地看著他，不亞於卡爾在夜裡對他們流露出的興趣。卡爾並不納悶他們起床的聲音何以沒有先把他吵醒；他們不見得是因為居心不良才特別放輕動作，因為他睡得很沉，此外他們不需要花功夫穿衣服，梳洗顯然也沒有費他們什麼功夫。

現在他們帶著一點客套正式地互相打過招呼，卡爾得知這兩人是金屬工人，在紐約很長一段時間都沒能找到工作，因此變得相當潦倒。為了證明自己的潦倒，魯賓遜解開外套，看得出裡面沒穿襯衫，不過，這一點從鬆鬆垮垮固定在外套後面的假領片就已經看得出來。他們打算徒步前往距離紐約有兩天路程的巴特佛鎮，據說那裡有工作。他們不介意卡爾與他們同行，並答應他兩件事，首先是他們偶爾會幫他提一下皮箱，其次是如果他們自己找到了工作，就會設法替他找到學徒的職位，只要真有工作，要找到學徒的職位就輕而易舉。卡爾還沒有答應，他們就已經和氣地勸他脫掉這身漂亮衣服，說這身衣服只會妨礙他去應徵工作。在這間旅店裡正好有賣掉這套衣服的好機會，因為那個老婦人也經營服裝買賣。卡爾尚未下定決心該怎麼處理這套衣服，他們就已經協助他把衣服脫掉，拿走了。當卡爾被獨自撇下，還有一點睡眼惺忪，慢慢穿上他那套舊的旅行服，他責怪自己賣掉了那套衣服，那套衣服也許不利於應徵學徒的職位，但若要應徵較好的職位卻只會有好處，於是他打開門，想把那兩個人叫回來，卻已經和他們迎面相遇，他們把賣衣服所得的半美元放在桌上，可是那副高興的表情讓人無法相信他們在賣衣服時沒有賺上一筆，而且是狠撈了一大筆。

此外他也無暇說出他對此事的看法，因為老婦人走進來，就跟夜裡一樣睡眼惺忪，把他們三個都趕到走道上，說她必須替新來的住客把房間收拾好。但是當然沒這回事，她這樣做只是出於惡意。卡爾正打算要整理皮箱，卻不得不眼睜睜看著那婦人用雙手抓起他的東西，用力扔進皮箱，彷彿那是些必須加以馴服的動物。那兩個金屬工人雖然在她身邊忙東忙西，扯她的裙子，拍她的背，可是他們若是想藉此來幫助卡爾，那就完全沒有達到目的。等那婦人用力闔上箱子，她把箱子的提把塞進卡爾手中，甩開那兩個金屬工人，把他們三個通通趕出房間，並威脅說，他們若不聽話就沒有咖啡喝。那婦人想必完全忘了卡爾並非從一開始就跟那兩個金屬工人在一起，因為她把他們當成同夥來對待。不過，那兩個金屬工人把卡爾的衣服賣給了她，從而證明了他們在某種程度上是一夥的。

他們不得不在走道上長時間來回踱步，尤其是挽住卡爾的那個法國人一直罵個不停，威脅著要把旅店老闆揍垮，如果他敢出來的話，並且摩拳擦掌，像是在做準備。終於來了一個無辜的小男孩，他必須踮起腳尖才能把咖啡壺遞給那個法國人。可惜就只有一個壺，他們無法讓男孩明白還需要杯子。因此總是只有一個人能喝，另外兩個人就站在他面前等待。卡爾並不想喝，但是又不想得罪另外兩人，於是輪到他的時候，他只把壺湊到唇邊做做樣子。

臨走時，愛爾蘭人把壺扔在石磚地上，他們走出了屋子，走進清晨淡黃色的濃霧中，沒有被任何人看見。他們靜靜地並排走在馬路上，卡爾必須提著他的皮箱，大概要他開口請求，另外兩人才會替他提，偶爾有一輛汽車從霧中衝出來，他們三個便轉頭去看那些通常十分龐大的車輛，它們的構造引人注目，出現的時間十分短暫，讓人來不及看出車上是否坐了人。後來運送民生物資前往紐約的一列列車隊出動了，成五排前進，占滿了整個路面，絡繹不絕，以至於誰也無法穿越馬路。有時候馬路逐漸變寬成為一片廣場，一名警察在廣場中央一個塔般的土丘上走來走去，俯瞰全局，並且用一根小棍子指揮交通，包括主要街道上以及從橫向街道上匯入的車輛。到下一個廣場和下一名警察之間的路段上就無人指揮交通，而由那些沉默而專注的馬車夫及司機自願維持必要的秩序。最令卡爾感到驚訝的是大致上的平靜。要不是那些無憂無慮、供屠宰用的牲口在叫喊，說不定就只聽得見達達的馬蹄聲和防滑輪胎的轟鳴聲。而行駛的速度當然不盡相同。在各個廣場上，如果由於四面八方湧進的車輛太多，而必須做大幅調整，整列車隊就會停滯，只能一步步行駛，但有時又會出現所有的車輛都急馳而過的情形，直到它們彷彿在同一個煞車控制下再度放慢速度。同時路上沒有揚起絲毫塵土，一切都在極其清澈的空氣中移動。沒有行人，這裡不像在卡爾的故鄉，並沒有市場女販一個個走路進城，但偶爾會出現大型的低矮車輛，上面站著二十來個揹著簍子的婦人，說不定就是市場女販，她們伸長了脖子，想看清交通狀況，希望車子能行駛得更快一點。然後又看見類似的汽車，幾名男子雙手插在褲袋裡在車上走來走去。這些汽車上寫著不同的字樣，卡爾在其中一輛上讀到「雅克運輸公司招募碼頭工人」，輕聲驚叫了一聲。這輛車正好行駛得很慢，一個矮小活潑的男子彎著腰站在車身踏板上，邀請這三個徒步者上車。卡爾溜到那兩個金屬工人背後，彷彿他舅舅可能會在車上，會看見他。他很高興他們兩個也拒絕了這個邀請，雖然他們拒絕時的高傲表情讓卡爾心裡不太舒服。他們大可不必認為在舅舅手下工作配不上他們。他也馬上向他們表明這一點，就算當然並未特別強調。德拉馬歇聽了，請他最好別插手管他不懂的事，又說以這種方式來招募人員是種無恥的欺騙，雅克公司在全美國都惡名昭彰。卡爾沒有回答，但是從此就跟愛爾蘭人走得比較近，也請他幫忙提一下皮箱，在卡爾多次請求之後，對方也照做了，只不過不斷抱怨皮箱太重，後來才知道他只想拿出皮箱裡那截義大利臘腸來減輕重量，想來在旅店時他就已經垂涎這截臘腸了。卡爾只好取出臘腸，法國人接過去，用一把模樣像短劍的小刀切起來，幾乎獨自把臘腸給吃光了。魯賓遜只偶爾拿到一片，卡爾卻一點也沒拿到，彷彿他已經預先把自己那一份吃掉了，他不得不再度提起皮箱，如果他不想把皮箱留在公路上。他覺得若要去乞討一小塊臘腸未免太小器，但是他怒火中燒。

霧全散了，一座高山在遠處閃閃發亮，隨著波浪形的山脊伸向更遠處的霧氣中。路旁是耕作粗陋的田地，圍著大型工廠延伸出去，那些工廠座落在空曠的土地上，冒著黑煙。在那一棟棟隨便建造的出租房屋裡，一扇扇窗戶在各種動作和照明中顫動，在每一座不堅固的小陽台上都有婦人和小孩在忙著，在他們周圍，晾掛起來的布巾與衣物在晨風中飄動，被吹得鼓鼓的，讓他們忽隱忽現。如果把目光從這些房屋上移開，就會看見雲雀在高空飛翔，燕子則飛在下方，距離搭車之人頭上不遠。

許多東西都令卡爾想起故鄉，而他不知道自己離開紐約往內陸走是否做對了。紐約臨著大海，隨時都有返鄉的可能。於是他停下來，向他的兩個同伴說他還是想留在紐約。當德拉馬歇想乾脆推著他繼續往前走，他不讓他推，說他總該有權利決定自己的去向。愛爾蘭人必須先來調解，說明巴特佛鎮要比紐約美麗得多，在他們兩個一再央求之下，卡爾才再往前走。而他本來也不會走，若非他心想去到一個返鄉不易的地方對他來說或許比較好。在那裡他肯定會更努力工作，有所成就，因為不會有無益的念頭來妨礙他。

這下子換成他拖著那兩個人走，而他們對他的衝勁非常高興，不待卡爾請求，就輪流去拿皮箱，卡爾實在不明白自己做了什麼讓他們兩個這麼開心。他們來到一個地勢漸高的地方，當他們偶爾停下來向後回望，就能看見紐約及其港口的全景愈來愈開闊地展現。連接紐約和波士頓的橋梁輕巧地懸在哈德遜河上方，如果瞇起眼睛去看，就會看見它在顫動。橋上似乎完全沒有人車往來，冷冷清清的河水平滑如帶，在橋下延伸。這兩座巨大城市裡的一切似乎都空盪盪地閒置。房屋之間幾乎沒有大小的差別。在街道看不見的深處，生活很可能按照自己的方式繼續進行，但是在街道上空什麼也看不見，除了一層薄霧，那霧氣雖然動也不動，卻好像無須費力就能驅散。就連在港口，這座全世界最大的港口，也回復了平靜，你只偶爾會自以為看見一艘船往前推進了一小段，這也許是受到以前從近處看見港口的記憶影響。但是你也無法用目光長久追隨它，它逃離了視線，再也找不到了。

不過，德拉馬歇和魯賓遜看到的顯然多得多，他們指左指右，用雙手畫出弧線，指出廣場和花園的位置，說出那些地方的名稱。他們無法理解，卡爾在紐約待了兩個多月，卻除了一條馬路之外，幾乎沒見過城裡其他地方。他們答應他，等他們在巴特佛鎮賺夠了錢，就帶他去紐約參觀所有的名勝，尤其是那些能讓人銷魂的娛樂場所。接著魯賓遜唱起一首歌來，他嘴裡還塞滿了東西，德拉馬歇拍手替他伴奏，卡爾聽出那是一段來自他故鄉的輕歌劇旋律，他覺得配上英文歌詞後更加動聽。於是就有了一場在戶外的小小表演，大家都參與了，只不過下方那座據說以這段旋律自娛的城市似乎渾然不知。

有一次卡爾問雅克運輸公司位在哪裡，而他馬上看見德拉馬歇和魯賓遜伸出食指，也許指向同一個點，也許指向相距數哩的兩個點。等他們繼續前行，卡爾問，他們最快在何時能賺到足夠的錢回紐約。德拉馬歇說，有可能在一個月後就能辦到，因為巴特佛鎮欠缺工人，所以工資很高。他說他們當然會把錢放在一起，這樣就能平衡夥伴之間收入上的偶然差異。卡爾不喜歡這個主意，雖然他身為學徒能賺到的錢當然比不上已經出師的工人。此外魯賓遜還提到，如果他們在巴特佛鎮找不到工作，當然就得繼續前行，要嘛就是去某地當農工，要嘛也許就去加州淘金，從魯賓遜詳盡的敘述聽來，後者是他最喜歡的計畫。「如果你現在想去淘金，那麼你當初為什麼成了金屬工人？」卡爾問，他不樂於聽見他們還有必要做這些更沒把握的旅行。「我為什麼成為金屬工人？」魯賓遜說，「肯定不是為了讓我媽的兒子挨餓。在淘金場可以賺大錢。」「那是從前。」德拉馬歇說。「現在還是。」魯賓遜說，接著說起許多他認識的人靠著淘金致富，他們還在淘金場，當然不必再動一根手指頭，但是基於老交情，他們將會協助他，而且理所當然也會協助他的夥伴致富。「我們在巴特佛鎮就非找到工作不可。」德拉馬歇說，這句話道出了卡爾的心聲，但是此一表達方式也並非信心十足。

白天裡，他們只在一間旅店歇過一次，在旅店戶外一張看來像是鐵製的桌子上吃著幾乎還是生的肉，那塊肉他們無法用刀叉切成小塊，只能撕碎。麵包的形狀像個圓柱，每一條麵包上都插著一把長刀。吃這頓飯時配的是一種黑色飲料，喝下去熱辣辣的。但德拉馬歇和魯賓遜覺得很好喝，經常為了互祝種種願望能夠實現而舉杯碰杯，把杯子高高舉起一會兒。鄰桌坐著襯衫沾著石灰的工人，大家都喝著同一種飲料。從旁駛過的大批汽車掀起一團團灰塵灑向桌面。大張的報紙被遞來遞去，大家激動地談論建築工人的罷工，馬克的名字常被提起，卡爾去打聽有關馬克的事，得知這個馬克是他認識的那個馬克的父親，是紐約最大的建築商。這場罷工讓他損失好幾百萬，說不定會危及他在業界的地位。這些不了解情況而且居心不良的工人所說的閒話，卡爾一句也不相信。

除此之外，另一件事也敗壞了卡爾吃飯的興致，亦即這頓飯要怎麼付帳還大成疑問。最理所當然的做法是各付各的，可是德拉馬歇和魯賓遜都湊巧說過，他們僅剩的一點錢已經用在昨晚過夜的地方。也看不見他們兩人身上有錶、戒指或其他可以變賣的東西。而卡爾總不能指出他們在賣掉他的衣服時賺了一點錢，這種指責會是種侮辱，也意味著絕交。可是令人驚訝之處在於德拉馬歇和魯賓遜都絲毫不擔心付帳的事，反倒是心情很好，一再試圖和女侍攀上關係，她昂首闊步地在桌子之間走來走去，頭髮在兩邊略微垂到額頭和臉頰上，而她一再用雙手把頭髮撥回去。最後，當他們也許正期待她說出第一句友善的話，她走到桌旁，把雙手往桌上一擱，問道：「誰付帳？」這時德拉馬歇和魯賓遜飛快地舉起手來，指著卡爾，還從不曾有哪隻手舉得比他們更快。卡爾並沒有被嚇到，因為他早就料到了，而且他認為替同伴出點小錢也沒那麼糟，畢竟他也期望從他們那裡得到好處，雖然比較正派的做法應該是在關鍵時刻之前先把誰要付帳這件事講清楚。尷尬之處只在於他必須先把錢從祕密口袋裡掏出來。他原本打算留著這筆錢以備不時之需，在某種程度上暫時和他的同伴處於同等地位。由於這筆錢，尤其是由於對這筆財產的隱瞞，相對於這兩個同伴他略具優勢，但此一優勢被幾件事實給大大抵銷了，亦即他們兩個從小在美國長大，具有掙錢的知識和經驗，而且他們畢竟過慣了目前的生活，並不習慣更好的生活情況。卡爾迄今針對他的錢所做的打算，本來未必會由於付這筆飯錢而受到妨礙，因為四分之一英鎊他畢竟還能割捨，他可以把一個四分之一英鎊的硬幣放在桌上，聲稱這是他所有的財產，並表明他為了前往巴特佛鎮願意奉獻這筆錢。對於徒步旅行而言，這筆錢也綽綽有餘了。可是他不知道自己是否有足夠的零錢，再說這些零錢也跟摺好的紙鈔一樣放在祕密口袋的深處，如果想要找到，最好的辦法就是把口袋裡全部的東西都倒在桌上。再說，實在沒有必要讓他的同伴得知有這麼一個祕密口袋。幸好他的同伴看來還是對那名女侍更感興趣，而不在乎卡爾要怎麼籌錢付帳。德拉馬歇藉著要求女侍算帳，把她誘到自己和魯賓遜之間，她必須用整隻手按住德拉馬歇或魯賓遜的臉，把他們推開，才能避開他們的糾纏。在這當中，卡爾吃力地在桌面下湊錢，用一隻手在祕密口袋裡搜尋一個個硬幣，再拿出來放在另一隻手裡。終於，儘管他還不熟悉美國的貨幣，他自認為掏出了足夠的金額，至少從硬幣的數量來判斷是如此，隨即把那些硬幣放在桌上。叮叮咚咚的聲響立刻打斷了那番戲謔。結果發現桌上的錢足足將近一英鎊，這令卡爾氣惱，也令大家驚訝。雖然誰也沒問卡爾為什麼早先沒說他有這筆錢，這錢足夠讓他們舒舒服服地搭乘火車前往巴特佛鎮了，但卡爾還是覺得很難為情。付過飯錢之後，他把剩下的錢再慢慢收起來。德拉馬歇還從他手裡拿走了一個硬幣，要用這錢來給那女侍小費，他抱住她，摟緊她，再從另一側把錢遞給她。

卡爾也感謝他們在繼續步行前進時沒有再提起那筆錢，有一陣子他甚至想著要向他們承認他全部的財產，但終究沒這麼做，因為沒有適當的機會。傍晚時分他們來到一個比較鄉下的肥沃地區。

周圍所見都是整片的田野，帶著初露的綠意鋪在平緩的山丘上，富裕的莊園臨著公路，接連幾個小時他們都走在鍍金的庭院柵欄之間，數度穿越同一條緩緩流動的河流，多次聽見火車在上方的高架橋上隆隆駛過。

太陽剛從遠方樹林平直的邊緣落下，他們在一座小山丘上一小片樹林的中央往草地上一倒，想在一路辛苦之後好好休息。德拉馬歇和魯賓遜躺在那兒，盡量舒展四肢，卡爾則直挺挺地坐著，看著幾公尺下方的公路，公路上一直有汽車急馳而過，靈活地互相競逐，一整天都是如此，彷彿它們是以固定的總量一再從遠方派出，而在另一端的遠方也有人等待它們以同樣的總量抵達。從大清早直到現在，一整天卡爾都沒有見過一輛汽車停下，也沒有見過一個乘客下車。

魯賓遜提議在這裡過夜，因為大家都夠累了，明天他們可以早一點出發，再說在天色全黑之前他們也不可能找到更便宜、位置更好的地方過夜。德拉馬歇同意了，只有卡爾自認為有義務表示他有足夠的錢可以讓他們三個都在旅館過夜。德拉馬歇說他們還會需要這筆錢，要他儘管把錢收好，毫不隱瞞他已經指望著卡爾這筆錢。由於他的第一個建議被接受了，魯賓遜接著說明，在睡覺前他們還得好好吃一頓，明天才有力氣，得有一個人替大家去飯店買吃的，那飯店就在附近的公路旁，發亮的招牌上寫著「西方飯店」。卡爾在他們當中年紀最小，再加上也沒有別人出面，便毫不猶豫地自願去做這趟採買，接到了購買燻肉、麵包和啤酒的指示之後，他就朝那家飯店走去。

附近想必有座大城市，因為在飯店裡卡爾走進的第一座大廳就鬧哄哄地都是人，餐檯沿著縱向一面牆及旁邊兩面牆擺放，胸前繫著白圍裙的多名服務生不停地在餐檯旁邊來回奔走，卻仍然無法令那群沒耐性的客人滿意，因為能一再聽見咒罵聲及握拳敲桌的聲音從各個位置傳來。沒有人理會卡爾；大廳本身也沒有服務生，客人想吃什麼，就自己去餐檯上拿，他們坐在一張張小桌旁，一桌坐上三個人就看不見桌面了。每張小桌上都擺著一個大瓶子，裝著油醋之類的東西，凡是從餐檯拿來的菜餚，在食用前都會再淋上這個瓶子裡的東西。如果卡爾想走到餐檯邊，到了那裡真正的困難大概才要開始，尤其是他要買的東西這麼多。而要走到餐檯邊，他必須從許多桌子之間擠過去，這樣做當然不可能不打擾到那些客人，不管他再怎麼小心，然而那些客人彷彿毫無感覺地忍受一切打擾，就連有一次卡爾被一名客人推得差點撞翻一張小桌時也一樣。他雖然道了歉，但對方顯然沒有聽懂，而他也完全聽不懂別人大聲對他說的話。

他費了點功夫，在餐檯前面找到一塊小小的空位，在那裡，他的視線有好一會兒都被旁人撐起的手肘遮住。此地人似乎習慣撐起手肘，把拳頭壓在太陽穴上；卡爾不禁想起教拉丁文的克魯帕博士最討厭這種姿勢，總是冷不防地偷偷走近，驀地抽出一把直尺令人作痛地一揮，把這些手肘從桌面上掃下去。

卡爾被擠得緊貼著餐檯站立，因為他才站定，身後就擺起了一張桌子，坐在那桌的一個客人只要在說話時稍微向後仰，他的大帽子就會碰到卡爾的背。同時，幾乎沒法指望從服務生那兒拿到什麼，就算旁邊兩個胖子心滿意足地走開了。有幾次，卡爾伸手越過桌子抓住一名服務生的圍裙，但對方總是拉長了臉掙脫開來。一個也攔不住，他們就只是來回奔走。假如至少在卡爾附近有些合適的食物和飲料就好了，那他就會拿了，問清價錢，把錢擱下，高興地走開。可是在他面前偏偏只有一碗碗鯡魚之類的魚，黑色鱗片的邊緣閃著金光。這些魚可能很貴，而且大概誰吃了也不會飽。此外在他拿得到的地方還擺著一小桶一小桶的蘭姆酒，但他不想帶蘭姆酒去給他的同伴，看來他們已經是一有機會就只想喝最烈的酒，他可不想鼓勵他們這樣做。

於是卡爾沒有別的辦法，只好再去找另一個位置，從頭再努力起。然而時間也已經很晚了。在大廳另一頭掛著時鐘，如果定睛穿過煙霧看過去，勉強還能看出指針，這時可看出已經過了九點。然而在餐檯邊的其他地方，比先前那個稍微偏僻一點的位置還要擁擠。此外，時間愈晚，大廳裡的人就愈多。一再有新來的客人大聲說著哈囉穿過大門走進來。在有些地方，客人自作主張地把餐檯騰空，坐在檯子上，舉杯對飲；那是可以俯視整座大廳的最佳位置。

卡爾雖然還繼續向前擠，但其實已經沒抱著能拿到食物的希望。他怪自己不了解此地的情況就自告奮勇來買吃的。他的同伴大有權利責罵他，甚至還會以為他只是為了省錢才兩手空空地回來。此刻他所站的地方，周圍那幾桌的人甚至吃著熱騰騰的肉食配上黃澄澄的馬鈴薯，他實在不明白那些人是怎麼弄到這些食物的。

這時他看見在幾步之外有個顯然屬於飯店員工的中年婦人，她正在和一位客人談笑，同時一直用一根髮針整理頭髮。卡爾立刻決定去告訴這個婦人他要買的東西，因為身為大廳裡唯一的女性，他覺得她置身於那片吵鬧奔忙之外，而他這樣做也基於一個簡單的原因，因為她是他唯一能接觸到的飯店員工，當然，前提是她不會一聽到他開口說話就跑去忙別的事。不過，情形正好相反，卡爾還根本沒對她說話，只是稍微窺伺了一下，這時她瞥向卡爾，一如人在談話中偶爾會往旁邊看，她隨即中斷談話，和氣地用十分清楚的英文問他是否在找什麼。「的確是的，」卡爾說，「我在這裡什麼也拿不到。」「那就跟我來吧，小伙子。」她說，隨即向她的熟人道別，對方摘下了帽子，此一舉動在此處顯得出奇有禮。她牽起卡爾的手，走向餐檯，把一位客人推開，掀起檯子上的活動門板，帶著卡爾穿過檯子後面的走道，在那裡必須當心那些不停奔忙的服務生，她又打開兩重與牆壁糊成同樣花色的門，他們就來到一間涼爽的大儲藏室。「一個人必須要熟悉這整個機制才行。」卡爾心想。

「所以，你想要些什麼呢？」她問，殷勤地朝他彎下身子。她很胖，身體在晃動，但臉部五官卻幾乎顯得嬌柔，這當然是相對而言。看見那許多食物被細心堆放在架上和桌上，卡爾很想趕緊想出一頓更精緻的晚餐，尤其是他可以指望這個有權勢的婦人會算他便宜一點，可是因為他想不出什麼合適的餐點，最後還是只說出了燻肉、麵包和啤酒。「不要其他東西嗎？」婦人說。「不用了，謝謝，」卡爾說，「但是要三人份的。」在婦人的詢問下，卡爾用三言兩語說起他的同伴，他很高興別人這樣詳細詢問他。

「可是這是囚犯吃的東西呀，」婦人說，顯然在等待卡爾說出進一步的要求。卡爾卻擔心她會把東西送他而不收錢，因此沉默不語。「這些東西我們馬上就能湊齊。」婦人說，靈活地走向一張桌子，以她的肥胖來說，那份靈活令人讚歎。她用一把有鋸齒的細長刀子切下一大塊帶有許多瘦肉的燻肉，從架子上拿下一條麵包，從地板上拎起三瓶啤酒，把所有這些東西都放進一個輕巧的籐籃，遞給了卡爾。她一邊做這些事，一邊向卡爾解釋，她之所以把他帶到這兒來，是因為餐檯上的食物在煙霧和那許多蒸騰的氣味中總是很快就不新鮮了，即使消耗得很快也一樣。她又說，不過那些食物對外面那群人來說已經夠好了。這下子卡爾什麼也不再說了，因為他不知道自己憑什麼受到這番特別待遇。他想起他的同伴，縱使他們對美國如此熟悉，也未必能夠進到這間儲藏室，而必須將就餐檯上那些不新鮮的食物。在這裡聽不見一點聲響從大廳傳來，牆壁想必很厚，才足以讓這個有拱頂的房間維持涼爽。卡爾把籐籃拿在手裡已經有一會兒了，卻沒想到付錢，也沒有移動。只是當婦人還想再把一個類似擺在外面桌上的那種瓶子放進籐籃裡，他才戰戰兢兢地道謝。

「你們還要走很遠的路嗎？」婦人問。「要走到巴特佛鎮。」卡爾回答。「那還很遠呢。」婦人說。「還要走上一天。」卡爾說。「不是更遠嗎？」婦人問。「喔，不。」卡爾說。

婦人把桌上的幾樣東西擺放整齊，一名服務生走進來，東張西望地在找什麼，婦人把一個大碗指給他看，裡面裝著一堆灑上香菜的沙丁魚，他便捧著這個大碗朝大廳走出去。

「你為什麼要在戶外過夜呢？」婦人問，「我們這兒地方夠大。到飯店來睡吧。」這對卡爾是個很大的誘惑，尤其是因為他昨夜沒能好好休息。「我的行李在外面。」他猶豫地說，也帶著一絲自負。「你儘管把行李帶過來，」婦人說，「這並不礙事。」「可是我的同伴呢！」卡爾說，立刻發現他們的確會礙事。「他們當然也可以在這裡過夜，」婦人說，「你就來吧！別讓我這樣三邀四請的。」「我的同伴是規規矩矩的人，」卡爾說，「可是他們並不乾淨。」「你難道沒看見那大廳裡有多髒嗎？」婦人皺著臉問，「我們這兒真的是再髒的人也能來。那我就馬上請人準備好三張床。不過只能睡在閣樓上，因為飯店客滿了，我也搬到了閣樓上，但是不管怎麼說也勝過在戶外過夜。」「我不能帶我的同伴過來。」卡爾說。他想像得到那兩個人會在這家高級飯店的走道上吵吵鬧鬧，魯賓遜會把所有的東西都弄髒，就連這個婦人都毫無疑問會受到德拉馬歇的騷擾。「我不明白為什麼不行，」婦人說，「可是如果這是你的意思，那你就把同伴留在外面，一個人到我們這兒來吧。」「不行，不行。」卡爾說，「他們是我的同伴，我必須留在他們身邊。」「你很固執，」婦人說，把目光從他身上移開，「我是一片好意，想要幫忙你，而你卻一個勁地拒絕。」這一切卡爾也看得出來，但是他不知道該怎麼辦，於是就只說：「我非常感謝您的好意。」接著想起他尚未付帳，便問他該付多少錢。「等你把籐籃拿來還我時再付錢吧，」婦人說，「最晚明天一早得還給我。」「好的。」卡爾說。她打開一扇直接通往戶外的門，他鞠了個躬走出去，她又說：「晚安。可是你這樣做不對。」他已經走了幾步，她又在他背後喊道：「明天見！」

他一出去，就又聽見絲毫未減弱的喧鬧聲從大廳傳來，現在還加進了一支管樂隊的演奏。他慶幸自己不必穿過大廳出去。這家飯店這時六層樓全亮了燈，以整棟房子的寬度照亮了前面的馬路。

外面仍舊有汽車行駛，雖然已經是斷斷續續，自遠方駛近的速度比白天更快，用車燈的白色光束探測路面，燈光在通過飯店照亮的範圍時變得蒼白，接著又再變亮，匆匆駛進前方的黑暗中。

卡爾發現同伴已在熟睡，他也的確去了太久。他發現籐籃裡放了紙，正打算把帶回來的食物引人垂涎地鋪在紙上，等到一切就緒，再把同伴喚醒，這時他赫然看見他的皮箱被整個打開了，裡面的東西有一半散放在周圍的草地上，雖然他先前把皮箱上了鎖，把鑰匙放在口袋裡。「起來！」他喊道，「你們睡覺的時候有小偷來過。」「少了什麼東西嗎？」德拉馬歇問。魯賓遜尚未完全清醒，就伸手去拿啤酒。「我不知道，」卡爾大聲說，「可是皮箱被打開了。你們任由皮箱放在這裡無人看管，就躺下來睡覺，實在是太大意了。」德拉馬歇和魯賓遜笑了，德拉馬歇說：「下一次你就不該在外面逗留這麼久。那間飯店離這裡只有幾步路，而你來回一趟卻花了三小時。先前我們餓了，心想你皮箱裡說不定有點東西可吃，我們在鎖孔裡鑽了好久，才把鎖打開。再說裡面也根本沒有吃的，你大可以把所有的東西再裝進去。」「原來如此。」卡爾說，呆望著那個沒兩下就漸漸空了的籐籃，聽著魯賓遜喝飲料時發出的獨特聲響，由於他先把飲料灌進喉頭，再以類似吹口哨的方式彈回，最後才大口嚥下。「你們吃夠了嗎？」當那兩人暫時喘了口氣時他問。「你不是已經在飯店吃過了嗎？」德拉馬歇問，他以為卡爾想要自己的那一份。「如果你們還想吃，那就動作快一點。」卡爾說，朝他的皮箱走去。「看來他在鬧情緒。」德拉馬歇向魯賓遜說。「我沒有鬧情緒，」卡爾說，「可是趁我不在的時候撬開我的皮箱，把我的東西扔出來，這樣做難道是對的嗎？我知道同伴之間得要互相容忍，而我對此也有心理準備，可是這件事太過份了。我要去飯店過夜，不去巴特佛鎮了。你們趕快吃完，我還得把籐籃還回去。」「魯賓遜，你看看，別人是怎麼說話的，」德拉馬歇說，「這話說得多漂亮。德國人就是這樣。你先前要我當心他，但我是個好心的傻瓜，還是帶著他一起走。我們信賴他，拖著這個累贅跟我們走了一整天，因此至少損失了半天的時間，而現在——因為飯店那兒有人引誘他——他就要告別了，就這樣告別了。可是因為他是個虛偽的德國人，他沒有光明正大地這麼做，而是拿皮箱當藉口，又因為他是個粗魯的德國人，他走之前還要侮辱我們的名譽，稱我們為小偷，就因為我們拿他的皮箱開了個小玩笑。」卡爾一邊收拾東西，頭也不回地說：「你儘管說下去，讓我能更輕鬆地離開。我很清楚什麼是同伴情誼。我在歐洲也有過朋友，沒有人能指責我對他們做出過虛偽或卑鄙的行為。現在我們當然失去了聯絡，可是如果我再回到歐洲，他們全都會好好接納我，立刻承認我是他們的朋友。難道我卻會背叛你德拉馬歇，還有你魯賓遜嗎？既然你們——這一點我絕不會否認——這麼親切地關心我，答應替我在巴特佛鎮找個學徒的職位。可是我不能忍受的是另一件事。你們一無所有，在我眼中這絲毫不會貶低你們，但是你們嫉妒我擁有的這一點財產，因此想要侮辱我，這讓我無法忍受。而你們在撬開我的皮箱之後，一句道歉的話也沒說，反而還罵我，還又罵我的同胞——你們這樣做卻也使得我不可能再留在你們身邊。此外，魯賓遜，我這些話並不是針對你而說的。對於你的性格，我只有一點意見，就是你太依賴德拉馬歇了。」「這下子我們看出來了，」德拉馬歇說，一邊朝卡爾走過去，輕輕推了他一把，像是想提醒他注意，「這下子我們看見你露出真面目了。一整天你都跟著我，抓著我的外套，模仿我的一舉一動，除此之外安靜得像隻小老鼠。而現在呢，因為你自覺在飯店有了靠山，就開始高談闊論。你是個小滑頭，而我還根本不知道我們嚥不嚥得下這口氣。不知道我們該不該要求你繳學費，為了你在這一天裡從我們身上偷偷學到的東西。魯賓遜啊，他說我們羨慕他的財產。只要在巴特佛鎮工作一天——還根本別提加州——我們賺到的錢就比你讓我們看見的財產多上十倍，不管你在外套襯裡還藏了多少。所以你講話最好小心一點！」卡爾從皮箱旁站起來，看見魯賓遜也走近了，他睡眼惺忪，但是喝了啤酒之後稍微有了精神。「假如我再待久一點，」卡爾說，「說不定還會碰到更多意想不到的事。你們似乎想揍我一頓。」「一切忍耐都是有限度的。」魯賓遜說。「你最好別說話，魯賓遜，」卡爾說，並未把目光從德拉馬歇身上移開，「你心裡明明認為我是對的，可是表面上你必須站在德拉馬歇那一邊。」「莫非你想收買他嗎？」德拉馬歇問。「我沒打算這麼做，」卡爾說，「我很高興我要走了，而我不想跟你們再有任何瓜葛。只有一件事我還想要講，你責怪我有錢而且藏著不讓你們知道。假定這是事實，在我才認識了幾個鐘頭的人面前，這樣做有什麼不對呢？而且你此刻的行為不也證明了我這種做法是正確的嗎？」「冷靜點。」德拉馬歇向魯賓遜說，雖然魯賓遜動也沒動。接著他問卡爾：「既然你這麼誠實，那你就乾脆再誠實一點，坦白承認你究竟為什麼想到飯店去。」德拉馬歇朝他逼近，卡爾不得不跨過皮箱後退一步，但德拉馬歇並未因此打住，把皮箱推到一邊，又向前走了一步，一腳踩上一件攤在草地上的白色襯衫前襟，又把他的問題重複了一次。

彷彿作為回答，一個男子從馬路上朝他們走過來，拿著一支發出強光的手電筒。那是飯店的一名服務生。他一看見卡爾就說：「我找你已經找了半個小時了。馬路兩邊的斜坡我都找過了。主廚太太要我告訴你，她急著要用她借給你的那個籐籃。」「籐籃在這。」卡爾說，聲音由於激動而不穩。德拉馬歇和魯賓遜看似謙虛地站到一旁，每次碰到境況好的陌生人，他們就會這麼做。那名服務生拿起籐籃說：「主廚太太還想問你是否考慮過了，想不想在飯店過夜。如果你想帶另外這兩位先生一起來，也一併歡迎。床鋪已經準備好了。今天夜裡算是溫暖，但是睡在這山坡上並非沒有危險，這裡經常有蛇出沒。」「既然主廚太太有這番好意，那我就接受她的邀請。」卡爾說，說完等待著他的同伴表示意見。可是魯賓遜愣愣地站在那裡，德拉馬歇則把雙手插進褲袋，抬頭看星星。兩人顯然料定卡爾會二話不說帶他們一起走。「既然這樣，」服務生說，「我的任務是帶你們到飯店去，並且替你們提行李。」「那就麻煩你稍等一會兒。」卡爾說，彎腰去把幾件還四下散落的東西放進皮箱。

忽然他直起腰來。那張相片不見了，它原本放在皮箱的最上面，卻到處都找不到。所有的東西都還在，就只少了那張相片。「我找不到那張相片。」他用央求的語氣對德拉馬歇說。「什麼相片？」那人問。「我爸媽的相片。」卡爾說。「我們沒看見什麼相片。」德拉馬歇說。「皮箱裡沒有相片，羅斯曼先生。」魯賓遜也出言證實。「可是這根本不可能呀，」卡爾說，他求助的目光吸引了那名服務生走近，「它原本放在最上面，現在卻不見了。要是你們不要拿我的皮箱開玩笑就好了。」「絕對錯不了，」德拉馬歇說，「皮箱裡沒有相片。」「對我來說，它比這皮箱裡所有其他東西都更重要。」卡爾向服務生說，那人在草地上走來走去地找，當他放棄了這毫無希望的搜尋，卡爾又說：「因為它是無法取代的，我拿不到第二張了。我就只有這一張我爸媽的相片。」聽見這話，服務生毫不婉轉地大聲說：「也許我們還可以檢查一下這兩位先生的口袋。」「對，」卡爾馬上說，「我必須找到這張相片。不過，在我檢查你們的口袋之前，我還要說，誰要是自願把相片交給我，就可以得到這整個皮箱。」一片寂靜，過了一會兒，卡爾向服務生說：「我的同伴顯然想要別人檢查他們的口袋。但就算是現在，不管在誰的口袋裡找到那張相片，我還是答應會把整個皮箱給他。我只能做到這樣了。」服務生立刻動手檢查他認為較難對付的德拉馬歇，而把魯賓遜留給卡爾檢查。他也提醒卡爾，這兩人必須同時接受檢查，否則其中一人可能會趁無人注意時把相片弄走。卡爾第一次伸手到魯賓遜的口袋裡，就找到了一條他的領帶，但是他沒有把領帶拿回來，而對服務生喊道：「不管你在德拉馬歇身上找到了什麼，請你都留給他。除了那張相片，我什麼也不要，就只要那張相片。」在搜索魯賓遜的胸前口袋時，卡爾的手碰到了魯賓遜熱烘烘、油膩膩的胸膛，這時他意識到他這樣對待同伴也許極不公平，於是盡可能加快動作。而這一切都是徒勞，相片既不在魯賓遜身上，也不在德拉馬歇身上。

「沒有用。」服務生說。「他們大概把相片撕碎扔掉了，」卡爾說，「我原本以為他們是我朋友，但是在暗中他們只想傷害我。我倒不是指魯賓遜，他根本想不到那張相片對我來說這麼寶貴，但我卻更是指德拉馬歇。」卡爾只看著面前的服務生，那人的手電筒照亮了一小塊圓形，其餘的一切則在深沉的黑暗中，包括德拉馬歇和魯賓遜。

當然無人再提起可以帶這兩個人一起回飯店。服務生把皮箱扛上肩，卡爾拿起籐籃，他們就走了。卡爾已經走到馬路上，這時他若有所思地停下腳步，朝著黑暗的山坡喊道：「你們聽著！如果相片的確還是在你們其中一人手上，而且願意拿到飯店來給我，他還是可以得到我的皮箱，而且我發誓不會告發他。」並沒有真正的回答傳來，只聽見戛然而止的一句話，是魯賓遜一聲叫喊的開頭，但德拉馬歇顯然立刻摀住了他的嘴。卡爾又等了好一會兒，看看山坡上那兩人是否會改變主意。隔了一會兒他喊道：「我還在這裡。」再隔了一會兒又喊了一次。但是一聲回答也沒有，只有一次一塊石頭從斜坡上滾下來，也許是湊巧，也許是沒有扔準。

第五章 西方飯店

在飯店，卡爾立刻被帶到一個類似辦公室的地方，女主廚拿著一本記事簿，正對著一名年輕的打字小姐口述一封信。精確的口述及熟練靈活的打字聲追逐著偶爾能聽見的壁鐘滴答聲，鐘上顯示的時間已經接近十一點半了。「就這樣了！」女主廚說，闔上了記事簿，打字小姐跳起來，闔上打字機的木頭蓋子，在機械式地做這些事時，她的目光不曾從卡爾身上移開。她看起來還像個女學生，圍裙仔細熨過，例如在肩上熨出了波紋，頭髮高高盤起，在看見這些細節之後再看見她嚴肅的臉孔會令人略感驚訝。她先後向女主廚和卡爾鞠了個躬，就離開了，而卡爾不由得用詢問的目光看著女主廚。

「真好，你總算還是來了，」女主廚說，「你的同伴呢？」「我沒有帶他們一起來。」卡爾說。「他們大概是一大早就要出發吧。」女主廚說，像是在對自己解釋這件事。「她難道不會以為我也要一起出發嗎？」卡爾心想，為了排除任何疑問，便說道：「我們鬧翻了。」女主廚似乎認為這是個可喜的消息。「這麼說來，你自由了？」她問。「對，我自由了。」卡爾說，而他覺得沒有什麼比這更沒價值。「聽我說，你想不想在這家飯店工作呢？」女主廚問。「很樂意，」卡爾說，

「可是我懂的實在太少。舉例來說，我連打字都不會。」「這並不重要，」女主廚說，「一開始你反正只會先得到一份很低微的工作，之後再靠著勤奮用心一步步往上爬。但不管怎麼說，我認為與其在世間流浪，能找個地方安定下來對你比較好，也比較合適。我覺得你不是個適合流浪的人。」「舅舅也會同意她的說法。」卡爾心想，贊成地點點頭。同時他想起來，別人這樣關心他，他卻還根本沒有做過自我介紹。「請您原諒，」他說，「我還根本沒有自我介紹，我叫卡爾．羅斯曼。」「你是德國人，對吧？」「是的，」卡爾說，「我來美國還沒有很久。」「你是從哪裡來的呢？」「從布拉格，在波希米亞。」卡爾說。「看哪，」女主廚用英文腔很濃的德文喊道，簡直要高舉雙臂，「那我們可是老鄉呢，我名叫葛蕾特．米策巴赫，來自維也納。而且我對布拉格很熟悉，我曾經在瓦茨拉夫廣場旁的金鵝飯店做過半年。你想得到嗎！」「那是什麼時候的事？」卡爾問。「已經過了很多很多年了。」「從前那家金鵝飯店，」卡爾說，「在兩年前被拆掉了。」「是啊，的確是。」女主廚說，完全沉浸在對舊日時光的回憶中。

但她頓時又活潑起來，握住卡爾的雙手，喊道：「現在既然知道了你是我的同鄉，你無論如何不能離開這裡。我不能讓你這樣做。比如說，你有興趣成為電梯服務員嗎？你只要說聲『有』，這份工作就是你的了。如果你稍微見過世面，就會知道要得到這種職位並不容易，因為這種職位是你想得出最好的起步。你能接觸到所有的客人，別人總是會看見你，派你去做些小事，簡而言之，你每天都有機會得到更好的工作。其餘的一切就讓我來打點！」卡爾稍微停頓了一下，然後說：「我很樂意成為電梯服務員。」如果念及他讀過五年中學，因而對當個電梯服務員有所顧慮，那就太荒謬了。此外，卡爾一向喜歡那些當電梯服務員的少年，覺得他們就像是飯店的裝飾品。「難道不需要語言能力嗎？」他又問。「你說德文，英文也說得很好，這就綽綽有餘了。」「英文是我到了美國之後才學的，學了兩個半月。」卡爾說，他認為不該隱瞞他唯一的優點。「這就足以說明你的能力，」女主廚說，「想當年我學英文有多困難。不過那已經是三十年前的事了。昨天我才提起過這件事。因為昨天是我的五十歲生日。」她微笑著試圖從卡爾的表情看出此一年紀的尊嚴給他的印象。「那我要祝您生日快樂。」卡爾說。「祝福永遠不嫌多。」她說，握住卡爾的手搖了搖，思及她在用德語交談時想起的這句家鄉俗話，又有點惆悵。

「可是我在這裡耽擱你的時間，」她接著喊道，「你一定很累了，這些事我們可以在白天裡再好好談。碰見同鄉讓人高興得昏了頭。來吧，我帶你去你房間。」卡爾看見一張桌子上擺著電話，就說：「主廚太太，我還有一個請求。明天早上，說不定是一大早，我從前的同伴可能會拿一張我急著要的相片來給我。可以麻煩您打個電話給門房嗎？請他讓他們來找我，或是找人來叫我過去。」「當然可以，」女主廚說，「可是，請門房收下那張相片不就行了嗎？我可以問一下那是張什麼相片嗎？」「是我爸媽的相片，」卡爾說，「不，我必須親自跟他們說話。」女主廚沒有再說什麼，就打了電話去門房辦公室交代了這件事，提到卡爾的房間號碼是536。

然後他們穿過一扇與進來的門相對的門，走到一條小走道上，一個少年電梯服務員倚著欄杆睡覺。「我們可以自己操作。」女主廚小聲說，讓卡爾進了電梯。當他們搭著電梯上升，她又說：「十到十二小時的工作時間對這樣一個少年來說的確嫌長。但是在美國情況特殊。就拿這個少年來說吧，他也是半年前才隨著父母一起來到這裡，他是義大利人。現在看起來好像他絕對承擔不了這份工作，一張臉都瘦得沒有肉了，在值班時會打瞌睡，儘管他天性熱心——但是只要他在這裡或是在美國其他地方再工作個半年，放輕鬆堅持下去，五年之後他就會成為強壯的男人。像這樣的例子我可以跟你說上幾個鐘頭。而我這樣說時想到的根本不是你，因為你是個健壯的少年。你是十七歲吧？」「我下個月滿十六歲。」卡爾說。「甚至才十六歲！」女主廚說，「所以說，加油！」

到了樓上，她帶卡爾到一個房間，雖然因為位在閣樓而有一面牆是斜的，在兩個燈泡的照明下卻顯得十分舒適。「你不要被這裡的陳設嚇到，」女主廚說，「這其實不是飯店的房間，而是我住處的一個房間。不過我住的地方有三個房間，所以你一點也不會打擾我。我會把連通房間的門鎖上，你就完全不必感到拘束。明天等你成為飯店的新員工，自然就會有屬於你自己的小房間。假如你是和同伴一起來，那我就會在飯店員工共用的寢室裡替你們添張床，可是既然你是一個人，我想這裡會比較適合你，就算你只能睡在沙發上。現在你好好睡吧，之後才有力氣上班。明天還不至於太辛苦。」「非常謝謝您的好意。」「等一下，」她要走出去時停下腳步說，「差一點你就會在不久之後被吵醒了。」她走向這個房間的另一道側門，敲敲門喊道：「德蕾莎！」「主廚太太，請說。」那位年輕打字小姐的聲音應道。「早上你來叫我的時候，得從走道上過來，有客人睡在這個房間裡。他累壞了，」她這樣說時微笑地看著卡爾，「你明白了嗎？」「明白了，主廚太太。」

「那就晚安了！」「也祝您晚安。」

女主廚解釋道：「這幾年來我睡得很不好。如今我可以對自己的職位感到滿意，其實不需要再煩惱什麼，但是想必是我從前的煩惱造成失眠。如果我在凌晨三點能夠睡著，我就很高興了。可是因為我五點鐘，最晚五點半，就又得上班，所以必須請人來叫醒我，而且叫醒我時還得要特別小心，免得原本就已經夠緊張的我變得更緊張。所以就由德蕾莎來叫醒我。不過，現在你該知道的都知道了，而我拖了這麼久還沒走。晚安！」儘管她體重可觀，卻幾乎無聲地溜出了房間。

卡爾很高興能夠睡覺，因為這一天把他累壞了。而要不受打擾地好好睡上一覺，他根本不敢奢望能有比這裡更舒適的環境。雖然這個房間本來並不是臥室，而是間起居室，或者說得更貼切一點，是女主廚待客用的房間，一個洗臉台是專門為了他今晚在此過夜而搬來的，儘管如此，卡爾卻並不覺得自己是個闖入者，反倒覺得自己因此受到了更好的安頓。他的皮箱已經拿來放好，大概已經很久沒放在這麼安全的地方了。在一個矮矮的抽屜櫃上鋪著毛線織的大網眼桌巾，上面擺著各式各樣的相片，裝了框，壓在玻璃下。卡爾在參觀房間時停在那裡，看著這些相片。那大多是些老照片，相片上多數是女孩子，穿著不舒適的老式衣裳，鬆鬆地戴著小小的高帽子，右手拄著一把傘，面對著觀看之人，但目光卻避開了。在男士的相片當中，卡爾特別注意到一個年輕士兵的相片，他把船形軍帽放在一張小桌上，站得直挺挺的，一頭黑色亂髮，滿臉克制住的得意笑容。他制服上的鈕釦後來在相片上被塗成金色。所有這些相片大概都還是在歐洲時拍的，從相片背面的註記大概也能讀得出來，但卡爾不想把這些相片拿起來。一如擺在這裡的相片，他也想把爸媽的相片擺在他未來的房間裡。

他徹底清洗過身體，為了不吵到睡在隔壁的人，他清洗時盡量小聲，洗好之後，他才剛在沙發上舒展四肢，享受即將入睡的愉悅，這時他自認為聽見了一扇門上有輕輕的敲門聲。無法馬上確認是哪一扇門，也可能只是一陣偶然的聲響。那聲音並未立刻再度響起，當它再次出現時，卡爾幾乎已經睡著了。不過這下子再無疑問，那的確是敲門聲，來自打字小姐的房門。卡爾踮著腳尖跑到門邊，輕聲問道：「你有什麼事嗎？」他放輕聲音，免得吵醒任何人，萬一隔壁房間裡的人居然還在睡。同樣輕聲的回答立刻傳來：「你要不要把門打開？鑰匙插在你那一邊。」「請稍等，」卡爾說，「讓我先穿上衣服。」對方停頓了一下，接著說：「這沒有必要。你把門打開，然後躺回床上，我稍等一會兒再進去。」「好。」卡爾說，也照做了，只是他還扭開了電燈，接著稍微提高聲音說：「我已經躺下了。」這時嬌小的打字小姐也已經從她黑漆漆的房間裡走出來，裝束就跟剛才在樓下辦公室裡一模一樣，看來在這整段時間裡她都沒打算去睡覺。

「請原諒，」她說，微微彎著身子站在卡爾的床鋪前面，「而且請別透露這件事。我也不會打擾你太久，我知道你累壞了。」「沒這麼嚴重，」卡爾說，「不過，我剛才要是穿上了衣服，可能還是比較好。」他必須伸直身體躺著，為的是把毯子一直蓋到脖子上，因為他沒有睡衣。「我只待一會兒，」她說，伸手去拿一張椅子，「我可以坐在沙發旁邊嗎？」卡爾點點頭。由於她坐得離沙發很近，卡爾必須往牆邊挪，才能抬起頭來看著她。她有一張勻稱的圓臉，只是額頭高得出奇，不過這也可能只是由於那個髮型不太適合她。她的服裝很乾淨，很整齊，左手捏著一條手帕。

「你會在這裡待很久嗎？」她問。「這還不確定，」卡爾回答，「不過我想我會留下來。」「這樣很好，」她說，用手帕擦擦臉，「因為我在這裡很孤單。」「這就奇怪了，」卡爾說，「主廚太太對你明明很親切，根本不像在對待一個員工。我還以為你們有親戚關係。」「噢，不，」她說，「我叫德蕾莎・貝希托德，我來自波美拉尼亞*。」做了自我介紹。然後她第一次仔細打量他，彷彿他由於報上名字而變得更陌生了。他們沉默了一會兒。然後她說：「請別以為我不知感激。假如沒有主廚太太，我的情況還會更糟。我本來在這家飯店的廚房裡工作，因為負擔不了那沉重的工作，眼看就要被解雇。這裡對員工的要求很高。一個月前，一個在廚房裡工作的女孩由於勞累過度而暈倒，在醫院裡躺了十四天。而且我的身體不是很壯，從前我吃過很多苦，因此有點發育不良，你大概根本看不出我已經十八歲了。不過現在我已經壯一點了。」「在這裡工作想必真的很辛苦，」卡爾說，「剛才我在下面看見一個電梯服務員站著睡覺。」「其實那些電梯服務員的情況還是最好的，」她說，「他們可以賺到不少小費，而且畢竟遠遠不像在廚房裡工作的人那麼辛苦。

＊ 波美拉尼亞為中歐一歷史地域的名稱，在波羅的海以南，位於現今德國東北及波蘭西北。

不過我的運氣真的很好，有一次，主廚太太需要一個女孩來替一場宴會擺放餐巾，派人到我們廚房女工這兒來找，這家飯店有大約五十名廚房女工，我剛好在那兒，而且令她很滿意，因為我向來擅長擺放餐巾。於是從那以後她就把我留在身邊，漸漸把我訓練成她的秘書。在這當中我學到了很多東西。」「要打字的東西有那麼多嗎？」卡爾問。「喔，很多，」她回答，「你大概根本無法想像。你也看見了，我今天一直工作到十一點半，而今天並不是什麼特別的日子。當然，我也不是一直都在打字，也需要進城去辦許多事。」「這座城市叫什麼名字？」卡爾問。「哦，你不知道嗎？」她說，「叫拉姆西斯。」「是座大城市嗎？」卡爾問。「很大，」她回答，「我並不喜歡進城。不過，你真的還不想睡覺嗎？」「不，不，」卡爾說，「我還根本不知道你進來是為了什麼。」「因為我沒有說話的對象。我不是喜歡訴苦，但是像我這樣無依無靠，只要終於能有個人聽我說話，我就很高興了。先前在樓下大廳裡我就看見你了，主廚太太帶你到食品貯藏室去的時候，我剛好下去找她。」「那個大廳很可怕。」卡爾說。「我已經根本感覺不到了，」她回答，「但我剛才只是想說主廚太太對我很親切，只有我已經去世的母親會這樣待我。可是我們的地位畢竟太懸殊，所以我無法無拘無束地和她談話。從前我在那些廚房女工當中有幾個好朋友，但是她們早就不在這裡工作了，而那些新來的女孩我幾乎不認識。最後，有時候我會覺得現在這份工作比以前的工作更吃力，而我做得甚至也不比以前的工作好，覺得主廚太太只是出於同情才把我留在這個職位上。畢竟要當個秘書實在需要受過更好的教育。這樣說是種罪過，但我常常擔心我會發瘋。看在老天的份上，」她驀地加快速度說，匆匆伸手抓住卡爾的肩膀，因為他的兩隻手都被毯子蓋住，「這些話你千萬別告訴主廚太太，一句也別說，否則我就真的完了。我做這份工作已經給她帶來許多麻煩，如果現在還要再替她添煩惱，就真是太過分了。」「我當然什麼也不會對她說。」卡爾回答。「那就好，」她說，「而且你就留下來吧。如果你留下來我會很高興，而且你若是願意，我們可以互相幫助。我第一次看見你，就對你有了信賴。儘管如此——你想想，我真壞啊——我又害怕主廚太太會讓你當上秘書來取代我，把我解雇。直到我一個人在這裡坐了很久，而你們還在樓下辦公室裡，我才把事情考慮清楚，想到由你來接替我的工作甚至會是件好事，因為你肯定更能勝任。如果你不想去城裡辦事，我就可以保留這部份的工作。不然的話，我在廚房裡的用處肯定更大，尤其是因為我現在已經比較強壯了。」「事情已經安排好了，」卡爾說，「我將成為電梯服務員，你繼續當秘書。可是如果你向主廚太太暗示你的計畫，哪怕只是最輕微的暗示，我就也會把你今天對我說的話透露給她，哪怕我會感到很抱歉。」他的語氣令德蕾莎十分激動，她趴在床上，嗚咽著把臉壓在被褥上。「我什麼也不會透露的，」卡爾說，「但是你也什麼都不准說。」這會兒他不能再完全躲在被子底下了，他稍微撫摸了一下她的手臂，找不出合適的話說，只想著這裡的生活很辛酸。她總算平靜下來，至少是對自己的哭泣感到難為情，她感激地看著卡爾，勸他早上睡晚一點，答應他，如果她抽得出時間，就會在八點左右上樓來叫醒他。「你對叫醒別人很在行。」卡爾說。「是啊，有些事我做得來。」她說，道別時伸手撫過他的被子，就跑回她房間了。

第二天卡爾堅持要馬上開始上班，雖然主廚太太本來想放他一天假，讓他去拉姆西斯參觀一下。可是卡爾坦白說明，要去參觀拉姆西斯將來還有機會，目前對他來說最重要的就是開始工作，因為在歐洲時他已經無用地中斷了針對另一個目標的學業，到了這個年紀才開始當電梯服務員，在這個年紀，至少那些比較能幹的少年按照自然的過程就快要接任較高一級的職務了。他說從電梯服務員做起是對的，但他也必須要格外加快腳步。在這種情況下，參觀城市根本不會帶給他什麼樂趣。甚至就連德蕾莎邀他走一趟短短的路程，他也下不了決心。一個念頭一直在他腦海浮現：如果他不努力工作，最後就會落得像德拉馬歇和魯賓遜一樣。

他在飯店的裁縫師那兒試穿電梯服務員的制服，那制服外表上十分華麗，有金色鈕釦和金色穗帶，可是一穿上卻還令卡爾有點毛骨悚然，因為那件小外套尤其在腋下又冷又硬，而且由於在他之前穿過這件制服的電梯服務員所流的汗而濕濕的，永遠乾不了。制服的胸部必須特別替卡爾加寬，因為現有的那十件沒有一件他勉強能穿。雖然要加寬需要縫紉，而且那位師傅看來十分仔細——有兩次，已經交付的制服被他又扔回了工作間——一切都在五分鐘之內解決了，卡爾離開裁縫間時已經是一身電梯服務員的打扮，穿著貼身的長褲和一件師傅雖然保證不緊卻仍然很緊的上衣，這上衣促使他一直練習呼吸，因為他想看看自己還能不能呼吸。

隨後他去向負責指揮他的領班報到，那是個修長英俊的男子，有個大鼻子，大概有四十多歲了。那人沒空跟他說話，哪怕只是三言兩語，只按鈴叫來一名電梯服務員，恰好就是卡爾昨天看見的那一個。領班只用那個電梯服務員的前名喊他，卡爾後來才知道他的前名是賈柯摩，因為用英文唸出來時聽不出是這個名字。這個少年接獲任務，向卡爾說明操作電梯的要領，可是他既害羞又匆忙，以至於雖然基本上需要說明的東西不多，卡爾卻幾乎連這一點東西也沒聽到。賈柯摩肯定也有點生氣，因為他顯然是由於卡爾的緣故而不得不離開操作電梯的工作，被派去協助清掃房間的女服務生，根據某些他沒有說出來的經驗，他覺得這很丟臉。尤其令卡爾失望的是，電梯服務員跟電梯的機械裝置只有一點點關係，就只是簡單地按下一個按鈕啟動電梯罷了，至於修理驅動裝置則純粹是飯店機械人員的工作，以至於賈柯摩雖然已經在電梯旁服務了半年，卻既未親眼見過地下室裡的驅動裝置，也沒見過電梯內部的機械裝置，雖然他表示很想去看一看。這根本就是件單調的工作，由於工作時間長達十二個小時，輪值日班和夜班，這件工作非常累人，根據賈柯摩的說法，如果不能在站著的時候睡上幾分鐘，就根本無法忍受。卡爾聽了沒說什麼，但是他心裡明白，就是這項本領讓賈柯摩丟了這個職位。

令卡爾高興的是，他所負責的那部電梯只停最高幾層樓，因此他不必和那些最會挑剔的有錢人打交道。當然，在這裡能學到的東西也不像在別處那麼多，只有對初出道的人來說是件好差事。

一個星期之後，卡爾就看出他完全能勝任愉快。他那部電梯的黃銅擦得最亮，另外那三十部電梯沒有一部比得上，而假如同在這部電梯工作的另一個少年也約略及得上卡爾的勤勞，而不是覺得卡爾的勤勞有利於他偷懶，這電梯也許還會更加閃亮。那少年是土生土長的美國人，名叫雷納，喜歡打扮，有一雙黑眼睛和略微凹陷的平滑臉頰。他有一套高雅的便服，在無須值班的夜晚，他就穿上這套便服，噴上一點香水，急忙進城去；有時他也會請卡爾在晚上替他值班，說他因為家裡有事必須離開，一點也不在乎他的打扮與這些藉口大相矛盾。儘管如此，卡爾還滿喜歡他的，也喜歡看見雷納在這樣的夜晚要外出之前穿著便服到樓下電梯旁站在他面前，說幾句抱歉的話，一邊戴上手套，然後穿過走廊離開。此外，卡爾替他代班只是想幫他一個忙，覺得在工作之初幫一個較年長的同事一點忙是理所當然的事，但是這不該成為一種慣例。因為在電梯裡不停地上上下下實在夠累的，尤其在晚上幾乎不曾停過。

不久卡爾就也學會按照別人對電梯服務員的要求而短促地深深鞠躬，同時飛快地接下小費。他把小費塞進背心口袋，誰也無法從他的表情看出那筆小費是多是少。碰到女士，他在開門時也會獻殷勤，再慢慢地跟在她們後面閃進電梯，她們因為要顧及身上的裙子、帽子和裝飾品，進電梯的速度通常要比男士慢。電梯行進時，他緊貼著門站立，背對著乘客，因為這樣最不引人注目，手握著電梯門的把手，以便在抵達的那一瞬間迅速把門推開，但又不至於嚇到客人。只偶爾會有人在電梯行進時拍拍他的肩膀，詢問他一件小事，這時他就急忙轉身，彷彿他早就料到了，然後大聲作答。雖然有這麼多部電梯，常常還是會出現人潮，尤其是在劇院散場或是某幾班特快列車抵達之後，以至於他才剛剛在樓上讓客人出了電梯，就得趕緊再下樓去接在那裡等候的客人。他也可以藉由扯動一條穿過整個電梯的鋼索來提高平時的速度，只不過操作電梯的規定禁止這麼做，而且據說也有危險。和乘客一起搭電梯時卡爾也從不這麼做，可是等乘客在樓上出了電梯，而樓下還有其他客人在等，這時他就毫無顧忌，像個水手一樣有節奏地用力扯動那條鋼索。而且他知道其他的電梯服務員也會這麼做，而他不希望他的乘客去改搭其他少年操作的電梯。有些在飯店長住的客人——這種情形在此地相當常見——偶爾會露出微笑表示他們認出卡爾是他們的電梯操作員，卡爾表情嚴肅，但樂於接受這份友好的表示。偶爾，當電梯的使用頻率較低，他也可以接受一些小小的特別任務，例如替一個懶得再回房間的客人去拿一件忘在房間裡的小東西。這時候他就搭著在這種時刻與他特別親密的電梯飛快地上樓，走進那個陌生的房間，他從未見過的稀奇東西往往散放在房間裡，或是掛在成排的衣鉤上，他聞到一種陌生香皂、一種香水、一種漱口水的特殊氣味，並未逗留，就急忙帶著找到的東西回去，雖然客人對那東西的說明往往並不清楚。他常常遺憾自己不能接下更大的任務，因為這些任務有專門的僕人和負責跑腿的少年來做，他們騎著腳踏車乃至摩托車去辦這些事，而卡爾頂多只能在客人房間與餐廳或賭場之間跑跑腿。

他每天工作十二個小時，有三天在晚上六點下班，另三天在早上六點，下班之後他累得誰也不理就直接上床。他的床鋪位在電梯服務員共用的寢室，雖然主廚太太設法想讓他擁有自己的小房間，而且說不定也能辦到，但卡爾看出這件事有多麼困難——她的影響力也許並不像他在頭一天晚上所以為的那麼大——也看見主廚太太為此經常打電話給他主管，那個忙碌異常的領班，於是他放棄了這個念頭，也說服了主廚太太他是真心放棄，指出他不想為了一份並非自己掙來的優待而引起其他電梯服務員的嫉妒。

這間大寢室當然並不是間安靜的臥室。由於每個人都以不同的方式來安排下班後的十二個鐘頭，既要吃飯、睡覺，又要玩樂和賺外快，寢室裡總是一片騷動。有幾個人在睡覺，用被子蓋住耳朵以求清靜；若是有一個人被吵醒了，他就會因為氣別人那樣吵鬧而大吼大叫，結果就連那些再好睡的人也受不了。幾乎每個少年都有一支菸斗，也算是一種奢侈，卡爾也買了一支，而且很快就抽出滋味。可是由於上班時不准抽菸，結果在寢室裡只要不是非睡不可的時候人人都在抽菸。因此每張床上都籠罩著一團煙雲，而整間寢室都煙霧瀰漫。雖然大多數人原則上同意夜裡只在寢室一端亮燈，但卻無法貫徹。假如這個建議得以實現，那麼想睡覺的人就可以在半間寢室的黑暗中好好睡覺——這間寢室很大，有四十張床——其他人則可以在有照明的那一端玩骰子或紙牌，做其他所有需要光線才能做的事。假如有人的床鋪位在有照明的那半間寢室，而他想要睡覺，那他就可以去暗處找張空床躺下，因為總是有足夠的空床，也沒有人反對自己的床被人暫時借用。可是這種安排沒有一夜被遵守。舉例來說，總是會有已經在暗處睡了一會兒的兩個人起了在床上玩牌的興致，在兩人之間擺起一塊木板來玩，當然也會扭開一盞合適的電燈，還在睡覺的人如果剛好面對著燈光，就會在刺眼的光線下驚醒過來。被驚醒之後雖然還會在床上翻來翻去一陣子，但最後找不到更好的事做，只好和鄰床上同樣被吵醒的人也玩上一局，而他們又會再扭開一盞燈。而且每個人的菸斗自然也會再吞雲吐霧。當然，也有些人無論如何想要睡覺——卡爾通常屬於這群人——於是他們不是把頭擱在枕頭上，而把頭壓在枕頭下，或是裹在枕頭裡，可是要怎麼繼續睡下去，如果鄰床的人在深夜起床，為了在上班之前還去城裡找點樂子，如果那人用擺在自己床前的洗臉盆水花四濺地大聲清洗身體，如果那人不僅是咚咚地穿上靴子，而且為了想更容易穿進去而用力跺腳——幾乎每個人的靴子都太緊，雖然是美國款式——最後，由於那人的裝備中還少了件小東西，便抬起還在睡覺的人的枕頭，壓在枕頭下的人當然早就被吵醒了，只等著對那人發飆。而由於他們全都是運動健將，又是年輕力壯的小伙子，不想錯過任何做運動的機會。如果有人在夜裡被吵嚷聲驚醒，肯定會在床邊地板上發現兩個人在扭打，在刺眼的燈光下，周圍所有的床上都站著身穿內衣褲的專家觀戰。有一次，在這樣一場夜間拳擊賽進行之際，其中一人倒在睡著的卡爾身上，卡爾一睜開眼睛就看見血從那少年的鼻子裡流出來，他還來不及反應，那血就流在整條被子上。卡爾往往把整整十二個鐘頭都用來試圖睡上幾個小時，雖然他也很想參加其他人的娛樂活動；但他總覺得其他人的人生全都超前了他一步，他必須藉由加倍勤奮和稍做放棄來加以彌補。雖然他主要是為了工作而很在乎睡眠，卻並未向女主廚或德蕾莎抱怨過寢室裡的情形，一來是全體電梯服務員都忍受著這種情況而沒有怎麼抱怨，二來，他先前懷著感激從女主廚手裡接受了電梯服務員這份職務，而寢室裡這種磨難是他職務中必要的一部分。

每週在日、夜班輪替時，他有二十四小時的休假，他利用這段時間去看望女主廚一、兩次，等待德蕾莎難得能夠休息的時候跟她匆匆說上幾句話，也許是在某個角落，或是在走廊上，只有少數幾次是在她房間裡。偶爾他也會陪她進城辦事，那些事全都必須以最快的速度辦好。這時候她的包包由卡爾提著，他們幾乎用跑的衝向最近的地鐵站，車程倏地結束，彷彿列車不受任何阻力地飛馳，轉眼他們就下了車，因為覺得電梯太慢就沒有等待電梯，而啪呴啪呴地走樓梯上去，大型廣場在他們眼前出現，街道呈放射狀伸向四面八方，把一片騷亂帶進從各方湧來的交通中，卡爾和德蕾莎緊緊挨著一起趕往各式各樣的辦事處、洗衣店、倉庫和商店，辦妥在電話中不容易辦好但除此之外責任並不重大的事，訂個貨，或是表達一下不滿。德蕾莎很快就發現卡爾在這方面的幫助不容小覷，在許多事情上能加快辦理的速度。有他陪同，她再也不必像以前一樣等待忙碌過度的生意人來聽她說話。卡爾走向前用指節敲著櫃台，一直敲到發揮了效果；他用他仍然有點過度誇張的英語越過人牆大喊，在一百個人的聲音當中都很容易被聽見；他毫不猶豫地走向那些人，就算他們傲慢地退回長長的辦公廳深處。他這樣做並非出於放肆，也尊重他所碰到的任何阻力，但是他自認地位穩固，這給了他權利，西方飯店是個不容許別人看輕的顧客，而德蕾莎雖然具有辦事的經驗，卻實在需要幫忙。「你應該每次都一起來。」當他們特別順利地辦完一件事，她偶爾會開心地笑著說。

卡爾停留在拉姆西斯的這一個半月裡，只有三次曾在德蕾莎的小房間裡待上幾個鐘頭。她的房間當然比女主廚的任何一個房間都小，裡面的幾樣東西可以說全都擠在窗邊，可是基於他在大寢室裡得到的經驗，卡爾已經明白一間屬於自己而且相對安靜的房間的可貴，就算他沒有明說，德蕾莎仍然察覺得出他多麼喜歡她的房間。在他面前她沒有祕密，而在她第一天晚上來拜訪過卡爾之後，也不太可能在他面前還保有什麼祕密。她是個私生女，父親是建築工地的工頭，把她們母女從波美拉尼亞接到美國來。可是彷彿他把她們接來就已經盡到了責任，又彷彿他所等候的是別人，而不是他在碼頭接到的這個過度操勞的女人和虛弱的孩子，在她們抵達之後不久，他就沒有多做解釋地移民到加拿大去了，被撇下的母女既沒有收到過他寫的信，也沒有得到他的其他消息，這其實也並不令人驚訝，因為她們沒入紐約城東大型收容所的人群中，再也找不到了。

有一次德蕾莎說起她母親之死，卡爾當時站在她旁邊，在窗前眺望馬路。她說起她們母女在一個冬夜裡——當時她大概是五歲——母女倆各帶著自己的包袱，匆匆穿過街道，尋找睡覺的地方。母親起初牽著她的手，當時風雪交加，前進不易，直到母親累了，沒有回頭去看德蕾莎就鬆開了她的手，這下子她得自己使勁抓住母親的裙子。德蕾莎常常絆倒，甚至摔跤，但母親彷彿發了瘋似的不停下腳步。紐約市這又直又長的街道上的暴風雪呀！卡爾還不曾在紐約度過冬天。如果迎著風走，而風繞著圓圈，你根本睜不開眼睛，風不停地把雪揉碎在你臉上，你走著走著卻前進不了，那令人絕望。相對於大人，小孩子在這種情況中當然具有優勢，他走在風的下面，對這一切還感覺到一點樂趣。因此，當時德蕾莎也無法完全了解她母親，如今她深信假如她在那天晚上對母親表現得更機靈一點——當年她就只是個幼小的孩子——她母親就不會死得這麼悲慘。當時她母親已經有兩天沒有工作，身上連一分錢都沒有了，白天她們在戶外度過，一口東西也沒吃，在她們揹著到處走的包袱裡就只有穿不上的破爛衣物，也許是出於迷信才不敢丟掉。有人答應她母親第二天早上在一座建築工地有工作可做，但母親一整天都試圖向德蕾莎說明，說她擔心沒法把握住這個好機會，因為她覺得疲憊極了，早晨在路上就已經咳出許多血，嚇壞了行人，而她就只渴望能在某個溫暖的地方好好休息一下，偏偏在這個晚上就是找不到休息的地方。在看門人沒有把她們從門口趕走的地方，在那裡她們至少還能稍微避避風雪，而她們急忙穿過冰冷狹窄的走廊，爬上一層層的高樓，繞行院子裡的狹長露台，不加選擇地敲著門，一會兒不敢跟任何人說話，一會兒又向每個迎面走來的人求助，而有一、兩次，她母親氣喘吁吁地蹲在一道僻靜的階梯上，一把摟住德蕾莎，親吻她，嘴唇壓得她作痛，德蕾莎幾乎抗拒著。等她事後明白那是母親最後的親吻，她無法理解自己當時怎麼會盲目到看不出這一點，就算她當時只是個可憐的小不點兒。有些她們經過的房間打開了門，為了放出室內令人窒息的空氣，室內充滿了彷彿由燃燒造成的煙霧，某個人的身形自那煙霧中走出，站在門框裡，以沉默的態度或是短短一句話表示她們不可能在這個房間裡落腳。如今回想起來，德蕾莎覺得她母親似乎只在頭幾個小時裡認真找過落腳的地方，因為大約在午夜過後，她大概就不曾再向任何人開口，雖然直到清晨她都不曾停止急行，中間只有短暫休息，雖然在那些大門與房門都從來不鎖的屋子裡始終很熱鬧，你每走一步都會碰到人。那當然不是能使她們快速前進的奔跑，而只是她們能做到的最大努力，事實上她們也很可能只是拖著腳步慢慢走。德蕾莎也不知道從午夜到清晨五點她們是去過二十棟屋子，還是兩棟，或是根本就只去過一棟。這些房屋的走廊是按照最能善用空間的巧妙設計而建造的，但是沒有考慮到能讓人輕易地辨別方向，她們大概不知道有多少次從同樣的走廊上走過！德蕾莎依稀記得她們在一棟屋子裡找了一遍又一遍，然後離開了那棟屋子的大門，但她也同樣記得她們在街道上立刻回頭，又衝進了這棟屋子。對孩子來說，這當然是種無法理解的折磨，一會兒被母親牽著，一會兒緊緊抓著母親，聽不到一句安慰的話，就這樣被拖著走，由於她的年幼無知，她覺得這整件事似乎只有一個解釋，就是母親想要離開她。因此德蕾莎抓得更緊了，就連母親牽著她時，為了保險起見她仍然用另一隻手抓著母親的裙子，每隔一段時間就嚎啕大哭。她不想被留在這裡，被留在那些人當中，他們在她們前面踩著重重的腳步爬上樓梯，一時還看不見地從她們身後樓梯的轉彎處朝她們走近，他們在走道上的一扇門前爭吵，把彼此推進房間裡。酒醉的人含糊地唱著歌，在屋子裡走來走去，而母親帶著德蕾莎還幸運地從這些正要聚攏的人群之間溜過去。在深夜裡，當別人不再那麼留心，不再有誰非要堅持自己的權利，她們肯定至少可以擠進一間由企業家出租的那種大寢室，她們曾經從幾間這樣的寢室旁邊走過，但這些事德蕾莎不懂，而母親不再想休息了。到了早晨，一個美好的冬日展開，她們倆都倚在一棟屋子的牆邊，也許在那兒睡了一會兒，也許只是睜著眼睛茫然凝望。結果發現德蕾莎弄丟了她的包袱，為了懲罰她的大意，母親動手打她，可是德蕾莎聽不見也感覺不到母親在打她。接著她們繼續走，穿過漸漸熱鬧起來的街道，母親貼著牆壁走，她們通過一座橋，母親伸手擦掉欄杆上結的霜，最後正巧來到母親那天早晨該去報到的那座工地，當時德蕾莎認命地接受了，如今她不了解那是怎麼回事。母親沒有告訴德蕾莎該留下來等還是走開，而德蕾莎認為這表示母親命令她等待，因為這最符合她的心願。

於是她坐在一疊磚上，看著母親解開包袱，取出一塊彩色的破布，圍在她戴了一整夜的頭巾上。德蕾莎太累了，根本沒想到要去幫忙母親。她沒有按照慣例去工寮報到，沒有去詢問別人，就爬上一具梯子，彷彿她已經知道分配給她的是哪件工作。德蕾莎感到奇怪，因為女性幫工通常只會在下面做些簡單的工作，像是溶解石灰或遞送磚瓦，因此她以為母親今天想做一件工資較高的工作，睡眼惺忪地抬頭對著母親微笑。房子尚未蓋得很高，才剛剛蓋到一樓，雖然為了繼續往上蓋而搭建的鷹架支柱已經高高地聳向藍天，不過尚未加上橫桿。她母親在上面靈活地繞過正在一磚一磚砌牆的工人，令人納悶的是他們並未質問她，她用柔弱的手小心地扶著充當欄杆的木板，在下面的德蕾莎在瞌睡中驚訝地注視著母親的靈活身手，自認為母親還向她投來一道親切的目光。但這時她母親走到了一小堆磚塊前面，那道欄杆到此結束，很可能那條路也到此結束，但是她沒有停下來，而朝著那堆磚塊走去，她似乎失去了她靈活的身手，撞倒了那一堆磚，越過去向下墜落。許多磚塊隨著她滾落，過了好一會兒之後，某處一塊沉重的木板鬆脫了，砰一聲落在她身上。德蕾莎對母親的最後記憶是她張開雙腿躺在那裡，穿著那條從波美拉尼亞帶來的格子裙，落在她身上的那塊粗糙木板幾乎蓋住了她，這時眾人從四面八方跑過來，工地上方有個男子生氣地往下喊了句什麼。

當德蕾莎說完，時間已經晚了。她一反平日的習慣敘述得很詳盡，而且偏偏是在無關緊要之處，例如在描述那些一根根聳向天空的鷹架支柱時，她不得不噙著淚水打住。如今在十年之後，她還清楚記得當時發生的每一件小事，而由於她母親站在尚未完工的一樓上那一幕是對她母親一生最後的紀念，她再怎麼清楚地把這一幕說給她朋友聽也不夠，在說完整個故事之後她還想再提一次，但卻說不下去，用雙手遮住了臉，一句話也沒有再說。

不過，在德蕾莎房間裡也有過比較歡樂的時光。卡爾頭一次造訪時就看見一本商業書信的教科書擺在那兒，便請德蕾莎把書借給他。他們也講好，卡爾會做書裡的練習，再拿給德蕾莎檢查，她在她所從事的低階工作所需的範圍內已經把那本書仔細讀過了。如今卡爾會整夜躺在樓下寢室的床上，耳朵裡塞著棉花，採取各種可能的姿勢作為調劑，一邊讀這本書，一邊用一支鋼筆潦草地在一個小本子上寫作業，鋼筆是女主廚送他的，為了獎勵他替她設計了一大本非常實用的盤點清冊並且謄寫完畢。他成功地把來自其他少年的打擾轉為助力，用的辦法是一再請教他們有關英文上的問題，直到他們厭倦了，不再來打擾他。看到其他人完全安於現狀，卡爾往往感到驚訝，他們根本感覺不到自己目前處境的臨時性質——超過二十歲就不能再當電梯服務員了，沒有覺悟到必須對自己未來的職業做出決定，而且儘管有卡爾的榜樣，他們也不讀書，頂多讀讀偵探小說，那些破破爛爛的小說在一張張床鋪之間傳閱。

如今在碰面時德蕾莎不厭其煩地批改他的作業，他們有時會意見相左，卡爾搬出他那位紐約大教授作為證人，但是對德蕾莎來說，那位教授就跟那些電梯服務員對文法的意見一樣不能算數。她把鋼筆從他手裡拿過去，把她確信寫錯的地方劃掉，而卡爾碰到這些有疑問的地方就把德蕾莎畫的線再劃掉，雖然一般說來他也不比德蕾莎更具權威。不過，有時候女主廚會過來，然後總是做出偏祖德蕾莎的裁決，這也不能證明什麼，因為德蕾莎是她的秘書。但她同時也帶來了全面的和解，因為接下來會燒茶、拿餅乾，要卡爾講講歐洲的事，只不過他常被女主廚打斷，她總是一再詢問並且感到驚訝，使得卡爾意識到在相對短暫的時間裡在歐洲有了多少徹底的改變，自從他離開之後可能又已經有了許多變化，而且會不斷繼續改變。

卡爾在拉姆西斯待了大約一個月之後，一天晚上雷納在經過時對他說，在飯店前面有個名叫德拉馬歇的人向雷納攀談，詳細打聽了卡爾的情況。雷納說他反正沒有理由隱瞞，就照實說了，說卡爾是電梯服務員，但是由於女主廚的關照而有希望得到其他職位。卡爾聽出德拉馬歇是如何小心翼翼地對待雷納，甚至邀請他在這天晚上一起吃晚餐。「我跟德拉馬歇已經毫無關係了，」卡爾說，「你也要當心他！」「我？」雷納說，伸了個懶腰，急忙走開了。他是飯店裡最俊秀的少年，在其他少年當中有所傳聞，雖然不知道這話最初是從誰口中傳出來的，說他被一位已經在飯店住了很久的貴婦在電梯裡至少是吻了一下。對於聽過這個傳聞的人來說，看著那位自信的女士踩著從容輕快的步伐、戴著柔軟的面紗，腰身束得緊緊地從身旁走過，肯定具有極大的吸引力，從她的外表絲毫看不出她可能會做出這種行為。她住在二樓，雷納所操作的電梯並非她所使用的電梯，可是如果其他電梯正被其他人使用，那麼自然也不能阻止客人去用另一部電梯。因此，這位女士偶爾會搭乘卡爾和雷納所負責的這部電梯，而且的確總是只在雷納值班的時候。這可能是巧合，但沒有人相信這是巧合，當電梯載著他們兩人上樓，一整排電梯服務員就會興起一陣勉強克制住的騷動，甚至招來領班的干預。不管是由於這位女士，還是由於這番傳聞，總之雷納變了，變得更有自信，把擦電梯的工作完全交給卡爾，卡爾已經等著有機會時要和他好好談談這件事，而在寢室裡根本看不見雷納的人影了。沒有誰像他這樣徹底退出了電梯服務員的團體，因為一般說來，至少在與職務有關的事情上，大家全都團結一致，並且有一個被飯店管理部門所認可的組織。

卡爾任由這一切在他腦中閃過，也想到德拉馬歇，同時就跟平時一樣執行勤務。接近午夜時，他有了一份小小的調劑，因為德蕾莎帶給他一顆大蘋果和一塊巧克力，她經常用小禮物給他驚喜。他們稍微聊了一會兒，幾乎沒有因為電梯上上下下所導致的中斷而受到打擾。他們也談到德拉馬歇，而卡爾發現自己其實是受到了德蕾莎的影響，這段時間以來才把德拉馬歇視為危險人物，因為德蕾莎在聽過卡爾的敘述之後這樣認為。然而基本上卡爾只認為他是個無賴，由於遭遇不幸而任由自己墮落，還是可以和他相處的。德蕾莎卻強烈反駁這個看法，說了長篇大論，要求卡爾答應再也不跟德拉馬歇說一句話。卡爾沒有答應她，反而一再催她去睡覺，因為早已過了午夜，當她拒絕，他威脅著要離開崗位，送她回房間去。當她總算願意離開，他說：「德蕾莎，你為什麼要白白擔這種心呢？如果這能夠讓你睡得好一點的話，我很樂意答應你，我只有在無法避免的情況下才會跟德拉馬歇說話。」接著電梯忙碌起來，因為負責旁邊那部電梯的少年被叫去做別的事了，於是卡爾必須照顧兩部電梯。有客人在說這裡秩序混亂，有一位陪著一名女士的先生甚至用手杖輕輕碰了卡爾一下，催促他動作快一點，這種提醒實在毫無必要。倘若那些客人一看見那部電梯旁邊沒有電梯服務員站立，至少就馬上走到卡爾這部電梯來，那就好了，但他們沒有這麼做，而是走向旁邊那部電梯，待在那裡，一手擱在電梯門把上，甚至自己走進電梯，根據勤務規章中的嚴格規定，電梯服務員無論如何要防止這種情況發生。於是卡爾必須疲於奔命地跑來跑去，卻並不覺得自己善盡了職責。此外，接近凌晨三點時，一個提行李的老人還想請他幫忙做件事，那老人與卡爾有點交情，但是此時卡爾實在幫不上忙，因為在他所負責的兩部電梯前面都站了客人，他必須要全神貫注，馬上決定要踩著大步朝哪一群客人走過去。因此當另外那名電梯服務員再度歸隊，卡爾很高興，為了對方離開崗位那麼久而喊出幾句責備的話，雖然那大概並不是對方的錯。凌晨四點過後稍微安靜下來，而卡爾也已經極需要休息。他沉重地倚著電梯旁的欄杆，慢慢吃著那顆蘋果，咬下第一口之後，蘋果就散發出濃郁的香氣，他俯視著一座採光天井，那天井被食物貯藏室的幾扇大窗戶圍繞，在窗戶後面，一串串懸掛著的香蕉在黑暗中閃著微光。

第六章　魯賓遜事件

這時有人拍了拍他的肩膀。卡爾自然以為那是個客人，幾乎看也沒看那人，就趕緊把蘋果塞進口袋，急忙走向電梯。那人卻說：「晚安，羅斯曼先生，是我，魯賓遜。」「你倒是變了很多。」卡爾搖搖頭說。「是啊，我過得很好，」魯賓遜說，看著自己的一身打扮，那些衣物個別來看也許都相當精緻，但卻胡亂湊在一起，以至於簡直顯得襤褸。最醒目的是一件顯然是第一次穿的白色背心，有四個鑲著黑邊的小口袋，魯賓遜也試圖藉由挺起胸膛來讓人注意到這件背心。「你穿著昂貴的衣服，」卡爾說，不禁想起他那套漂亮大方的衣服，他穿上那套衣服就算站在雷納身旁也不會遜色，那兩個壞朋友卻把衣服給賣了。「是啊，」魯賓遜說，「我幾乎每天都會買點東西。你喜歡我這件背心嗎？」「很不錯，」卡爾說。「不過這些口袋不是真的，只是做成口袋的樣子。」魯賓遜說，抓起卡爾的手，讓他自己去確認一下。可是卡爾向後退，因為從魯賓遜的嘴裡冒出一股難聞的酒氣。「你又喝了很多。」卡爾說，已經又站回欄杆旁。「不，」魯賓遜說，「並不多。」又加了一句：「否則人在世上還有什麼呢。」這話與他先前的心滿意足自相矛盾。有客人搭電梯上樓，中斷了這番談話，卡爾剛剛回到樓下，就來了一通電話，要卡爾去請飯店醫師，因為八樓有一位女士暈倒了。去請醫師時，卡爾暗中希望魯賓遜在這段時間裡已經離開，因為他不想被人看見和魯賓遜在一起，而且想起德蕾莎的告誡，他也不想聽到關於德拉馬歇的事。可是魯賓遜仍舊以徹底酒醉之人的僵硬姿勢站在那兒等，飯店的一名高階主管剛好經過，拿著黑色手杖，頭戴黑色禮帽，幸好他似乎沒有特別去注意魯賓遜。「羅斯曼，你不想到我們那兒去看看嗎？我們現在過得很好。」魯賓遜說，用引誘的目光看著卡爾。「是你在邀請我，還是德拉馬歇？」卡爾問。「是我和德拉馬歇。我們在這件事情上意見一致。」「那我就告訴你，並且請你轉告德拉馬歇：我們的分手已成定局，如果這件事本身還不夠清楚的話。你們兩個帶給我的痛苦比其他任何人都多。難道你們還下定決心要來繼續打擾我嗎？」「我們可是你的同伴啊，」魯賓遜說，眼裡噙著酒醉的淚水，令人厭惡。「德拉馬歇要我告訴你，他想要為從前發生的一切補償你。我們現在和布魯內妲住在一起，她是個出色的女歌手。」說完他就打算要高歌一曲，若非卡爾即時噓了他一聲：「你安靜一點，難道你不知道這裡是什麼地方。」「羅斯曼，」魯賓遜只在唱歌一事上被嚇唬住了，「不管你怎麼說，我都是你的同伴。現在你在這裡有這麼好的職位，你可以給我一點錢。」「你只會把錢拿去喝酒，」卡爾說，「我甚至看見你口袋裡還塞著酒瓶，我剛才離開的時候你肯定又從瓶子裡喝了酒，因為一開始時你還相當清醒。」「這只是我在辦事的時候為了提神才喝的。」魯賓遜替自己辯解。「我也不想再去改正你的毛病。」卡爾說。「可是錢呢！」魯賓遜睜大了眼睛說。「大概是德拉馬歇派你來要錢的。好，我給你錢，但是有一個條件，你要馬上離開這裡，而且再也不要到這裡來找我。如果你有事想告訴我，就寫信給我。地址只要寫：卡爾・羅斯曼，西方飯店的電梯服務員。這樣就夠了。但是我再說一次，你不准再到這裡來找我。我是在這裡上班，沒有時間接待訪客。你願意在這個條件下拿到錢嗎？」卡爾問，同時伸手到背心口袋裡，因為他決定犧牲今夜的小費。魯賓遜聽到這個問題只是點頭，並且沉重地呼吸。卡爾誤解了這個情況，又再問了一次：「要還是不要？」

這時魯賓遜示意卡爾到他身邊去，他搖搖晃晃，用已經含混不清的聲音說：「羅斯曼，我很想吐。」「見鬼了。」卡爾脫口而出，用雙手把他拖到欄杆旁。

而魯賓遜也已經張嘴往下吐。在他暫停嘔吐時，他盲目地摸向卡爾，說「你實在是個好孩子」或是「就快好了」，但卻還差得遠了，要不就是說「那些畜生，他們都灌我喝了些什麼！」由於不安和厭惡，卡爾在他身邊待不住了，開始來回踱步。在電梯旁邊這個角落裡，魯賓遜稍微被遮住了，可是如果還是有人看見了他，那怎麼辦？那些神經質的有錢客人只等著向跑過來的飯店主管提出申訴，然後這名主管就會氣沖沖地向全體員工進行報復，飯店裡的便衣偵探也可能會經過，他們經常換人，除了管理部門，誰也不認識他們，凡是帶著審視目光的人都讓人以為是便衣偵探，而那審視的目光也可能只是由於近視。而在下面整夜無休的餐廳部門，只要有人走進食物貯藏室，吃驚地發現採光天井的穢物，就會打電話來問卡爾上面究竟出了什麼事。到了那時候，卡爾還能否認魯賓遜在這裡嗎？假如他供出魯賓遜，魯賓遜由於愚蠢和絕望難道不會非但不道歉，反而把一切都賴在卡爾身上？到時候卡爾不就會立刻被解雇？因為最聳人聽聞的事情發生了：一個電梯服務員，這家飯店層級分明的工作人員中最低階、最可有可無的員工，讓他的朋友弄髒了飯店，嚇壞了客人，甚至趕走了客人。飯店能夠繼續容忍有這種朋友的電梯服務員嗎？何況他還讓這種朋友在上班時間來拜訪他？看起來不就像是這樣的電梯服務員本身也是個酒鬼，或是比這更糟，因為還有哪一種猜測會更令人信服，除了他用飯店儲存的食物過度餵養他的朋友，直到他們在這家努力保持清潔的飯店隨便找個地方做出魯賓遜此刻做出的事？而且既然偷竊的機會多得數不清，這樣一個電梯服務員又怎麼會只局限於偷竊食物？眾所周知那些客人漫不經心，到處都是敞開的櫃子，許多珍貴物品隨便放在桌上，還有打開的首飾盒和隨手亂扔的鑰匙。

卡爾剛看見遠處有客人從地下室的一個場所走上來，那裡的一場綜藝表演剛剛結束。卡爾站在他的電梯前待命，根本不敢轉頭去看魯賓遜，因為他害怕自己可能會看見的情景。他沒有聽見一絲聲響，連一聲嘆息也沒聽見，但是這並未令他安心。他雖然替客人服務，載著他們上上下下，但他無法完全掩飾自己的心不在焉，每次搭乘電梯下樓他都準備好在樓下會碰到令人難堪的意外。

卡爾終於又有空去看看魯賓遜，他在角落裡縮成一團，把臉壓在膝蓋上，硬頂圓帽高高地推到額頭上。「現在你快走吧，」卡爾堅決地小聲說，「錢在這裡。如果你動作快一點，我還可以告訴你走哪條路最快。」「我走不了，」魯賓遜說，用一條小手帕擦拭額頭，「我會死在這裡。你無法想像我有多麼不舒服。德拉馬歇到處帶著我去那些高級場所，可是我的腸胃受不了這種過份講究的東西，我每天都跟德拉馬歇這麼說。」「可是你實在不能待在這，」卡爾說，「你得考慮到你人在哪裡。如果有人發現你在這裡，你會受到懲罰，而我會丟了差事。你希望這樣嗎？」「我走不了，」魯賓遜說，「我寧可從那裡跳下去。」他從欄杆柱子之間指著那個採光天井。「像這樣坐著，我還可以忍受，但是我站不起來，你剛才走開的時候我已經試過了。」「那我去叫輛車，你搭車到醫院去。」卡爾說，搖了搖魯賓遜的一條腿，他似乎隨時可能陷入全然的麻木。可是「醫院」這個字眼似乎在魯賓遜腦中喚起了可怕的想像，他一聽見，就大聲哭了起來，請求憐憫地向卡爾伸出雙手。

「安靜。」卡爾說，一巴掌朝他的雙手拍下去，跑去找自己夜裡曾代為值班的那個電梯服務員，請對方也暫時幫忙代班，再急忙回到魯賓遜身旁，使勁把仍在啜泣的他拉起來，輕聲對他說：「魯賓遜，如果你希望我照顧你，那你就要努力打起精神，現在站直了走一小段路。我將帶你到我的床鋪去，你可以待在那裡，等到你身體舒服一些。你很快就會恢復，連你自己都會感到驚訝。但是現在你的舉止要像樣一點，因為走道上到處都是人，而我的床鋪也位在一間共用的大寢室裡。只要別人稍微注意到你，我就不再幫得了你。而且你必須要張開眼睛，我不能像帶著一個生重病的人一樣拖著你走來走去。」「你覺得怎麼做恰當，我就怎麼做，」魯賓遜說，「可是你一個人沒法帶我走。你不能也去把雷納找來嗎？」「雷納不在這裡。」卡爾說。「喔，對，」魯賓遜說，「雷納和德拉馬歇在一起。是他們兩個叫我來找你的。我把事情全弄混了。」趁著魯賓遜這樣含混不清地自言自語，卡爾推著他向前，也幸運地帶著他來到一個角落，從那裡有一條燈光比較黯淡的走道通往電梯服務員的大寢室。一名電梯服務員正以全速朝他們跑來，從他們身旁經過。此外，到目前為止他們碰到的人都不具危險，因為凌晨四點到五點之間是最安靜的時刻，而卡爾心裡明白，假如他此刻無法成功地把魯賓遜弄走，等到天一亮，白天的活動一展開，就根本想都別想了。

在寢室的另一端正好有人大打出手，或是在進行其他活動，聽得見有節奏的拍手聲、激動的跺腳聲和運動時的呼喊。在近門這半間寢室裡只看得見少數幾個人不為所動地在床上睡覺，他們大多仰躺著，凝視著空中，偶爾有一個人從床上跳起來，也許剛好穿著衣服，也許剛好沒穿衣服，去看看寢室另一端情況如何。於是卡爾趁著無人注意，把稍微習慣了行走的魯賓遜帶到了雷納的床上，因為雷納的床離門很近，而且幸好無人占用，而卡爾遠遠看見自己的床上安穩地睡著一個他根本不認識的陌生少年。魯賓遜的身體一碰到床，他就立刻睡著了，一條腿還伸出床外搖晃著。卡爾把毯子拉過來蓋住他的臉，認為至少在接下來這段時間無須擔心，因為魯賓遜肯定不會在六點之前醒來，而到時候卡爾也已經又回到這裡，說不定已經和雷納想出了辦法來把魯賓遜弄走。只有在十分特殊的情況下才會有高層單位來檢查這間寢室，多年前電梯服務員就成功地讓飯店廢止了從前常見的一般性檢查，因此在這一方面也沒什麼好擔心的。

等到卡爾再回到他負責的電梯旁，他看見自己那部電梯和旁邊那個電梯服務員所負責的電梯都正在上升。他不安地等待著，不明白這是怎麼回事。他那部電梯先下來，而不久之前在走道上飛奔的那個少年從電梯裡走出來。「嘿，羅斯曼，你到哪兒去了？」對方問道，「你為什麼沒去通報？」「可是我明明跟他說了，要他暫時替我代班。」卡爾回答，指著負責隔壁電梯的那個少年，那少年正走過來。「我也在人潮最多的時候替他代了兩小時的班。」「這些話都沒錯，」那個少年說，「可是這並不夠。你難道不知道在上班時缺席，哪怕只缺席一會兒，都得要向領班辦公室通報。那具電話就是做這個用的。我是很樂意替你代班，可是你也知道這並不容易。剛剛在兩部電梯前面都有搭乘四點三十分那班特快車抵達的新客人。我總不能先跑去操作你的電梯，而讓我的客人等待，所以我就先操作我的電梯上樓了。」「後來呢？」卡爾緊張地問，由於那兩名少年都沉默不語。「後來，」負責隔壁那部電梯的少年說，「領班剛好經過，看見你那部電梯前面的客人無人服務，就發起脾氣，我急忙跑過來，他問我你人在哪裡，而我完全不知道，因為你根本沒告訴我你要去哪裡，於是他立刻打電話到寢室去，要另一名電梯服務員馬上過來。」「我還在走道上碰見了你。」被叫來代替卡爾的那個少年說。卡爾點點頭。「當然，」另一個少年竭力申明，「我馬上就說了你請我代班，可是這種辯解他哪裡會聽。你大概還不了解他。他要我們轉告你，要你馬上到辦公室去。所以你最好別再逗留，趕快過去。說不定他還會原諒你，你真的只離開了兩分鐘。你儘管舉出我來當證人，說你請我替你代班。至於你替我代班這件事就最好別提，聽我的勸告，我反正不會有事，我有缺席的許可，但是談起這種事，還又跟這件毫不相干的事情混為一談，這並不好。」「這是我第一次離開崗位。」卡爾說。「事情總是這樣，只是別人不相信。」那少年說，向他負責的電梯跑去，因為有幾個客人走近了。被叫來代替卡爾的是個大約十四歲的少年，他顯然同情卡爾，說道：「他們已經有好幾次原諒了這種事。當事人通常會被調去做其他工作，就我所知，只有一個人因為這種事而被解雇。你只需要想出一個離開崗位的好理由。千萬別說你突然身體不舒服，他只會嘲笑你。不如說有位客人有件事急著要你去轉告另一位客人，第一位客人是誰你不記得了，而第二位客人你沒有找到。」「喔，」卡爾說，「事情不至於這麼糟。」根據他所聽到的一切，他不再相信會有好的結局。就算這樁失職被原諒了，寢室裡還躺著魯賓遜這個活生生的罪證，以領班的火爆脾氣，他們不可能只滿足於表面的檢查，最後終究會發現魯賓遜。雖然並沒有明文禁止帶外人到寢室去，但是之所以沒有這條禁令，只是因為想都想不到的事不會遭到禁止。

當卡爾走進領班辦公室，領班正坐著吃早餐喝咖啡，喝了一口，再看看一份清單，顯然是也在場的飯店門房拿來請他過目的。門房是個壯漢，那套裝飾得琳瑯滿目的制服——肩膀和手臂上還垂著金鍊和飾帶——使得他的肩膀看起來更為寬闊。一撇小鬍子又黑又亮，末梢按照匈牙利人的習慣拉得很長，即使在迅速轉頭時也文風不動。此外，由於那身累贅的衣服，他根本很難移動，只能叉開雙腿站著，以求適當地分擔他的體重。

卡爾不拘禮地急忙走進去，這是他在這家飯店養成的習慣，因為慢條斯理和小心謹慎在普通人身上意味著禮貌，在電梯服務員身上卻被視為懶惰。此外，也沒必要讓別人在他一走進去時就看出他自覺有錯。領班雖然朝著打開的門瞥了一眼，卻立刻繼續喝咖啡，讀他的資料，沒有再去理睬卡爾。門房也許覺得卡爾在場打擾了他，也許他有什麼祕密的消息或請求要通報，總之他不斷惡狠狠地望向卡爾，腦袋僵硬地歪向一邊，等他顯然如願地與卡爾四目相接，他就又把頭轉回去面向領班。卡爾認為，既然自己已經來了，假如沒有接到領班要他離開的命令就又離開辦公室，會給人不好的印象。領班繼續研讀那份清單，一邊吃著一塊蛋糕，偶爾抖掉蛋糕上的糖粉，但並未中斷閱讀。有一次那份清單的一頁掉在地板上，門房甚至沒有嘗試去撿，他知道自己辦不到，況且那也沒有必要，因為卡爾已經拾起那頁紙遞給領班，領班伸手接過去，彷彿那張紙是自己從地板上飛起來的。這番小小的效勞毫無用處，因為門房依舊向他投來兇惡的目光。

儘管如此，卡爾比先前鎮靜了一些。看來他的事對領班來說毫不重要，單是這一點就可以視為好預兆。畢竟這也很容易理解。一個電梯服務員當然一點也不重要，因此不能擅自做任何事，但也正因為他一點也不重要，他也不可能犯下什麼大不了的錯。畢竟領班年少時也當過電梯服務員——這一代的電梯服務員對此仍感到自豪——當初是他把電梯服務員組織起來，而他肯定也曾未經許可而擅自離開過崗位，就算如今當然不會有人去強迫他回想起這件事，而且也不能忘了，正因為他曾經當過電梯服務員，他認為有責任嚴格維持這個階層的秩序，有時毫不寬容。此外，卡爾也寄望於時間的推移。辦公室的時鐘顯示出已經過了五點四十五分，雷納隨時可能回來，說不定甚至已經回來了，因為他想必注意到魯賓遜沒有回去，再說，現在卡爾想到，德拉馬歇和雷納根本不可能待在離西方飯店太遠的地方，否則魯賓遜在酒醉不適的情況下根本找不到來此的路。而雷納此刻若是發現魯賓遜在他床上——他勢必會發現——那就沒事了。因為像雷納這麼能幹的人，尤其是當事情涉及他本身的利益，他會馬上設法把魯賓遜弄出飯店，再說魯賓遜這時已經稍微恢復了體力，加上德拉馬歇可能就在飯店前面等著接他，要把魯賓遜弄出飯店就更容易了。只要魯賓遜被弄走了，卡爾就能更加鎮靜地面對領班，這一次說不定還得以倖免，只會受到一頓斥責，哪怕是嚴重的斥責。然後他會和德蕾莎商量，看他能否把真相告訴女主廚——在他看來沒什麼不可以——如果可以這麼做，那麼這件事就可大事化小，小事化無。

經過這番考慮，卡爾的心情稍微平靜下來，開始偷偷點數這一夜裡賺到的小費，他覺得這一夜的小費似乎特別豐厚，這時領班把那份清單放在桌上，說道：「費奧多，請你再稍等一會兒。」他靈活地一躍而起，對著卡爾大吼一聲，把他嚇壞了，一時只能愣愣地呆望著那張嘴裡的大黑洞。

「你未經許可擅離崗位。你知道這意味著什麼嗎？這意味著解雇。我不想聽你找理由，你那些捏造的藉口大可以自己留著，你不在那裡，這件事實對我來說就完全足夠了。如果我容忍一次，原諒一次，沒多久，所有四十個電梯服務員都會在上班時開溜，而我就得自己把那五千名客人揹上樓。」

卡爾沒有說話。門房走近，把卡爾那件起了幾條皺褶的小外套拉拉平整，無疑是想讓領班特別注意到卡爾這一丁點服裝不整。

「難道你是突然身體不舒服嗎？」領班狡猾地問。卡爾用審視的目光看著他，答道：「不是。」「所以說，你甚至不是身體不舒服？」領班吼得更大聲了，「那你想必是編出了天大的謊言。說吧。你有什麼理由？」「我先前不知道必須打電話請求許可。」卡爾說。「這倒好笑了。」領班說，抓住卡爾的外套領子，幾乎把他拎了起來，推到釘在牆上的電梯勤務規則前面。門房也跟著走到牆邊。「這裡！讀吧！」領班指著其中一條規定說。卡爾以為是要他默唸，但是領班命令他：「大聲唸！」卡爾沒有大聲唸，希望這樣做也許更能使領班冷靜下來，說道：「我知道這條規定，我也拿到了勤務規則，並且仔細讀過。可是偏偏是這種從來用不到的規定容易忘記。我上班已經兩個月了，從來不曾離開過崗位。」「現在你就要離開了。」領班說，走到桌旁，又拿起那份清單，彷彿打算繼續讀下去，卻又把清單用力摔在桌上，彷彿那是疊無用的廢紙，在房間裡橫豎交叉地走來走去，額頭和臉頰脹得通紅。「就為了這麼一個搗蛋鬼。在值夜班時引起這種騷動！」他這樣喊了幾次。「你知道當這個傢伙從電梯旁開溜時，是誰剛好要搭電梯上樓嗎？」他轉身向門房說。他說出一個名字，門房想必認識所有的客人，並且能夠判斷輕重，聽見這個名字打了個寒顫，迅速朝卡爾看過去，彷彿卡爾的存在就足以證明叫這個名字的客人不得不在一部服務員開溜了的電梯前面枯等。「這太糟糕了！」門房說，露出無盡的擔憂，對著卡爾緩緩搖頭，卡爾難過地看著他，心想，這下子他還得為了此人理解力遲鈍而遭殃。「再說我也認得你，」門房說，伸出他那根又肥又大、繃得緊緊的食指，「你是唯一一個不向我打招呼的電梯服務員。你以為你是誰啊！每個經過門房辦公室的人都得向我打招呼。對其他的門房，你愛怎麼樣就怎麼樣，我卻要求別人必須向我打招呼。雖然有時候我假裝沒注意，但是你大可以放心，我很清楚誰向我打了招呼，誰沒有打招呼，你這個臭小子。」說完他轉身不再理睬卡爾，抬頭挺胸地向領班走過去，但領班並未針對門房所說的話表示意見，吃完了早餐，瀏覽著僕人剛剛送來的一份早報。

「門房長，」卡爾說，趁著領班不注意的時候，他想至少先取得門房的諒解，因為他明白，門房的指責未必會對他不利，但門房的敵意卻會對他不利，「我肯定有向您打招呼。我到美國來還不久，而我來自歐洲，大家都知道歐洲人打招呼更為頻繁，超過必要。這個習慣我當然還沒能改掉，就在兩個月之前，在紐約我湊巧和上流人士有所來往，別人一有機會就勸我不要太多禮。我怎麼可能偏偏沒有向您打招呼呢？我每天都向您打好幾次招呼。不過當然不是每次看見您的時候都打招呼，因為我每天要從您身邊經過上百次。」「你每一次都要向我打招呼，沒有例外。和我說話的時候，你都要把帽子拿在手裡，每一次都要用『門房長』來稱呼我，而不是用『您』。而且這些事每一次都要做到。」「每一次？」卡爾用疑惑的口吻小聲地重複，現在他想起來，這段時間以來，門房總是表情嚴厲、充滿指責之意地看著他，從第一天早晨起就是這樣，當時他尚未完全適應自己身為服務生的地位，有點太過冒失，逕自囉哩囉唆而又急切地去盤問這個門房，是否有兩個男子來打聽過他，有沒有留下一張相片來給他。「現在你知道這種舉止會有什麼後果了，」門房說，又走回卡爾身邊，指著還在閱讀的領班，彷彿對方是來替他報仇的，「你做下一份工作的時候，就會懂得要向門房打招呼，哪怕只是在一家三流酒店。」

卡爾看出他其實已經丟了差事，因為領班已經講明了，門房長也把這件事當成既定事實又說了一次，而為了一名電梯服務員，大概不需要由飯店管理部門來證實解雇。不過，事情發生得比他想像中更快，因為他畢竟竭盡所能地工作了兩個月，而且肯定比某些電梯服務員做得更好。然而在關鍵時刻，顯然在世上任何地方——不管是在歐洲，還是在美國——都不會顧及這些，而是取決於一個人在勃然大怒時脫口而出的判決。此刻最好的做法也許是馬上告辭離開，女主廚和德蕾莎可能還在睡，他可以寫信向她們道別，至少免去親自道別時讓她們為他的行為感到失望難過，他可以趕快收拾行李，悄悄離開。而他若是再多待一天——他也的確需要睡一下——那麼這件事將被渲染成一樁醜聞，他將面對來自各方的指責，難堪地看見德蕾莎的眼淚，甚至是女主廚的眼淚，搞不好到最後還得接受處罰。另一方面他對自己面對著兩個敵人而感到迷惑不解，不管他說什麼，兩人之一都要加以曲解和批評。因此他沉默不語，暫時享受房間裡的平靜，因為領班還在看報，門房長則按照頁數整理著散落在桌面的清單，由於他顯然有近視，做這件事很吃力。

領班總算打著呵欠放下了報紙，朝卡爾瞥了一眼，確定了他還在那兒，接著搖響了桌上的電話。他喊了好幾聲哈囉，但卻無人接聽。「沒有人接聽。」他向門房長說。卡爾覺得門房長懷著特別的興趣看著領班打電話，而門房長說：「已經五點四十五了。她肯定醒了。你只需要搖得更大聲一點。」這時候，電話主動有了回應。「我是領班伊斯貝里，」領班說，「早安，主廚太太。我沒把您吵醒吧。真是抱歉。是啊，已經五點四十五了。可是我真的很抱歉把您嚇了一跳。您睡覺時應該把電話關掉。不，不，真的，我實在沒有理由嚇到您，尤其是我想跟您談的這件事微不足道。

喔，我當然有時間，您請便，我在電話旁邊等，如果您覺得合適的話。」「她大概是穿著睡衣跑去接電話的，」領班微笑著對門房長說，後者一直都帶著緊張的表情俯身在電話機上，「我是真的吵醒她了，因為平常都是那個替她打字的小丫頭去叫醒她，而小丫頭今天卻例外地沒去叫她。我很抱歉嚇到了她，她原本就夠神經質了。」「為什麼她沒有繼續講電話？」「她去看看那個小丫頭怎麼了。」領班回答，已經把聽筒拿在耳畔，因為電話又響了。「她會出現的，」他對著電話繼續說，「您不能一有點事就這樣擔心受怕，您真的需要好好休息。喔，對了，我要問的那件小事。有個電梯服務員，名叫，」——他帶著詢問的表情轉頭面向卡爾，由於卡爾十分留心，立刻就能報上姓名給予提示——「對，名叫卡爾．羅斯曼，如果我沒記錯的話，您對他還有點關心；只可惜他辜負了您的一片好意，他未經許可擅離崗位，給我惹來了大麻煩，目前還根本看不出後果有多嚴重，因此我剛剛把他解雇了。希望您別把這件事看得太重。您說什麼？解雇，對，解雇。可是我明明跟您說了他擅離崗位。不，我真的不能向您讓步，親愛的主廚太太。這件事涉及我的威信，事關重大，這樣一個小伙子會帶壞我整批員工。對待那些電梯服務員得要特別小心。不，不，這一次我沒法幫您這個忙，雖然我一向很樂意為您效勞。如果儘管發生了這一切我還把他留在這裡，就只會繼續惹我生氣，為了您，對，為了您，主廚太太，他不能留下來。您關心他，而他完全不值得您關心，由於我不僅認識他，也認識您，我知道這勢必會令您大為失望，而我無論如何想避免讓您承受這種失望。我很坦白地這麼說，雖然這個倔強的小伙子就站在我面前，離我只有幾步。他將被解雇，不，不，主廚太太，他將被徹底解雇，不，不，他不會被調去做別的工作，他完全沒有用處。再說也還有其他人對他不滿。例如，門房長，喔，費奧多，你剛才是怎麼說的？對了，他抱怨這個小伙子放肆無禮。嗄，這還不夠嗎？喔，親愛的主廚太太，您為了這個小伙子而違背了您的本性。不，您不能這樣為難我。」

這時門房俯身到領班耳邊低語了幾句。領班起初訝異地看著他，接著就對著電話劈哩啪啦說起話來，速度之快，卡爾起初無法完全聽清楚，於是踮起腳尖走近了兩步。

他說的是：「親愛的主廚太太，老實說，我不相信您識人的能力這麼差。我剛剛得知您口中這位天使般的男孩的一件事，這將會徹底改變您對他的看法，而偏偏得由我來告訴您這件事，這令我幾乎感到難過。這個您稱為循規蹈矩的模範少年每逢不值班的夜晚都進城去，直到早晨才回來。沒錯，沒錯，主廚太太，有證人證明這件事，保證可靠，沒錯。現在您也許可以告訴我，他去尋歡作樂的錢是從哪兒來的？他要如何專心上班？難道您還想要我向您描述他在城裡都做些什麼嗎？我必須趕緊叫這個小伙子走人。請您把這當成提醒，對於隨便跑來的小子一定要小心。」

「可是領班先生，」這時卡爾喊道，簡直鬆了一口氣，由於這件事看來是樁天大的誤會，說不定還可能讓一切出乎意料地好轉，「這肯定是弄錯了。我想，門房長先生跟您說我每個晚上都外出。可是這完全不正確，我其實每晚都待在寢室裡，所有的電梯服務員都能證明這一點。不睡覺的時候我在學習商業文書，可是我沒有一夜離開過寢室。這一點很容易證明。門房長顯然是把我跟另一個人弄混了，現在我也明白了他為什麼認為我沒有向他打招呼。」

「你馬上閉嘴，」門房長大吼，揮動著拳頭，換作是別人，在這種情況下只會動一根手指，「我會把你跟別人弄混？如果我會把人弄混，我就不會是門房長了。伊斯貝里先生，您聽聽，如果我會把人弄混，那我就不會是門房長了。我服務了三十年，還從來沒把人弄混過，從那時候到現在的幾百名領班先生都可以替我作證，而我卻會把你這個可惡的小子跟別人弄混？就憑你這張顯眼的光溜溜的臭臉。哪裡會弄混，就算你每天晚上都從我背後溜進城裡，單憑你這張臉，我就能證明你是個道道地地的壞東西。」

「算了，費奧多！」領班說，他和女主廚的電話交談似乎突然中斷，「事情很簡單。他的夜間娛樂根本不是重點。也許他還想在離開之前掀起一場針對他夜間活動的大調查。我可以想像這會正中他下懷。說不定得把全部四十名電梯服務員都傳喚上來作證，而他們當然也全都把他跟別人弄混了，於是到後來得把全體員工都叫來作證，飯店的營運當然只好暫時中止，等他最後終於還是被趕出去，至少他享受過愚弄我們的樂趣。所以我們最好別這麼做。主廚太太這個善良的女人已經被他當成傻瓜來耍，這就已經夠了。我什麼也不想再聽，你由於失職而立刻被解雇。我給你一張支領工資的單子，要出納把到今天為止的工資付給你。私底下說，以你的行為，付工資給你根本就是件禮物，我只是看在主廚太太的份上才這麼做的。」

一通電話打來，使得領班沒能馬上在那張支領單上簽名。「這些電梯服務員今天替我惹的麻煩真夠多了！」他才聽了幾句就喊道，一會兒之後又喊：「實在太不像話了！」他從電話旁轉身向門房長說：「費奧多，麻煩你替我看著這小子一下，我們跟他還有帳要算。」接著他對著電話下達命令：「立刻上來！」

這下子門房長至少可以把他剛才沒能藉著說話來發洩的怒氣盡情發洩出來。他抓住卡爾的手臂，但並非靜靜抓著，那畢竟還可以忍受，而是偶爾會放鬆抓著他的手，再愈抓愈緊，他身強力壯，似乎可以一直這樣抓下去，使得卡爾眼前一黑。他不僅是抓著卡爾，而是彷彿也接獲了命令要同時把他拉長，他有時也把他提起來，搖著他，還一再半似詢問地對著領班說：「現在我還會不會把他跟別人弄混？現在我還會不會把他跟別人弄混？」

當電梯服務員的組長走進來——那是個名叫貝斯、老是大吼大叫的肥胖少年——稍微轉移了門房長的注意力，這對卡爾來說是種解脫。卡爾筋疲力盡，以至於當他驚訝地看見德蕾莎跟在那少年後面溜進來，他幾乎沒跟她打招呼，她臉色慘白，衣衫不整，頭髮鬆鬆地盤在頭上。轉眼她就來到他身邊，低聲問：「主廚太太已經知道了嗎？」「領班打過電話給她。」卡爾回答。「那就好，那就好。」她趕緊說，眼睛亮了起來。「不，」卡爾說，「你不知道他們有多討厭我。我必須離開，主廚太太也已經被說服了。請你別待在這，上樓去吧，之後我會去向你道別。」「可是羅斯曼，你想到哪裡去了。你會好好地待在我們這，想待多久就待多久。那領班對主廚太太百依百順，因為他愛她，這是我最近湊巧得知的。你儘管放心吧。」「德蕾莎，拜託你走開。如果你在這裡，我就無法好好替自己辯護。而我必須認真替自己辯護，因為別人提出了對我不利的謊言。而我愈是專心，能替自己辯護得愈好，我就愈有希望留下來。所以，德蕾莎——」只可惜他在一陣突如其來的疼痛中忍不住小聲加上一句：「要是這個門房長放開我就好了！我本來根本不知道他是我的敵人。而他一直這樣揑我拉我。」「我為什麼要說這些！」他心想，「沒有哪個女生聽見這話能安心的。」而德蕾莎果然轉身面向門房長，卡爾還來不及用自由的那隻手把她攔住，她就說：「門房長先生，請您馬上放開羅斯曼。您弄痛他了。主廚太太馬上會親自過來，到時候各位就知道在所有的事情上都錯怪他了。放開他吧，折磨他又能帶給您什麼享受？」她甚至伸手去抓門房長的手。「這是命令，小姑娘，是命令。」門房長說，用空著的那隻手親切地把德蕾莎拉向自己，同時用另一隻手甚至更用力地去揑卡爾，彷彿他不只是想弄痛他，而是對這條歸他所有的手臂懷著遠遠尚未達到的特殊目的。

德蕾莎花了一點時間來掙脫門房長的摟抱，正想為了卡爾去向領班求情，領班還一直在聽那個囉哩囉唆的貝斯報告，這時候主廚太太踩著急促的步伐走進來。「感謝老天，」德蕾莎喊道，有一瞬間整個房間裡就只聽見這聲大叫。領班立刻跳起來，把貝斯推到一邊：「主廚太太，您居然親自來了。為了這麼一點小事？在我們通過電話之後我猜想您可能會來，但我本來還是不相信。至於受您關照的這個小伙子，這事變得愈來愈糟了。恐怕我的確不會解雇他，而必須送他去坐牢。您自己聽聽吧！」他示意貝斯過來。「我想先跟羅斯曼講幾句話。」女主廚說，由於領班力勸而在一張椅子上坐下，然後她說：「卡爾，請你靠近一點。」卡爾聽從了，或者應該說是門房長把他拖近了一些。「放開他吧，」女主廚生氣地說，「他又不是搶劫殺人犯。」門房長果然放開了他，但放手之前還又重重捏了他一下，自己的眼睛都因為用力而湧出了淚水。

「卡爾，」女主廚說，把雙手平靜地放在懷裡，歪著頭看著卡爾——一點也不像在審問——「首先我要告訴你，我對你還完全信賴。領班先生也是個公正的人，這一點我可以保證。我們兩個基本上都很願意把你留下來，」——說到這裡她匆匆朝領班看了一眼，彷彿在請求他不要打斷她。而他也沒有打斷她——「所以，到目前為止別人在這裡也許對你說過的話，你就忘了吧。尤其是領班先生也許對你說過的話，你不必放在心上。他這個人雖然容易激動，以他的職務來說這也並不奇怪，但是他也有妻小，知道犯不著去欺負一個無依無靠的少年，天底下會做這種事的人已經夠多了。」

房間裡一片寂靜。門房長用尋求解釋的目光看著領班，領班一邊看著女主廚一邊搖頭。電梯服務員貝斯在領班背後咧嘴傻笑。德蕾莎悲喜交集，暗自啜泣，努力不讓別人聽見。

卡爾卻沒有看著女主廚，而看著面前的地板，雖然這只會被理解為不祥的徵兆，她肯定希望他看著她。他手臂上的疼痛朝全身擴散，襯衫緊緊黏在傷痕上，他其實應該把外套脫掉，仔細檢查一下。女主廚所說的話當然是一片好意，可是不幸地，他覺得彷彿正是由於女主廚的舉止而顯出他不值得別人對他好，顯出他這兩個月來享受女主廚的善舉是受之有愧，顯出他活該落入門房長手中。

「我說這些，」女主廚繼續說，「是為了讓你現在能夠不受影響地回答，以我對你的認識，你本來大概也會這麼做。」

「請問我現在可以去請醫生來嗎？因為那個人有可能會因為流血過多而死。」電梯服務員貝斯忽然插嘴進來，雖然很有禮貌，卻十分擾人。

「去吧。」領班向貝斯說，貝斯隨即跑開了。接著領班向女主廚說：「事情是這樣的。門房長抓著這個少年並不是為了好玩。因為在樓下電梯服務員的寢室裡發現有個醉得厲害的陌生男子躺在一張床上，用被子好好蓋著。別人當然叫醒了他，想把他弄走。可是這個人卻開始大吵大鬧，一直喊著這間寢室屬於卡爾．羅斯曼，說他是羅斯曼的客人，是羅斯曼把他帶到這裡的，誰要是敢碰他，就會受到羅斯曼的處罰。他還說他必須等卡爾．羅斯曼回來，因為羅斯曼答應了要給他錢，這會兒只是去拿錢了。主廚太太，請您注意這句話：答應給他錢，並且去拿錢了。」領班順帶對卡爾說：「羅斯曼，你也可以注意聽。」卡爾正轉向德蕾莎，她入神地凝視著領班，一再伸手撥開額上的頭髮，或是無意識地做著這個動作。「不過，我也許提醒了你還與人有約。因為樓下那人還說，你們兩個在你回來之後要在夜裡去拜訪哪個女歌手，不過沒有人聽懂她的名字，因為那人總是只能用歌唱的方式說出那個名字。」

領班說到這裡就打住了，因為女主廚從椅子上站起來，把椅子稍微向後推，臉色顯然變得蒼白。「其餘的事我就不說了，免得您難過。」領班說。「不，請別這樣，」女主廚說，抓住了他的手，「您儘管往下說，我全都想聽，這就是我到這兒來的目的呀。」門房長走向前，重重捶著胸脯，以表示他從一開始就看穿了一切，領班說：「是啊，你完全說對了，費奧多！」既有安撫之意，也示意他後退。

「能說的不多了，」領班說，「小伙子嘛就是這樣，他們先嘲笑了那人一番，然後和他吵了起來，由於在他們當中一向都有擅長拳擊的人，他就被打倒了，我根本不敢問他身上哪裡流血了，在流血的傷口又有多少，因為這些小伙子是很厲害的拳擊手，而一個喝醉的人當然更容易對付。」

「好吧，」女主廚說，扶著椅子的靠背，看著她剛剛離開的座位，接著說，「羅斯曼，拜託你就說句話吧！」德蕾莎從原本所站的位置跑到了女主廚身邊，挽住了她的手臂，卡爾平時還從未見她這樣做過。領班站在女主廚身後，離她很近，緩緩撫平她的蕾絲衣領，那一小片樸素的衣領稍微翻起來了。站在卡爾旁邊的門房長說：「怎麼樣，你有話說嗎？」但他說這話只是想遮掩他在卡爾背上打了一拳。

「這是事實，」卡爾說，由於那一拳，他的語氣不如他所希望的那麼平穩，「是我把那個人帶到寢室去的。」

「其他的事我們不想知道。」門房以大家的名義說。女主廚無言地轉身面向領班又轉向德蕾莎。

「我當時想不出別的辦法，」卡爾繼續說，「那人是我從前的同伴，我們已經兩個月沒見了，而他到這兒來找我，可是他醉得太厲害了，自己一個人沒辦法再離開。」

領班在女主廚身旁低聲自言自語：「所以說，他來拜訪，之後醉得沒法走開。」女主廚轉頭輕聲對領班說了些什麼，他露出顯然與此事不相干的微笑，似乎在反駁。德蕾莎——卡爾只看著她——在全然的無助中把臉貼在女主廚身上，什麼也不想再看見。唯一對卡爾的解釋完全滿意的人是門房長，他重複說了好幾次：「沒錯啊，他必須要幫他的酒友。」試圖用目光和手勢讓在場的每個人都牢記這個解釋。

「所以我的錯，」卡爾說，停頓了一下，彷彿在等待這群審判他的法官說一句友善的話，讓他能有勇氣繼續替自己辯護，但是沒有人開口，「我的錯只在於我把那人帶進了寢室，他名叫魯賓遜，是個愛爾蘭人。其餘他所說的一切都是醉話，都不正確。」

「所以說，你並沒有答應要給他錢？」領班問。

「喔，」卡爾說，他遺憾自己由於考慮不周或心神渙散而忘了這件事，過於言之鑿鑿地表明自己沒有過錯，「我是答應了要給他錢，因為他向我要。但是我並沒有打算去拿錢，而是想把這一夜賺到的小費給他。」他從口袋裡把錢掏出來作為證明，讓大家看他掌心那幾枚硬幣。

「你愈說愈前言不對後語，」領班說，「如果要相信你說的話，就總是得忘了你先前所說的話。照你說的，起初你只把那個人——就連魯賓遜這個名字我也不相信，自從有愛爾蘭以來，從沒有哪個愛爾蘭人叫這個名字——照你說的，起初你只是把這個人帶到寢室去，順帶一提，單憑這件事你就可能馬上被趕走——但是起初你沒有答應給他錢，可是後來，當別人出其不意地問你，你就說你答應了要給他錢。但是我們並非在玩問答遊戲，而想要聽你辯白。起初你說你沒有要去拿錢，而要把你的小費給他，可是接著又擺明了這筆小費還在你身上，也就是說，你顯然還是打算另外再去拿錢，你離開了那麼久就說明了這一點。畢竟，假如你為了他而想去從你的箱子裡拿錢，這也沒什麼，可是你拚命要否認這件事，這可就有點蹊蹺。同樣地，你一直想要隱瞞你是在飯店這兒才讓那人喝醉的，這一點毫無疑問，因為你自己承認他是自己一個人來的，卻沒法自己一個人離開，而他也在寢室裡到處嚷嚷，說他是你的客人。所以，現在只有兩件事還有疑問，如果你想讓事情變得簡單一點，你可以自己回答，不過，就算沒有你的協助，我們最後也能查明：第一，你是怎麼進到食物貯藏室去的？第二，你是怎麼積攢了可以送人的錢？」

「如果對方缺少善意，要想替自己辯護是不可能的。」卡爾心想，不再回答領班，雖然德蕾莎可能因此而大受折磨。他知道他能說的一切在說出之後會顯得與他的原意大相逕庭，是好是壞，都只能取決於判斷的方式。

「他不回答。」女主廚說。

「這是他所能做的最明智的事。」領班說。

「他還會想出什麼話說的。」門房長說，用先前那隻殘忍的手小心翼翼撫摸自己的鬍子。

「安靜點，」女主廚對在她身旁開始啜泣的德蕾莎說，「你看見了，他不回答，那我還能幫他什麼？到頭來在領班先生面前有錯的人是我。德蕾莎，你倒說說看，依你的看法，有什麼事是我該替他做而沒有做的嗎？」這德蕾莎哪裡會知道呢？而且對著這個小女孩這樣問，說不定讓女主廚在那兩位男士面前大失尊嚴，這又有什麼用？

「主廚太太，」卡爾說，他再次打起精神，但目的只在於使德蕾莎免於作答，「我不認為我做了什麼讓您丟臉的事，在做過確實的調查之後，其他任何人也會這麼覺得。」

「其他任何人，」門房長說，伸手指著領班，「這是在影射您，伊斯貝里先生。」

「嗯，主廚太太，」領班說，「已經六點半了，時間緊迫。我想，在這件已經處理得太過寬大的事情上，您最好讓我來做最後的處置吧。」

小個子的賈柯摩走進來，想朝卡爾走過去，卻被那一片寂靜給嚇著了，就停下來等待。

自從卡爾說了最後那幾句話，女主廚就不曾把目光從他身上移開，而也沒有任何跡象顯示她聽見了領班的意見。她的眼睛就只看著卡爾，那雙眼睛又大又藍，但是由於年紀和辛勞而略顯黯淡。看她這樣站在那裡，微微搖晃著身前那張椅子，完全可以指望她接下來會說：「嗯，卡爾，依我看，這件事尚未完全澄清，你說得對，這事還需要確實調查。而我們現在就進行調查，不管其他人是否同意，因為我們必須要做到公平。」

但女主廚沒有這麼說，她停頓了一會兒，沒有人敢去打擾，只有時鐘敲響了六點半，證實了領班所說的話，而人人都知道，整座飯店裡的時鐘也隨之敲響，鐘聲響在耳中，也響在意識中，像是一份焦躁不耐的兩度顫動，而女主廚說的是：「不，卡爾，不，不！我們不能自以為事情是這樣。

正當的事情看起來也有正當的樣子，而我必須承認，你的事看起來卻不是這樣。我可以這麼說，也必須這麼說，因為我是懷著對你最好的成見到這兒來的。你看見了，就連德蕾莎都不吭聲。」（可是她並非不吭聲，她在哭。）

女主廚忽然下定決心，停頓了一下，然後說：「卡爾，你過來一下。」當他走到她身邊——在他背後，領班和門房長馬上湊在一起熱烈地交談——她用左手摟住他，帶著他及心慌意亂跟在後面的德蕾莎走到房間深處，和他們兩個來回踱步走了幾趟，一邊說道：「卡爾，一場調查也許會在個別的小事上證明你是對的，而你似乎也相信事情會是這樣，否則我就根本不了解你了。怎麼不會呢？也許你的確向門房長打了招呼。我甚至真的這麼相信，我也知道門房長是個什麼樣的人，你看，就連此刻我對你說話都還是很坦白。可是在這些小事上證明你是對的，這對你毫無幫助。這許多年來我學會尊重領班的識人能力，而且他是我所認識的人當中最可靠的，他清楚地說出了你的過失，而在我看來，這過失是反駁不了的。也許你只是做事欠考慮，但也許是我錯看了你。然而，」這時她自己打斷了自己，匆匆回頭朝那兩位男士看了一眼，「我還是沒法習慣不把你當成一個規矩的少年來看待。」

「主廚太太！主廚太太！」領班捕捉到了她的目光，告誡地說。

「我們馬上就好了，」女主廚說，然後加快速度規勸卡爾，「聽著，卡爾，以我對事情的判斷，我還慶幸領班不打算進行調查，因為如果他想調查，為了你好，我必須要加以阻止。我不希望任何人得知你是怎麼招待那個人的，用什麼招待他，另外，他不可能如你所說的是你從前的同伴，因為你跟那兩個同伴分手時大吵過一架，現在你不會還想要款待他們其中一人。所以他只可能是你夜裡在城中哪家酒館輕率結交的熟人。卡爾，你怎麼能把所有這些事都瞞著我呢？倘若是因為你在寢室裡覺得受不了，起初是出於這個無辜的理由而在夜裡出外遊蕩，那你為什麼一字不提？你知道我本來想替你弄到一個屬於自己的房間，是在你的請求下才放棄這麼做。現在看來，彷彿你之所以比較喜歡大家共用的寢室，是因為你覺得在那裡比較不受約束。而你的錢明明存在我那兒，每個星期的小費也都交給我，看在老天的份上，孩子，你那些去玩樂的錢是從哪兒來的？而現在你又要去哪裡拿錢來給你的朋友？這些事我當然根本不能向領班暗示，至少現在不能，否則也許就免不了要做一番調查。所以你非離開飯店不可，而且愈快愈好。你馬上到布雷納膳宿公寓去——你已經和德蕾莎去過那裡好幾次——有了這封介紹信，他們會免費接待你，」——女主廚從襯衫裡抽出一支金色鉛筆，在一張名片上寫了幾行字，但並未中斷說話——「你的皮箱我會派人隨後送去，德蕾莎，快到電梯服務員的衣帽間去打包他的皮箱。」（可是德蕾莎動也沒動，在她忍受了這一切痛苦之後，她想徹底共同經歷卡爾這件事多虧了女主廚的善心而出現的轉機。）

有人把門打開了一條縫，沒有露臉，就又關上了門。那人顯然是針對賈柯摩而來的，因為賈柯摩隨即走向前說：「羅斯曼，我有話要轉告你。」「馬上好，」女主廚說，把那張名片塞進卡爾的口袋，他一直低著頭聽她說話，「你的錢暫時留在我這兒，你知道我會替你保管。今天你留在屋裡好好想想你的事，明天——今天我沒空，我也已經在這兒待太久了——我會到布雷納公寓去，我們再看看還能替你做些什麼。我是不會拋下你不管的，至少這一點你今天就該知道。你不必擔心你的未來，倒是該擔心剛過去的這段時間。」說完，她輕輕拍拍他的肩膀，朝領班走去，卡爾抬起頭，目送著這個高大的婦人踩著平靜的步伐坦然離他而去。

「你一點也不高興嗎？」留在他身旁的德蕾莎說，「不高興事情有了這麼好的結果？」「喔，是啊。」卡爾說，向她露出微笑，但他不知道被人當成小偷送走有什麼好高興的。德蕾莎眼中發出喜悅的光芒，彷彿她一點也不在乎卡爾是否犯了錯，不在乎他是否得到公正的評斷，只要別人讓他勉強脫身，不論榮辱。而抱著這種態度的人偏偏是德蕾莎，在她自己的事情上她是那樣斤斤計較，只要主廚太太說了一句不夠明確的話，她就會接連幾個星期在腦子裡把那句話翻來覆去地再三琢磨。他故意問：「你會馬上去打包我的皮箱然後送走嗎？」德蕾莎立刻就聽出了這句問話的含意，使得卡爾不禁吃驚地搖頭，她相信皮箱裡放著必須瞞著大家的東西，因此她看也不看卡爾一眼，也沒伸手和他相握，只是低聲說：「當然，卡爾，馬上，我馬上就去打包皮箱。」說完她就跑走了。

這時賈柯摩再也按捺不住了，由於久候而激動地大聲喊道：「羅斯曼，那個人在下面走道上打滾，不肯讓人把他送走。他們想送他去醫院，可是他拒絕了，還說你絕對不會容許他進醫院。他要別人找一輛車送他回家，說你會付車錢。你願意嗎？」

「那個人信賴你。」領班說。卡爾聳聳肩膀，把他的錢一枚枚數了放進賈柯摩手裡，然後說：

「我就只有這麼多。」

「他還要我問你要不要搭車一起走。」賈柯摩又問，硬幣在他手裡叮噹作響。

「他不會搭車一起走。」女主廚說。

「所以，羅斯曼，」領班沒等到賈柯摩出去就很快地說，「你現在就被解雇了。」

門房長頻頻點頭，彷彿那是他自己說的話，領班只是再重複一次。

「解雇你的理由我根本不能大聲說出來，否則我就得送你去坐牢。」

門房長看向女主廚，目光嚴厲得引人注目，因為他肯定看出這番過於寬大的處置是由於她的緣故。

「現在去找貝斯，換了衣服，把制服交給貝斯，然後馬上離開這裡，馬上。」

女主廚閉上眼睛，藉此想讓卡爾安心。當他鞠躬告別，他瞥見領班偷偷握住女主廚的手撫摸著。門房長踩著重重的腳步把卡爾送到門邊，不讓卡爾把門關上，而把門繼續開著，以便在卡爾背後喊道：「十五秒鐘之後我要看著你從我旁邊走出大門，你記住了。」

卡爾盡可能加快動作，只盼能避免在大門受到騷擾，可是一切都進行得比他所希望的更慢。首先他沒法立刻找到貝斯，此刻正是吃早餐的時間，到處都是人，後來又發現一個少年借走了卡爾的舊長褲，卡爾必須去床邊的衣架上逐一搜尋，幾乎找遍了每一張床邊，才找到了這條長褲，因此過了大概五分鐘，卡爾才來到大門。在他正前方有一位女士走在四名男士之間。他們全都走向一部正在等候他們的大型汽車，一個身穿制服的僕人已經打開了車門，同時把閒著的左臂平直地伸出，看起來非常莊嚴。卡爾本來希望能夠跟著這群高尚人士溜出去，但這份希望落空了。門房長已經抓住他的手，拉著他穿過兩位先生中間，向他們道了歉，把他拉到自己身邊。「那叫作十五秒嗎？」他說，從旁邊看著卡爾，彷彿打量著一座走得不準的時鐘。接著他說：「過來一下。」帶著卡爾走進門房那間大辦公室，雖然卡爾早就很想看看這間辦公室，但此刻被門房推著走，他踏進去時卻滿腹猜疑。他已經進了門，這時他轉過身，試圖推開門房長，然後離開。「不，不，是從這裡進去。」門房長說，把卡爾轉了回來。「我明明已經被解雇了。」卡爾說，意思是飯店裡再也沒有誰可以命令他做什麼。「只要我攔住你，你就走不了。」門房說，這話自然也沒錯。

最後卡爾也覺得自己沒有理由要反抗門房。在他身上還能發生什麼事？此外，門房辦公室的牆面全都是由大片玻璃構成，可以清楚看見在前廳裡熙來攘往的人潮，彷彿置身其中。在整個門房辦公室裡似乎沒有一個角落能躲過眾人的目光。外面的人似乎都行色匆匆，他們伸直了手臂，低下頭，東張西望，高舉著行李，找著自己的路，儘管如此，每個人卻幾乎都會朝門房辦公室瞄上一眼，因為此一辦公室的玻璃上總是張貼著對客人及飯店員工來說都很重要的告示和通知。此外，在門房辦公室和前廳之間也有著直接的交流，因為在兩大扇可拉開的窗口坐著兩名門房助理，不斷忙著答覆五花八門的詢問。他們的工作量簡直過大，而以卡爾對門房長的認識，他敢說門房長在職業生涯中跳過了這個職位。這兩名負責答覆詢問的人時時要面對窗口前至少十張詢問的臉孔——外面的人很難想像。這十個不停替換的詢問者往往使用各種不同的語言，彷彿每個人都來自不同的國家。總是有幾個人同時發問，此外也總是有些人在彼此交談。大多數人是想來門房辦公室領取或交付東西，因此也總是看得見不耐煩地揮動的手從擁擠的人群中伸出來。有一次，一個人想要一份報紙，結果那份報紙意外地從高處攤開，一下子遮住了眾人的臉。這兩名門房助理必須承受得住這一切。要執行任務，他們光是說話還不夠，必須喋喋不休，尤其是其中一個面色陰沉的男子，留著一把圍住整張臉的黑色大鬍子，絲毫不中斷地答覆詢問。他既不看著桌面，雙手在桌面上不停地忙著，也不看著詢問者的臉，就只是凝視著前方，顯然是為了養精蓄銳。此外，他的鬍子可能也稍微妨礙了別人聽懂他說的話，在卡爾停留在他身旁的短短片刻，他能聽懂的很少，雖然這也可能是因為此人剛好需要說外語，儘管帶著英文腔。此外，一個答覆緊接著另一個答覆，再融入下一個答覆，這也會把人弄糊塗，往往一個詢問者還在聚精會神地聆聽，因為他以為對方還在講他的事，過了一會兒才察覺他的事已經解決了。詢問者也得要習慣的是，這名門房助理從來不請對方把問題重複一次，就算那個問題整體說來可以理解，只是問得不夠清楚，這時他會微乎其微地搖頭，表示他不打算回答這個問題，而詢問者必須看出自己犯的錯誤，把問題說得更清楚一些。有些人就是因為這樣而在窗口前花了很長的時間。為了協助這兩名門房助理，他們手下各有一名負責跑腿的少年，那少年快速奔跑，從書架和各個箱子裡拿來門房助理所需要的各種東西。對年輕小伙子來說，這是飯店裡工資最高卻也最累人的職位，在某種意義上，他們比門房助理還要辛苦，因為門房助理只需要思考和說話，這些小伙子卻必須一邊思考一邊奔跑。倘若他們拿來的東西不對，門房助理在忙碌中自然無暇用長篇大論去教訓他們，只會伸手一揮，把他們放在桌上的東西掃下桌去。門房助理的交接也很有意思，這交接剛好在卡爾進來不久後進行。在一天當中自然必須經常進行交接，因為大概沒有誰受得了在窗口後面待上超過一個小時。要交接時，一個鈴聲響起，兩名輪到該上班的門房助理從一扇側門走出來，後面各跟著一個負責跑腿的小伙子。他們暫時無所事事地站在窗口旁邊，打量一下外面的人群，以確定目前對詢問的答覆正進行到哪個階段。等他們覺得可以接手的適當時刻到了，他們就拍拍該被換下的門房助理的肩膀，雖然對方到目前為止完全沒去理會自己背後發生的事，這時卻立刻會意，把位子騰出來。這整個過程發生得非常迅速，往往把外面的人嚇一跳，他們看見面前忽然冒出來的新面孔，吃驚得幾乎要向後退。交了班的那兩名男子伸伸手，伸伸腿，在兩個準備好的洗臉盆上用水淋一下熱燙燙的腦袋，交了班的跑腿少年卻還不能舒展四肢，得先忙著把他們值班時被扔到地上的東西撿起來放回原位。

卡爾聚精會神地在短短幾個瞬間把這一切看進眼裡，帶著輕微的頭痛，默默跟著門房長繼續往前走。門房長顯然也看出這種答覆詢問的方式令卡爾印象深刻，他忽然用力拉卡爾的手，說：「你看見了，在這裡是這樣工作的。」卡爾在飯店裡當然並未偷懶，但他的確不知道還有這種工作，他幾乎忘了門房長是他的大敵，抬起頭來看著他，欽佩地默默點頭。可是這似乎又讓門房長覺得門房助理被高估了，而且也許是對他個人的一種失禮，因為他擺出一副剛剛才是在愚弄卡爾的樣子，毫不擔心別人聽見地大聲說：「這當然是全飯店最蠢的工作；只要聽過一個小時，就差不多知道了所有的問題，其餘的也不需要回答。假如你不是既放肆又沒教養，假如你沒有說謊、放蕩、酗酒又偷竊，說不定我可以派你坐在這樣一個窗口，因為我只需要腦筋遲鈍的人來做這件工作。」對於這番話中對他的辱罵，卡爾完全聽而不聞，可是門房助理誠實而辛苦的工作不但沒有受到讚賞，反而被譏嘲，這令他大為忿忿不平，更何況譏嘲他們的這個人假如敢去坐在這樣一個窗口前，肯定在幾分鐘後就會在所有詢問者的恥笑聲中落荒而逃。「放開我，」卡爾說，他對門房辦公室的好奇已經得到過度的滿足，「我不想再跟您打什麼交道了。」「要離開這裡沒這麼簡單。」門房長說，捏住卡爾的手臂，讓他的手臂無法動彈，簡直是把他拎到了門房辦公室的另一端。外面那些人難道沒看見門房長這種暴力行為嗎？如果他們看見了，他們是如何看待此事？竟然無人加以指責，沒有人至少敲敲玻璃，讓門房長知道有人在看著他，他不能任意處置卡爾。

不過，卡爾隨即不再能指望從前廳得到幫助，因為門房長扯動一條繩子，黑色窗簾就倏地收攏，遮住了半間辦公室的玻璃，直到最高處。在這半間辦公室裡也有一些人，但他們全都忙著工作，對於與工作無關的事視而不見，聽而不聞。再說他們全都是門房長的屬下，非但不會幫助卡爾，反而會幫忙遮掩門房長想做的任何事。這些人當中包括坐在六具電話旁邊的六名門房助理。立刻可以看出他們的工作是這樣安排的：一個人只負責接聽電話，他旁邊的人則根據第一人所做的筆記，打電話把任務交代下去。這些電話是最新款式，不需要電話間，因為鈴聲不比蟋蟀的叫聲更大，你可以輕聲講電話，藉由特殊的擴音器，話語還是能有如雷鳴般傳到目的地。因此，別人幾乎聽不見那三個在講電話的人在說些什麼，甚至會以為他們是喃喃自語地在觀察話筒上的某個過程，另外那三個人則彷彿被那朝他們湧來、周圍的人卻無法聽見的喧嘩給麻醉了，低頭對著那張紙，他們的任務就是在這張紙上記錄。此處在那三個講電話的人旁邊也各有一名少年提供協助；這三個少年不做別的事，只是輪流把頭湊向主人旁邊傾聽，然後像是被刺到了一樣，急忙去厚重的黃皮書裡把電話號碼查出來，那許多頁面翻動的聲音遠遠大過電話的任何聲響。

卡爾的確忍不住仔細去觀察這一切，雖然坐下來的門房長緊緊揪住了他。「我有責任，」門房長說，搖撼著卡爾，彷彿只想讓卡爾把臉轉向他，「以飯店管理部門的名義，把領班不管是基於什麼原因該做而未做的事，至少稍微彌補一下。在這裡大家總是互相幫忙。否則這麼大的企業是無法運作的。你也許會說，我並不是你的直屬上司，嗯，所以由我來管這件沒人管的事更顯出我的熱心。再說，在某種意義上，身為門房長的我凌駕於所有人之上，因為飯店的每一個入口都歸我管，這座大門、那三座中門和那十座側門，還根本不去提那些數不清的小門和沒有門的出口。你想得到的所有服務人員當然都要絕對服從我。既然我享有這份殊榮，我對飯店的管理部門當然要負責任，不能讓任何可疑的人離開，哪怕只有一絲可疑。而你正好讓我覺得非常可疑，因為我想要懷疑誰都可以。」這使得他高興得舉起手來，又啪的一聲用力拍回去，打得卡爾作痛。他得意洋洋地說：「你本來是可以從另一個出口偷偷溜出去，因為當然不值得為了你而頒布特別指示。可是你既然在這裡了，我就要好好享受一下。再說，我也不懷疑你會遵守我們在大門見面的約定，因為這是條規律，放肆不聽話的人偏巧會在對他不利的時候終止他的壞習慣。這一點你將來肯定還會在自己身上觀察得到。」

「您別以為，」卡爾說，吸進從門房長身上散發出來的特有霉味，直到在此處，在緊挨著他站了這麼久之後，他才注意到這股氣味，「您別以為我完全受制於您，」他說，「我是可以大叫的。」「我則可以塞住你的嘴，」門房長同樣既平靜又迅速地說，必要時他大概真打算這麼做，「而且你真以為，如果有人為了你而進來，會有人在門房長我面前認為你有理嗎？你應該看出你這樣希望有多荒謬了吧。你知道嗎，你還穿著制服的時候看起來的確還人模人樣的，可是穿著這套西裝，這種衣服真的是只有歐洲人才會穿。」他在那套西裝上東扯扯西扯扯，雖然這套衣服在五個月前還幾乎是新的，如今卻已磨損，皺巴巴的，尤其是布滿汙漬，這主要得歸咎於那些電梯服務員毫不顧慮別人，按照規定，他們每天要讓寢室地板保持光滑而沒有灰塵，由於懶惰，他們沒有真正去清潔地板，而在地上灑了某種油，因此把衣架上的所有衣物都噴得髒兮兮的。而不管你把衣服收藏在哪裡，總是有某個人自己的衣服剛好不在身邊，卻輕易地找到了別人收藏起來的衣服並且借去穿。而此人有可能就是當天負責清潔寢室的人，於是他不僅用油噴髒了衣服，而是從上到下整個用油淋過。只有雷納把自己的衣服藏在某個祕密地方，幾乎從沒有人把他的衣服找出來過，再加上或許也沒有誰是出於惡意或小氣而去借別人的衣服，只是出於匆忙或草率而信手拿去穿。可是就連雷納的衣服背後也有一塊圓圓的紅色油漬，在城裡，一個內行人單從這塊油漬就能確定這個打扮高雅的年輕人是個電梯服務員。

憶起這些事，卡爾想到他也因身為電梯服務員吃足了苦頭，而一切卻都是徒勞，因為電梯服務員這份工作並非如他所希望的是通往較佳職位的預備階段，如今他反而被壓得更低了，甚至差點進了監獄。此外，此刻他還被門房長扣留，此人大概正思索著該如何繼續羞辱卡爾。他完全忘了門房長根本不是個講道理的人，用剛掙脫的那隻手在自己額頭上拍了好幾下，一邊喊道：「就算我真的沒有向您打招呼好了，一個成年人怎麼會為了別人沒向他打招呼就這麼愛報復！」

「我不是愛報復，」門房長說，「我只想搜查你的口袋。雖然我相信我不會找到什麼，因為你一定很小心，讓你的朋友每天拿走一點，漸漸地把所有的東西都拿走。但是你還是得被搜查。」說著他已經把手伸進卡爾外套的一個口袋裡，用力之猛，口袋側邊的縫線都裂開了。「這裡面沒有什麼。」他說，在掌心翻揀著這個口袋裡的東西，飯店的一張廣告月曆，一張寫著商業文書作業的紙，幾顆外套鈕釦和長褲鈕釦，女主廚的名片；一把指甲銼，是一位客人有一次在打包行李時扔給他的；一面舊的小鏡子，是雷納送給他的，為了感謝他替他代了大約十次班，另外還有幾件小東西。「這沒有什麼。」門房長又說了一次，把所有的東西都扔到長凳下，彷彿卡爾的東西只要不是偷來的，就理所當然該扔在長凳下。「我受夠了，」卡爾心想——他的臉想必漲得通紅——趁著貪婪的門房長在翻找卡爾的第二個口袋時沒有留神，卡爾猛一下從衣袖中掙脫了，在最初失控的一躍之下，力道相當大地把一名門房助理碰得撞上了他面前的電話，他穿過悶熱的空氣跑向門口，速度其實不如他的預期，但卻幸運地在穿著沉重大衣的門房長還沒能站起來之前跑出了房門。警衛的組織想來並非十全十美，雖然從幾個方向響起了鈴聲，但天曉得是為了什麼，雖然有為數眾多的飯店員工在大門口走來走去，讓人幾乎會以為他們想要暗中封鎖出口，因為除此之外看不出這樣走來走去有什麼意義——總之，卡爾不久之後就來到戶外，但是還得沿著飯店外面的人行道走，因為沒辦法走到馬路上，由於一整排汽車走走停停地在飯店大門前移動。這些汽車為了盡快接到主人，簡直是連成了一串，每一輛都被後面那輛推著向前。雖然那些特別急著走上馬路的行人偶爾會從車輛之間穿過去，彷彿那是一條公共穿越道，而且一點也不在乎車裡是否只坐著司機和僕人，還是也坐著上流人士；但是卡爾覺得這種行為太過分了，而且要敢這麼做，想來必須十分熟悉這種情況，車上乘客可能會討厭行人的這種行為，而他很容易就會碰到坐著這種乘客的一部車，他們會把他撞倒在地，引起一場軒然大波，身為逃出飯店的可疑員工，連外套也沒穿，這會是他最擔心的情況。畢竟這排汽車不可能永遠這樣行駛下去，而只要他貼著飯店走，其實也最不會引起別人的疑心。果然，卡爾終於走到一個地方，那排汽車雖然還在，但卻從那裡轉上馬路，車流舒緩了一些。他正想要溜進馬路上的人車之中，馬路上有比他看起來更為可疑的人正自由地四處走動，這時他聽見不遠處有人喊他的名字。他轉過身，看見兩個他熟識的電梯服務員正吃力地把一個擔架從一扇小門裡拖出來，那門看起來宛如墓穴入口，這時卡爾也看出擔架上躺著的正是魯賓遜，他的頭、臉和手臂都被層層包紮。那一幕令人不忍卒睹，看他把手臂舉到眼睛旁邊，用繃帶擦掉眼淚，他之所以流淚或許是由於疼痛，或是由於別的傷心事，甚或是出於再見到卡爾的喜悅。「羅斯曼，」他用責備的口氣大聲說，「你為什麼讓我等這麼久。我花了一個小時來反抗，免得他們在你來之前就把我運走。這些傢伙，」——他勾起手指在一個電梯服務員頭上敲了一記，彷彿他身上纏了繃帶就能免於挨揍——「是道地的魔鬼。唉，羅斯曼，這次來拜訪你讓我吃足了苦頭。」「他們把你怎麼了？」卡爾說，走到擔架旁邊，那兩個電梯服務員笑著放下擔架休息一會兒。「你還問呢，」魯賓遜唉聲嘆氣，「你看看我這副樣子。你想想看！我很可能被揍得這輩子都成了殘廢。我全身從這裡到這裡都在痛，」——他先指指自己的頭，再指指自己的腳趾——「我真希望你看見了我鼻血流成了什麼樣子。我的背心全毀了，我乾脆就把它留在那兒了，我的長褲被扯破了，現在我只穿著內褲，」——他把毯子稍微掀開，要卡爾看看毯子底下——「我會落到什麼下場！我至少得要躺上幾個月，而我現在就可以告訴你，除了你沒有別人能夠照顧我，因為德拉馬歇太沒有耐性。羅斯曼啊，小羅斯曼！」魯賓遜向稍微往後退的卡爾伸出手，想藉由撫摸來爭取卡爾的支持。「為什麼我偏得要來拜訪你！」他把這句話說了好幾次，讓卡爾不要忘記自己對他的不幸也有責任。卡爾立刻看出魯賓遜的抱怨並非源於他的傷口，而是源於他此時嚴重宿醉，由於他先前醉得太厲害，幾乎還沒入睡就被叫醒，出乎意料地被揍到流血，根本無法適應清醒的世界。他的傷口沒有大礙，從那些奇形怪狀、由破布做成的繃帶就能看得出來，那些電梯服務員顯然是為了好玩而用這些繃帶把他整個人包紮起來。站在擔架末端的那兩個電梯服務員也不時噗哧笑出聲來。可是此處並非讓魯賓遜清醒過來的合適地點，因為蜂擁而來的行人從旁邊匆匆走過，一點也不理會擔架旁這一小群人，常常有人以標準的體操身手從魯賓遜身上跳過去，用卡爾的錢雇來的司機喊著「前進，前進」，那兩個電梯服務員鼓起最後的力氣抬起擔架，魯賓遜抓住卡爾的手，撒嬌地說「來吧，來吧」，以卡爾此刻這身打扮，待在黑漆漆的汽車裡豈不是最好的辦法？於是他坐在魯賓遜旁邊，魯賓遜把頭靠在他身上，留下來的那兩個電梯服務員還把手伸進車窗，誠懇地與曾經是他們同事的卡爾握手，汽車猛地掉頭駛向馬路，看那樣子彷彿非發生車禍不可，但那容納一切的交通隨即也平靜地接納了這輛汽車的筆直前行。

第七章

汽車停了下來，那想必是條偏僻的郊區街道，因為四周一片安靜，孩童蹲在人行道邊緣玩耍，一個男子肩上扛著一大堆舊衣服，一邊觀察動靜，一邊朝著房屋的窗戶喊，當卡爾下了車踏上柏油路，上午的陽光溫暖明亮地照在路上，他由於疲憊而感到不太舒服。「你真的住在這裡嗎？」他對著車裡喊。魯賓遜在整趟車程裡都安詳地睡著，這時含混地咕噥了一聲，給了肯定的答覆，似乎在等著卡爾把他抱下車。「那麼，這裡就沒有我的事了。再見。」卡爾說，打算沿著那條緩緩下坡的街道往下走。「可是卡爾，你想幹嘛？」魯賓遜喊道，由於擔心，他已經在車裡站了起來，還站得滿挺，只不過膝蓋還有點不穩。「我得走了。」卡爾說，他親眼看見魯賓遜迅速康復。「只穿著襯衫就要走？」魯賓遜問。「我會再賺到錢買件外套的。」卡爾回答，信心滿滿地向魯賓遜點點頭，舉起手來道別，本來真的就要走了，若非司機喊道：「先生，請再稍等一下。」事情很尷尬，司機還要求補付一筆車資，因為在飯店前等待的時間也要計費。「對，」魯賓遜從車裡喊道，證實這個要求合理，「我不得不在那裡等你等了那麼久。你還得再付他一點錢。」「沒錯。」司機說。「喔，假如我還有錢給你就好了。」卡爾說，把手伸進長褲口袋，雖然明知道這無濟於事。「我只能向您要，」司機說，叉開兩腿站在那裡，「我不能向那個病人要。」一個有著爛鼻子的小伙子從房屋大門走近，在幾步之遙的地方豎耳傾聽。一個警察正好在街上巡邏，低頭注意到這個只穿著襯衫沒穿外套的人，停下了腳步。魯賓遜也看到了這個警察，愚蠢地從另一扇車窗對著他喊「沒事，沒事」，彷彿可以像趕走蒼蠅一樣把警察趕走。那些孩童一直觀察著這名警察，見他停下腳步，便也注意到了卡爾和司機，小跑步地跑了過來。對面房屋的大門前站著一名老婦人，呆呆地朝這邊望。

「羅斯曼。」這時一個聲音從高處喊道。是德拉馬歇從頂樓的陽台上喊。在泛白的藍天下，他的身影很模糊，顯然穿著一件睡袍，用一副看歌劇用的望遠鏡觀察著街道。一把紅色陽傘撐在他身旁，傘下似乎坐著一個女子。「哈囉，」他使勁地喊，想讓別人聽見他說話，「魯賓遜也在那兒嗎？」「在。」卡爾回答，魯賓遜從車裡更響亮地喊了一聲「在」，來強力支持卡爾的回答。「哈囉，」德拉馬歇回喊，「我馬上來。」魯賓遜從車裡探出身來，說道：「他是個男子漢。」這句對德拉馬歇的稱讚是說給卡爾、司機、警察和每個想聽的人聽的。雖然德拉馬歇已經離開了陽台，大家仍然心不在焉地盯著樓上的陽台看，這時在那把紅陽傘下果然有個身穿紅洋裝的壯碩女子站了起來，從陽台護欄上拿起那副望遠鏡，透過望遠鏡看著下面那群人，他們過了一會兒才漸漸把目光從她身上移開。卡爾等待著德拉馬歇出現，先看著房屋大門，又看進院子，一列幾乎絡繹不絕的搬運工人正穿過這個院子，每個人肩上都扛著一個體積雖小但顯然很重的箱子。司機走到他的車旁，為了利用時間而用一塊破布擦拭車燈。魯賓遜輕按自己的四肢，似乎驚訝於儘管全神貫注也只稍微感到疼痛，於是埋頭動手小心地解開腿上厚厚的繃帶。警察把黑色警棍橫在胸前，靜靜地等待，懷著警察不管是在執行一般勤務還是在暗中埋伏時都必須具備的極大耐心。爛鼻子的小伙子在大門石墩上坐下，伸長了腿。孩童踩著小小的步伐逐漸接近卡爾，因為他們覺得身穿藍襯衫的卡爾似乎是那群人當中最重要的，雖然卡爾並沒去注意他們。

從德拉馬歇下樓所需的漫長時間可以判斷出這棟房屋有多高。而德拉馬歇甚至來得十分匆忙，只穿著草草束起的睡袍。「喔，你們來了！」他喊道，既欣喜又嚴厲。他邁開大步時，五彩的內衣不時顯現。卡爾不太明白德拉馬歇為何以如此輕鬆的裝束在這城市裡、在這棟高大的出租公寓裡、在大街上走來走去，彷彿他是待在他的私人別墅裡。就跟魯賓遜一樣，德拉馬歇也變了很多。那張黑臉上的鬍子刮得很乾淨，十分整潔，臉部肌肉經過鍛鍊，神情自豪而且令人尊敬。他的眼睛現在總是稍微瞇起來，發出令人驚訝的耀眼光亮。他的紫色睡袍雖然又舊又髒，而且對他來說太大了，可是在這件醜陋的衣服上方卻鼓出一條又大又厚的深色絲綢領帶。「怎麼樣？」他問所有在場的人。警察稍微走近，倚著汽車的引擎蓋。卡爾簡短地說明了情況。「魯賓遜有點虛弱，可是只要他費點勁，就能爬樓梯上去；車資我已經付過，而這位司機還想要再追討一筆。現在我要走了。日安。」「你不能走。」德拉馬歇說。「我也已經這樣告訴過他了。」魯賓遜從車裡發言。「我還是要走。」卡爾說，也走了幾步。但是德拉馬歇已經追上來，用蠻力把他推回去。「我說你要留下。」德拉馬歇大聲說。「讓我走。」卡爾說，打算在必要時用一雙拳頭來爭取自由，雖然面對像德拉馬歇這樣的男子，他成功的希望很小。可是警察就站在那裡，還有那個司機，街道固然平靜，但偶爾也有一群群工人走過，難道大家會容許德拉馬歇欺負他嗎？他不會想和德拉馬歇在一個房間裡獨處，可是在這裡呢？此刻德拉馬歇氣定神閒地付錢給司機，那人連連鞠躬，把這筆數目不小的意外之財塞進口袋，出於感謝而走向魯賓遜，顯然在和他商量要怎麼樣把他從車裡弄出來最好。卡爾發現沒人注意自己，也許德拉馬歇寧可容忍他悄悄走開，如果能避免爭吵自然最好，於是卡爾逕自走上車道，以求盡快離開。那些孩童湧向德拉馬歇，提醒他卡爾溜走了，但他根本不需要親自出手干預，因為警察把警棍一伸，說：「站住！」

「你叫什麼名字？」警察問道，把警棍塞進脅下，緩緩掏出一本簿子來。此刻卡爾頭一次較為仔細地打量他，他是個壯漢，但頭髮幾乎已經全白。「卡爾．羅斯曼。」他說。「羅斯曼。」警察複述著，他之所以這樣做，無疑只是因為他是個冷靜而仔細的人，可是卡爾是第一次和美國官府打交道，認為對方複述自己的名字就已經表達出某種程度的懷疑。而他的事情可能真的不妙，因為原本自顧不暇的魯賓遜從車裡探出身來，用無聲的生動手勢請求德拉馬歇幫幫卡爾。但是德拉馬歇猛搖頭表示拒絕，袖手旁觀，一雙手插在過大的口袋裡。坐在門口石墩上的小伙子向一個剛出大門來的婦人說明這整件事的始末。孩童在卡爾身後圍成半圓形，靜靜地仰望那名警察。

「出示你的身分證件。」警察說。這個問題想來只是形式上的，因為一個人若是沒穿外套，身上也不會有什麼證件，因此卡爾也就沉默不語，寧可詳盡地回答下一個問題，來遮掩自己沒有身分證件一事。然而下一個問題是：「所以說，你沒有身分證件？」而卡爾不得不回答：「我沒有帶在身上。」「這就糟了。」警察說，思索著環顧四周，用兩根手指敲著手裡那本簿子的封面，最後問道：「你可有工資收入？」「我之前是電梯服務員。」卡爾說。「你之前是電梯服務員，也就是說現在不是了，那你現在靠什麼過活？」「現在我要去找一份新的工作。」「莫非你剛被解雇嗎？」「對，在一個小時之前。」「忽然被解雇？」「對。」卡爾說，抬起手來像在表示歉意。他無法在此地說出整件事的始末，就算可能說出來，要藉由述說一樁已經蒙受的冤枉來防止一樁眼看就要發生的冤枉，實在顯得毫無希望。如果女主廚的仁慈和領班的明智都沒能讓他受到公正的對待，他肯定也不必指望街上這群人。

「而你被解雇時沒穿外套？」警察問。「是啊。」卡爾說，所以說，美國的官府也一樣會把明擺在眼前的事實再問一次。（他父親去辦理旅行護照時為了官府那些無用的詰問而生了多大的氣。）卡爾實在很想跑走，找個地方躲起來，不必再聽到任何提問。這會兒那警察甚至提出了卡爾最擔心的問題：「你先前是在哪家飯店擔任電梯服務員？」由於他對這個問題已有不安的預感，他的舉止很可能比在平常狀況下更不小心。他垂下頭，沒有回答，這個問題他無論如何不想回答。他絕不能在一名警察押送下再回到西方飯店，絕不能讓審訊在那裡進行，讓他的朋友和敵人都被請來出席，讓女主廚完全放棄她對卡爾的正面看法，這個看法原本就已經大為動搖，如今她原以為他在布雷納膳宿公寓，卻將看見他被一名警察抓住，只穿著襯衫，丟了她的名片，又回到飯店，領班也許只會完全理解地點點頭，至於門房長則會說這是上帝的旨意，終於找到了這個無賴。

「他原本受雇於西方飯店。」德拉馬歇說，走到警察身旁。「不，」卡爾大喊，跺起腳來，「那不是真的。」德拉馬歇譏嘲地噘嘴看著他，彷彿他還能洩露更多事情。卡爾出人意料的激動在那群孩童當中引起了騷動，他們跑到德拉馬歇身邊，想從那裡仔細看著卡爾。魯賓遜把整個頭都探出車外，緊張得一聲不吭，唯一的動作是偶爾眨眨眼睛。大門口那個小伙子樂得拍手，他旁邊的婦人用手肘戳了他一下，要他安靜。那些搬運工人正在休息吃早餐，一個個捧著大缽黑咖啡走出來，用棍子麵包在咖啡裡攪拌。其中有幾個在人行道邊緣坐下，全都大聲地喝著咖啡。

「看來您認識這個小伙子。」警察問德拉馬歇。「我寧可跟他不熟，」德拉馬歇說，「我曾經對他很好，替他做了許多事，他卻恩將仇報，這一點您想必很容易理解，就算您只簡短地詢問過他。」「是啊，」警察說，「看來他是個倔強不聽話的小伙子。」「沒錯，」德拉馬歇說，「不過這還不是他個性中最糟的部分。」「哦？」警察說。「是的，」德拉馬歇說，他打開了話匣子，用插在口袋裡的一雙手揮動著整件睡袍，「這小子可伶俐了。我和我那邊車裡那個朋友湊巧在他潦倒的時候拉了他一把，當時他對美國的情況毫無概念，剛從歐洲來，在歐洲也沒人要他，而我們帶著他一起走，讓他跟我們一起生活，向他說明各種事情，想替他找份工作，總想著還能讓他成為一個有用的人，雖然種種跡象都顯示這不可能，然後一天夜裡他不見了，就這樣一走了之，還連帶發生了一些我寧可不提的情況。」最後德拉馬歇扯著卡爾的襯衫問道：「事情是不是這樣？」「你們這些孩子退回去。」警察喊道，因為那些孩童擠向前，其中一個讓德拉馬歇差點絆了一跤。這時，那些搬運工人也聚精會神起來，先前他們低估了這番盤問的趣味性，現在他們聚集在卡爾身後，密密麻麻地圍了一圈，卡爾就算想後退一步也不可能，此外這些搬運工人鬧哄哄的聲音不停傳進他耳中，他們說著一種可能夾雜著斯拉夫語的英語，與其說是在講話，不如說是在嚷嚷，卡爾完全聽不懂。

「謝謝您告訴我這些，」警察說，向德拉馬歇行了個禮，「總之我會把他帶走，讓人把他交回西方飯店。」可是德拉馬歇說：「我能否請您暫時把這個小伙子交給我，我還有些事要和他了結一下。我保證會再把他送回飯店。」「我不能這麼做。」警察說。德拉馬歇遞給他一張小卡片，說：「這是我的名片。」警察讚許地看了看名片，但有禮貌地微笑著說：「不，這也沒有用。」

卡爾雖然一直提防著德拉馬歇，此時卻視他為唯一的救星。他想讓警察把卡爾交給他的方式固然可疑，但要說動德拉馬歇別帶他回飯店至少會比說動那名警察來得容易。而就算卡爾被德拉馬歇帶回了飯店，也遠比被警察押送回去好得多。不過，眼前卡爾當然不能讓人看出他的確想留在德拉馬歇這兒，否則一切就都完了。他不安地看著警察的手，那隻手隨時可能舉起來抓住他。

最後那警察說：「至少我總得知道他為什麼突然被解雇。」德拉馬歇則沉著臉看向旁邊，用指尖把名片捏皺。「可是他根本沒有被解雇，」魯賓遜出人意料地喊道，他被司機扶著，盡可能把身子從車裡探出來，「正好相反，他在那裡有個好職位。在寢室裡他地位最高，想帶誰進去都行。只是他忙得要命，如果想要他做些什麼，就得要等很久。他老是在領班或是女主廚身邊，是他們的親信。他絕對沒有被解雇。我不知道他為什麼這麼說。他怎麼可能被解雇？我在飯店裡受了重傷，所以他接到任務要送我回家，而因為當時他剛好沒穿外套，所以就沒有穿外套跟我一起搭車回來。我當時沒法再等他去拿外套。」「看吧。」德拉馬歇張開雙臂說道，語氣像是在責備警察缺少識人之明，而他說的這兩個字似乎讓魯賓遜這番不確定的話變得清清楚楚，無可反駁。

「這話是真的嗎？」警察問，語氣已經緩和了些，「如果這是真的，這個小伙子為什麼佯稱自己被解雇了？」「你應該要回答。」德拉馬歇說。卡爾看著警察，在這群只顧自己的陌生人當中，警察必須要維持秩序，而他那份對大眾秩序的擔憂也感染了卡爾。卡爾不想說謊，把雙手緊緊交纏在背後。

一個監工出現在大門口，把雙手一拍，示意那些搬運工人該再上工了。他們甩掉咖啡缽裡的渣子，不發一言，搖搖擺擺地走進屋裡。「這樣下去沒完沒了。」警察說，想抓住卡爾的手臂。卡爾不由自主地稍微向後退，感覺到背後由於那些搬運工人走開而開闊起來，便轉過身，邁開大步拔腿就跑。那群孩童異口同聲地大叫，張開小手臂跟著跑了幾步。「攔住他！」警察對著幾乎空蕩蕩的長街喊，一邊規律地喊出這句話，一邊以顯示出體力和訓練的無聲腳步追在卡爾後面跑。對卡爾來說，幸好這番追逐發生在一個勞工住宅區，勞工不站在官府那一邊。卡爾跑在車道中央，因為那裡的障礙最少，他偶爾看見有工人在人行道邊緣停下腳步靜靜觀察著他，警察則對著他們喊「攔住他！」，警察聰明地跑在平坦的人行道上，一邊跑一邊不停把警棍朝卡爾伸過來。卡爾不抱什麼希望，而當他們接近那些肯定也有警察在巡邏的橫向街道，那警察吹起簡直震耳欲聾的哨音，卡爾就幾乎完全喪失了希望。卡爾的優勢只在於他衣著輕便，在下坡愈來愈陡的街道上飛奔而下，或者說是往下跳更為貼切，只是他由於昏昏欲睡而精神渙散，往往跳得太高，既花時間又沒有用處。此外，那警察無須思考，他的目標一直都在他眼前，而對卡爾來說，奔跑只是次要的事，他必須思考，在各種可能性中做出選擇，一再重新做出決定。他那有點走投無路的計畫是暫時避開那些橫向街道，因為他無法知道那些街道上藏著什麼，說不定他會正好跑進一間警衛室；他打算留在這條直到遠方都一目了然的街道上，能留多久算多久，這條路直到很下方才接上一座橋，那座橋只依稀露出前端，便消失在水氣和霧氣之中。做了這個決定之後，他正想努力跑得更快一點，以求盡速穿越第一條橫街，這時他看見不遠處有個警察埋伏著，身子貼在一棟位於陰影中的房屋的陰暗牆邊，準備好等時機一到就朝卡爾撲過來。這下子除了轉入橫街沒別的辦法，而此時從這條橫街上竟然有人不帶絲毫惡意地喊他的名字——雖然他起初覺得這是個錯覺，因為在這整段時間裡他一直覺得耳畔颼颼作響——於是他不再猶豫，用一隻腳轉動身體，向右拐了個直角，跑進那條橫街，盡可能讓那些警察措手不及。

他才跑了兩大步——他已經忘了剛才有人喊他的名字，這時第二名警察也吹起了哨子，聽得出他精力充沛，橫街上遠處的行人似乎加快了腳步——這時有人從一扇小門裡伸出一隻手抓住卡爾，一邊說「別出聲」，一邊把他拉進了陰暗的門廊。那人是德拉馬歇，他上氣不接下氣，雙頰發燙，頭髮黏在頭上。他把睡袍夾在手臂下，身上只穿著內衣褲。那扇門並非房屋大門，而只是個不起眼的側門，他隨即把門關上閂住。「稍等一下。」他說，把頭高高抬起，靠在牆上，重重地呼吸。卡爾幾乎靠在他懷裡，半昏迷地把臉貼在他胸膛上。「那兩位先生跑過去了。」德拉馬歇說，一邊傾聽，一邊用手指著門。果然，那兩名警察現在正跑過去，腳步聲在空蕩蕩的街道上響起，宛如鋼鐵敲在石頭上。「你可真是元氣大傷。」德拉馬歇對卡爾說，卡爾還沒喘過氣來，一句話也說不出來。德拉馬歇小心地把他放在地上，在他旁邊跪下，多次撫摸他的額頭，端詳著他。「現在沒事了。」卡爾終於說道，吃力地站起來。「那就走吧。」德拉馬歇說，他又穿上睡袍，推著由於虛弱而低著頭的卡爾向前走。他不時搖搖卡爾，讓他清醒一些。「你累個什麼勁？」他說，「你可以在戶外像匹馬一樣奔跑，我卻得偷偷穿過這些該死的走道和院子。幸好我也很能跑，」他自豪地朝卡爾背上重重一拍，「偶爾和警察來這樣一趟賽跑是種很好的訓練。」「我開始跑的時候就已經累了。」卡爾說。「不必為跑得不好找藉口，」德拉馬歇說，「要不是有我，他們早就抓住你了。」「我也這麼認為，」卡爾說，「我應該好好感謝你。」「這毫無疑問。」德拉馬歇說。

他們穿過一道狹長的門廊，地上鋪著深色的光滑石塊。左右兩邊偶爾會出現一道樓梯，或是能看進另一條較大的門廊。幾乎看不見成年人，只有孩童在空蕩蕩的樓梯上玩耍。一個小女孩站在欄杆旁哭泣，整張臉都閃著淚光。她一看見德拉馬歇，就張著嘴吸氣，跑上樓梯，頻頻轉頭確認無人跟蹤她而且也無人想跟蹤她，一直跑到高處才鎮定下來。「剛才我跑過來時把她撞倒了。」德拉馬歇笑著說，伸出拳頭作勢威脅她，她尖叫著繼續往上跑。

他們一路經過的院子裡也十分冷清。只偶爾有個僕人推著二輪推車走過來，一個婦人用唧筒抽水裝進一個罐子，一名郵差踩著平靜的步伐穿過整座院子，一個蓄著白色大鬍子的老人雙腿交叉坐在一扇玻璃門前抽著菸斗，一家貨運公司門口正在卸貨，閒散的馬兒悠悠轉動頭部，一名身穿工作服的男子手裡拿著一張紙，監督著卸貨的工作，一間辦公室的窗戶打開了，坐在寫字檯旁的一名職員轉過身，若有所思地看向窗外，卡爾和德拉馬歇正好從窗外經過。

「再也找不到比這裡更安靜的地方了，」德拉馬歇說，「晚上有幾個小時很吵，但是白天裡這兒十全十美。」卡爾點點頭，他覺得這裡太安靜了。「我也根本不能住在別的地方，」德拉馬歇說，「因為布魯內妲受不了一點吵鬧。你認識布魯內妲嗎？喔，你將會見到她的。總之，我建議你盡量別出聲。」

當他們來到通往德拉馬歇住處的樓梯，那部汽車已經駛離，爛鼻子的小伙子來通報，說他把魯賓遜抬上樓去了，他對卡爾的再度出現絲毫不感到驚訝。德拉馬歇只向他點點頭，彷彿他是個盡了分內責任的傭人，拉著卡爾上了樓梯，卡爾有點猶豫地望向陽光燦爛的街道。「我們馬上就到樓上了。」德拉馬歇在爬樓梯時說了好幾次，但是他的預告並未成真，在一段樓梯之後總是又接著另一段樓梯，只是方向略有改變。有一次卡爾甚至停下腳步，倒不是由於疲倦，而是對這道樓梯的長度感到無能為力。「公寓位在很高的樓上，」他們繼續走時德拉馬歇說，「不過這也有好處。我們很少出門，整天都穿著睡袍，日子過得很舒服。當然也不會有訪客到這麼高的樓上來。」「哪兒來的訪客呢。」卡爾心想。

終於，魯賓遜出現在樓梯平台上，在一扇關著的房門前，現在他們到了。那道樓梯仍未到盡頭，而是在昏暗中繼續向上延伸，看不出有即將結束的跡象。「我就是這麼想的，」魯賓遜小聲說，彷彿仍舊疼痛難當，「德拉馬歇會把他帶來的！羅斯曼，假如沒有德拉馬歇你該怎麼辦！」魯賓遜穿著內衣褲站在那裡，盡可能用西方飯店的人給他的那條小毯子把自己裹住，看不出他何以不進公寓去，而要站在這裡，在可能經過的人面前丟人現眼。「她在睡嗎？」德拉馬歇問。「我想沒有，」魯賓遜說，「但我還是寧願等你回來。」「我們得先看看她是否在睡。」德拉馬歇說，彎身湊向鑰匙孔。他把頭轉來轉去，透過鑰匙孔向裡面望了許久，然後站直了說：「看不清楚她，捲簾放下來了。她坐在沙發上，也許在睡覺。」「她生病了嗎？」卡爾問，因為德拉馬歇站在那兒，像是在請人替他出主意。但他卻厲聲反問：「生病？」「他又不認識她。」魯賓遜替卡爾辯解。

走廊上再過去幾扇門處，有兩個婦人走出來，用圍裙把手擦乾淨，朝德拉馬歇和魯賓遜望過來，似乎在談論他們。從一扇門裡還蹦出了一個少女，她一頭閃亮的金髮，依偎在那兩個婦人之間，挽著她們的手臂。

「這是些討厭的女人，」德拉馬歇低聲說，但顯然只是顧慮到布魯內妲在睡覺才放低聲量，「過些時候我要去向警方檢舉她們，到時候我就能清靜好幾年。別往那邊看。」他生氣地噓了卡爾一聲，卡爾覺得既然他們得在走道上等待布魯內妲醒來，看向那些婦人也沒什麼壞處。因此他生氣地搖搖頭，彷彿他沒必要聽從德拉馬歇的告誡，為了更明白地表達出這一點，他想朝那些婦人走過去，這時魯賓遜拉住他的衣袖，說道：「羅斯曼，你要小心。」德拉馬歇已經被卡爾給惹惱了，由於那少女放聲大笑而更加光火，揮動手臂邁開大步朝那些女子衝過去，她們各自一溜煙地消失在自家門後。「我常常得像這樣清理走道。」德拉馬歇說，當他踩著緩慢的步伐走回來。這時他記起卡爾先前的反抗，說：「至於你，我希望你好好改改你的態度，否則我就會讓你吃苦頭。」

這時，從房間裡傳出一個詢問的聲音，語氣溫柔疲倦：「德拉馬歇？」「是的，」德拉馬歇回答，和氣地看著門，「我們可以進去嗎？」「喔，可以啊。」對方說，德拉馬歇朝著在他背後等待的兩人瞄了一眼，然後緩緩把門打開。

房間裡一片黑暗。房裡沒有窗戶，陽台門的門簾一直垂到地板上，而且不太透光，此外房間裡堆滿了家具，到處都掛著衣服，也使得房間變得昏暗。空氣很悶，幾乎能聞到灰塵味，那灰塵累積在角落裡，顯然誰也搆不到。卡爾走進去時首先注意到的是排成一列的三個櫃子。

沙發上躺著先前從陽台向下望的那個女子。她身上那件紅洋裝的下襬有點歪斜，一個裙角直垂到地板上，兩條腿在膝蓋以下都露了出來，她穿著白色毛襪，沒穿鞋子。「真熱呀，德拉馬歇。」

她說，把臉從牆邊轉開，慵懶地朝德拉馬歇伸出手，把手懸在半空中，他握住她的手親吻。卡爾只看著她的雙下巴，在她轉頭時，那下巴也跟著轉動。「要我叫人把門簾拉上去嗎？」德拉馬歇問。「千萬不要，」她閉著眼睛說，彷彿感到絕望，「拉上去還會更熱。」卡爾走到沙發末端，想把那女子看仔細一點，他對她的抱怨感到納悶，因為根本不算特別熱。「等一下，我來讓你覺得舒服一點。」德拉馬歇怯怯地說，解開她脖子上幾顆鈕釦，把洋裝拉開一些，使得脖子和胸部上端敞露出來，露出襯衣淡黃色的柔軟蕾絲花邊。「那是誰？」女子驀地指著卡爾說，「他為什麼這樣盯著我看？」「你馬上動手做點有用的事。」德拉馬歇說，把卡爾推到一旁，一邊安撫那個女子，「那只是我帶來服侍你的少年。」「可是我根本誰也不要，」她喊道，「你為什麼把陌生人帶回公寓？」「可是你不是一直想要有人服侍嗎？」德拉馬歇說，跪了下來；那張沙發雖然很寬，但是在布魯內妲身旁卻沒有一點空位。「唉，德拉馬歇，」她說，「你不了解我，就是不了解我。」「那我還真是不了解你，」德拉馬歇說，用雙手捧著她的臉，「不過沒有關係，只要你這麼希望，他馬上就走。」「既然他已經在這兒了，就留下來吧。」她又說。由於疲憊，卡爾十分感激這句也許根本並非出於善意的話，他隱約想起那道長得沒有盡頭的樓梯，想到他說不定又得跨過在毯子裡安詳睡著的魯賓遜馬上再下樓去，於是不顧德拉馬歇生氣地揮手，說道：「無論如何，我感激您願意讓我在這裡多待一會兒。我大概已經有二十四個小時沒睡了，還做了很多工作，經歷了種種刺激。我好累，根本弄不清楚自己在哪裡。只要讓我睡幾個小時，之後您儘管趕我走，不必有任何顧慮，而我也會樂於離開。」「你大可以留下來。」女子說，又嘲諷地加了一句：「你也看得出來，我們這裡位置多得是。」「所以你得離開，」德拉馬歇說，「我們用不上你。」「不，他該留下。」女子說，又恢復了嚴肅。於是德拉馬歇對卡爾說：「那你就找個地方躺下吧。」彷彿在實現她的願望。「他可以睡在那些窗簾上，但是得先把靴子脫掉，才不會扯破什麼。」德拉馬歇把她所說的位置指給卡爾看。在門和三個櫥子之間扔著一堆各式各樣的窗簾。假如把這些窗簾全都整整齊齊地摺好，把重的放在最下面，再把比較輕的疊上去，最後再把塞在這堆窗簾裡的木板和木環抽出來，那麼還可以成為一個差強人意的床鋪，但目前它卻只是搖來晃去、滑溜溜的一堆東西，儘管如此，卡爾還是立刻在那上面躺下，因為他太累了，沒精神去做睡前的準備，再說他也得考慮到主人，不要太費事張羅。

他幾乎就快要酣然入睡，這時他聽見一聲大叫，爬起來，看見布魯內妲直挺挺地坐在沙發上，雙臂張開，緊緊抱著跪在她面前的德拉馬歇。這一幕令卡爾感到尷尬，他又倒回去，陷入那堆窗簾裡，打算繼續睡覺。他覺得事情很明白，在這裡就連待上兩天他都受不了，因此他更需要先好好睡個飽，之後才能在神智清楚的情況下迅速做出正確的決定。

可是布魯內妲已經看見了卡爾由於疲憊而睜大的眼睛，這雙眼睛先前已經嚇到過她一次，她喊道：「德拉馬歇，我受不了這份熱，我身上熱燙燙的，我得脫掉衣服，我得洗澡，把這兩個人趕出房間，隨便你想趕他們去哪裡，去走道上，去陽台上，只要別讓我再看見他們。我是在自家公寓裡，卻老是受到打擾。假如我能夠單獨和你在一起就好了，德拉馬歇。唉，天哪，他們還在那裡！這個不要臉的魯賓遜在女士面前居然只穿著內衣褲。這個陌生少年剛才還瘋狂地盯著我，現在又再躺下，想要矇騙我。把他們趕走吧，德拉馬歇，他們是個累贅，壓在我胸口，如果我現在死掉，都是因為他們。」

「他們馬上就會出去，你儘管脫掉衣服。」德拉馬歇說，走到魯賓遜身邊，一腳踩在他胸膛上，用腳搖他。同時他對著卡爾喊道：「羅斯曼，起來！你們兩個都得到陽台上去！沒有叫你們之前不准進來，否則你們就試看看！現在動作快，魯賓遜，」——他把魯賓遜搖得更厲害了——「還有你，羅斯曼，當心點，別讓我也過去找你。」——說著他大聲拍手。「怎麼這麼久！」布魯內妲在沙發上喊，她坐著時把兩腿大大叉開，讓她過度肥胖的身體能有更多空間，她費了極大的力氣，氣喘吁吁，經常休息，才能彎腰搆到襪子的上端，把襪子稍微脫下，但她沒法把襪子整個脫掉，這得由德拉馬歇來做，而她此刻正不耐煩地等著他。

卡爾在疲憊中麻木地從那堆窗簾上爬下來，慢慢走向通往陽台的門，有塊窗簾布纏在他腳上，他滿不在乎地拖著走。當他從布魯內妲身旁走過，在精神渙散中他甚至還說了聲「祝您晚安」，再經過把陽台門稍微拉開的德拉馬歇身旁，走出去到陽台上。魯賓遜緊跟在卡爾後面，瞌睡的程度大概不亞於他，因為他喃喃地說：「老是這樣虐待人！除非布魯內妲一起來，我才不要到陽台上去。」但儘管他這樣信誓旦旦，他還是乖乖地走了出去，由於卡爾已經倒坐在那張扶手椅上，他立刻就躺在石板地上。

等卡爾醒來，已經是晚上了，星星已高掛空中，月亮從街道對面那排高樓背後升起。卡爾先四下看看這個陌生的地方，呼吸了幾口令人神清氣爽的清涼空氣，然後才意識到自己身在何處。他先前是多麼大意啊，不顧女主廚的所有建議、德蕾莎的所有告誡、自己的所有擔憂，居然四平八穩地坐在德拉馬歇的陽台上，甚至睡掉了大半天，彷彿他最大的敵人德拉馬歇不在那門簾後面。懶惰的魯賓遜在地板上翻過身來，拉著卡爾的腳，似乎是用這個法子弄醒了卡爾，因為他說：「羅斯曼，你真能睡！這就是無憂無慮的年輕人。你到底還想睡多久。我本來還想讓你繼續睡，可是一來我躺在地板上太過無聊，二來我餓得要命。麻煩你稍微站起來，我在那張椅子下面放了一點吃的，我很想把它拉出來。我也會分你一點。」卡爾站起來，看著魯賓遜沒有站起來而趴著匍匐接近，伸出手從椅子下拖出一個鍍銀的盤子，像是用來放名片的那一種。可是在這個盤子上擺著半截全黑的香腸、幾根細細的香菸、一個沙丁魚罐頭和一堆糖果，沙丁魚罐頭已經打開，但是還有七、八分滿，浸在油裡，那些糖果多半被壓扁成了一大塊。接著又出現了一大塊麵包，和一個像是香水瓶的東西，但裡面裝的似乎不是香水，因為魯賓遜格外心滿意足地指著它，抬起頭來對著卡爾咂嘴。「羅斯曼，你看，」魯賓遜說，他狼吞虎嚥地吞下一條又一條的沙丁魚，偶爾用一條羊毛披巾擦掉手上的油，那披巾顯然是布魯內妲忘在陽台上的，「羅斯曼，你看，如果不想挨餓，就得像這樣保存食物。唉，我完全被晾在一邊。如果你老是被人當成狗來對待，到最後你就真的成了一條狗。幸好你在這裡，羅斯曼，至少我能有個人講講話。在這棟屋子裡沒人跟我說話。大家都討厭我們。而且全都是因為布魯內妲。她當然是個很棒的女人。嘿，」——他示意卡爾彎下身子，為了在他耳邊低語——「我曾經見過她光著身子。噢！」——憶及這件樂事，他開始在卡爾的腿上又捏又拍，直到卡爾喊「魯賓遜，你瘋了」，抓住他的手推回去。

「你就還只是個孩子，羅斯曼，」魯賓遜說，從襯衣下掏出他用繩子掛在脖子上的一把短刀，拿下刀鞘，切開那截硬香腸，「你要學的還有很多。不過，在我們這兒你就待對地方了。坐下吧。你不要也吃一點嗎？嗯，如果你看著我，說不定就會有了胃口。你不要也喝點什麼嗎？你根本什麼都不要。而且你也不怎麼愛說話。可是不管跟誰待在陽台上都無所謂，只要還有個人在這兒就好。因為我經常待在陽台上。這帶給布魯內妲很大的樂趣。她只需要想出個主意，一會兒她覺得冷，一會兒覺得熱，一會兒她要睡覺，一會兒要梳頭，一會兒要解開緊身胸衣，一會兒要穿上，然後我就每次都被趕到陽台上。偶爾她真的會做她說了要做的事，但是通常她都只是跟先前一樣躺在沙發上，動也不動。之前我常常把門簾稍微拉開一點往裡面看，可是自從有一次被德拉馬歇發現了，用鞭子在我臉上打了好幾下——我很清楚他並不想這麼做，只是在布魯內妲的請求下才做的。你看見這幾道鞭痕了嗎？——我就不敢再往裡面看了。於是我就躺在這陽台上，除了吃東西沒別的消遣。這前天晚上我又獨自躺在這裡，當時我還穿著我的漂亮衣服，只可惜那衣服丟在你的飯店裡了——這些壞蛋！把那些昂貴的衣服從我身上扯下來！——言歸正傳，當我又獨自躺在這裡，透過欄杆向下望，我不禁悲從中來，開始嚎啕大哭。這時候布魯內姐剛好走出來到我身邊，我原先並沒有注意到，她穿著那件紅洋裝——這件衣服在所有的衣服當中最適合她——看著我一會兒，然後說道：『魯賓遜，你為什麼哭？』接著她拉起洋裝，用裙邊擦拭我的眼睛。誰曉得她還會做什麼，要不是德拉馬歇喊她，而她不得不馬上再進房間去。我當然以為這會兒該輪到我了，就隔著門簾問我是否可以進去。你猜布魯內妲怎麼說？『不！』她說，又說，『你在想什麼？』」

「如果他們這樣對待你，你為什麼還留在這裡？」卡爾問。

「抱歉，羅斯曼，你這個問題不怎麼聰明，」魯賓遜回答，「你也一樣會留在這裡，哪怕他們對待你還會更糟。再說他們對待我也根本沒那麼糟。」

「不，」卡爾說，「我一定要離開，也許就在今天晚上。我不會留在你們這裡。」

「你要怎麼辦到？比如說，今天晚上你要怎麼離開？」魯賓遜問，他把麵包柔軟的部分切下來，仔細地浸在沙丁魚罐頭的油裡，「你要怎麼離開，如果你連房間都不准進去。」

「為什麼我們不准進去？」

「這個嘛，在沒有搖鈴之前，我們不准進去，」魯賓遜說，他盡可能張大嘴巴，津津有味地吃掉那油膩膩的麵包，同時用一隻手接住從麵包滴下的油，不時把剩下的麵包浸在這個充當容器的掌心，「這裡的一切都變得更嚴格了。起初那裡只有一條薄薄的門簾，雖然看不見裡面，但在晚上還是看得出影子。這讓布魯內妲感到不自在，所以我只好把她一件大衣改成門簾，取代舊有的門簾掛在這門上。如今什麼也看不到了。另外，之前我隨時可以問我是否能進去了，而他們會看情況回答『可以』或『不行』，可是後來我大概是利用過度，問得太頻繁了，布魯內妲受不了——她雖然很胖，但體質很弱，常常頭痛，一雙腿幾乎總是關節痛——所以他們就決定不准我再問，我可以進去的時候，他們就會按桌上的鈴。那鈴聲之大，我就算在睡覺都會被吵醒——我曾經為了解悶在這裡養過一隻貓，牠被這鈴聲嚇了一跳，跑走了，再也沒有回來——嗯，鈴聲今天還沒響過——因為如果鈴響了，我不僅可以進去，而且是非進去不可——而鈴聲若是這麼久都沒有響，就可能還要很久以後才會響。」

「喔，」卡爾說，「可是適用於你的，不見得也適用於我。這種規定根本就只適用於願意逆來順受的人。」

「可是，」魯賓遜大聲說，「為什麼這規定不該也適用於你？這理所當然也適用於你。你只管跟我一起在這裡等，直到鈴聲響起。到時候你再試試看你走不走得了。」

「你為什麼不離開這裡呢？就只是因為德拉馬歇是你朋友嗎？還是因為他比你強？這算什麼生活呢？去巴特佛鎮不會比較好嗎？你們原本不是想去那兒嗎？還是乾脆去加州，你不是有朋友在那兒？」

「喔，」魯賓遜說，「這種事是無法預料的。」他先從那個香水瓶裡喝了一大口，說「敬你，親愛的羅斯曼」才又繼續敘述：「當初你那樣過份地扔下我們，那時候我們的情況很糟。在頭幾天裡我們沒找到工作，再說德拉馬歇也不想工作，他本來可以找得到的，但他總是只派我去找，而我運氣不好。他只會到處閒晃，那時已經接近傍晚了，而他只帶回了一個女用錢包，錢包雖然很漂亮，是珍珠做的，但是裡面幾乎空空如也，現在他把這錢包送給布魯內妲了。後來他說我們該去挨家挨戶乞討，當然也能趁機找到一些有用的東西，為了讓場面好看一點，我就在別人家門口唱歌。德拉馬歇一向運氣好，我們才站在第二戶人家門口，那是間位在一樓的豪華寓所，我們在門口對著廚娘和傭人唱了首歌，這時寓所的女主人走上門前的台階，正是布魯內妲。她也許是衣服束得太緊，根本爬不上台階。可是她的模樣多美啊，羅斯曼！她穿著一件純白的衣裳，拿著一把紅色陽傘，讓人想把她舔了、喝了。噢，天哪，她真美。這麼個女人！你倒說說看，怎麼會有這種女人？男女傭人當然馬上跑去迎接她，幾乎是把她抬了上來。我們兩個一左一右站在門口，向她敬禮，這是此地人的習俗。她站住了一會兒，因為還沒有完全喘過氣來，而我不知道事情是怎麼發生的，那時候我餓得有點神智不清了，而近處的她還要更美，豐腴健壯，而且因為穿著一件特別的緊身胸衣全身都繃得緊緊的——改天我可以讓你看看櫃子裡的這件胸衣——總之，我從後面稍微摸了她一下，但是摸得很輕，你知道的，就那樣輕輕碰了一下。當然不會有人容忍一個乞丐去碰一個貴婦。那幾乎不算是碰，但畢竟還是碰了。誰曉得事情的結果還會有多糟，要不是德拉馬歇馬上賞了我一巴掌，而且打得我馬上得用兩隻手捧住臉頰。」

「看你們做的好事，」卡爾說，完全被這個故事迷住了，在地板上坐下，「所以那就是布魯內姐？」

「是啊，」魯賓遜說，「那就是布魯內姐。」

「你不是說過她是個歌手嗎？」卡爾問。

「她的確是個歌手，而且是個了不起的歌手，」魯賓遜回答，他把一大塊糖果放在舌頭上滾來滾去，偶爾用手指把擠出嘴外的一塊再塞回去，「不過，那時候我們當然還不知道，我們只看出她是個有錢的貴婦。她擺出一副若無其事的樣子，也可能她什麼也沒感覺到，因為我真的只用指尖碰了她一下。但是她一直看著德拉馬歇，而他也——他已經料到了——回盯著她的眼睛。於是她對他說：『你進來一下。』用陽傘指著寓所裡面，要德拉馬歇走在她前面。接著他們兩個就走了進去，傭人在他們身後關上門。他們把我忘在門外，當時我想那不會花太久的時間，就坐在台階上等德拉馬歇。可是德拉馬歇沒出來，反而是那個傭人走出來，給了我一碗湯。『德拉馬歇真周到！』我心想。我喝湯的時候那傭人還在我旁邊站了一會兒，跟我說了一些布魯內姐的事，那時我看出這次來布魯內姐家對我們可能意義非凡。因為布魯內姐是個離了婚的女人，擁有一大筆財產，而且完全獨立。她的前夫擁有一座生產可可粉的工廠，雖然一直還愛著她，她卻根本不想理他。他常常到這間寓所來，總是穿戴得很高雅，像是要去參加一場婚禮——這些句句都是真話，我也見過他——但是不管他用再多錢賄賂這個傭人，這傭人還是不敢去問布魯內姐要不要接見他，因為他曾經問過幾次，而布魯內姐總是拿剛好在她手邊的東西扔他的臉。有一次扔的甚至是個裝滿水的大熱水袋，砸斷了他一顆門牙。唉，羅斯曼，你看看！」

「你怎麼會見過她的前夫？」卡爾問。

「他有時候也會上來。」魯賓遜說。

「上來？」卡爾驚訝地在地板上輕輕一拍。

「你大可以感到驚訝，」魯賓遜繼續說，「當時那傭人告訴我的時候，我也感到驚訝。你想想看，布魯內妲不在家的時候，她前夫就叫傭人帶他到她房間去，每次都拿走一件小東西當作紀念，每次都留下一點貴重的東西給布魯內妲，並且嚴格禁止傭人告訴她那是誰送的。可是有一次，當他帶來了——如同那傭人所說，而我也相信——簡直是無價的瓷器，布魯內妲想必是不知怎地認了出來，立刻把它扔在地上，亂踩一通，在上面吐口水，還做了點別的，使得傭人噁心得幾乎沒法把它弄出去。」

「她前夫究竟對她做了什麼？」卡爾問。

「這我其實不知道，」魯賓遜說，「但我想他沒做什麼特別的事，至少他自己也不知道。有時候我也會跟他談起這件事。他每天都在街角等我，如果我去了，就得把最新消息告訴他，如果我沒去，他會等個半小時再離開。這對我來說是筆很好的外快，因為他對這些消息付錢很大方，可是自從德拉馬歇知道了這件事，我就得把所有的錢都交給他，所以我就不常去了。」

「可是她前夫想要什麼呢？」卡爾問，「他究竟想要什麼呢？他明明聽見了她不想要他。」

「是啊。」魯賓遜嘆了口氣，點燃了一根香菸，大幅揮動手臂，把煙吹向高處。然後他似乎改變了心意，說：「這關我什麼事？我只知道，假如他能夠像我們這樣躺在這陽台上，他會願意付一大筆錢。」

卡爾站起來，倚著欄杆，看著下面的馬路。月亮已經露臉了，但月光尚未照進街道深處。白天裡空蕩蕩的街道此時擠滿了人，尤其是在各房屋的大門前，大家都慢吞吞地移動，男性的襯衫和女性的鮮豔洋裝在黑夜的襯托下隱約可見，沒有人戴帽子。周圍的許多陽台上全都是人，在燈泡的光線中，視陽台的大小而定，一家人或許圍著一張小桌而坐，或者只坐在一排椅子上，或者至少把頭從房間裡伸出來。男人叉開兩腿坐著，把腳從欄杆之間伸出去，讀著幾乎垂到地面的報紙，或是玩著紙牌，看似一言不發，卻會重重拍桌子，女人腿上擺滿了針線活，只偶爾會抽空朝四周或馬路上瞄一眼，隔壁陽台上一個虛弱的金髮婦人頻頻打呵欠，翻白眼，總是把她正在縫補的衣物拿起來掩住嘴巴，孩童就連在最小的陽台上也有辦法互相追逐，讓父母不勝其擾。許多房間裡都有留聲機，播放著歌曲或管弦樂曲，大家並未特別留意這些音樂，但一家之主偶爾會使個眼色，接著就有人急忙跑進房間裡再放上一張新唱片。在幾扇窗邊可以看見一動也不動的情侶，在卡爾對面的一扇窗前就站著這樣一對情侶，年輕男子摟著那女孩，把手按在她胸脯上。

「你認識隔壁的人嗎？」卡爾問魯賓遜，魯賓遜此時也站了起來，因為他冷得發抖，除了自己那條被子，還把布魯內妲的毯子也裹在身上。

「幾乎誰也不認識。這就是我這個職位糟糕的地方，」魯賓遜說，把卡爾拉近自己，以便在他耳邊低語，「否則我目前其實沒什麼好抱怨的。布魯內妲為了德拉馬歇而變賣了一切，帶著她的全部財產搬進這間郊區公寓，為的是全心全意獻身給他，不受任何人打擾，而這也是德拉馬歇的願望。」

「她把傭人都辭退了嗎？」卡爾問。

「沒錯，」魯賓遜說，「這裡哪有地方安頓那些傭人？這些傭人都是些很挑剔的大爺。有一次德拉馬歇在布魯內妲那兒乾脆用耳光把這樣一個傭人趕出房間，他搧了一個又一個的耳光，直到那人出去。其他的傭人當然就聯合起來在門前吵吵鬧鬧，這時候德拉馬歇走出來（當時我不是傭人，而是長住的客人，但我還是跟那些傭人在一起），問道：『你們想要怎麼樣？』年紀最長、名叫伊希多爾的傭人便說：『你沒資格跟我們說話，夫人才是我們的主人。』你大概已經聽出來他們非常尊敬布魯內妲。可是布魯內妲沒理會他們，朝德拉馬歇跑過去，當時她還不像現在這麼笨重，在所有人面前擁抱他，親吻他，叫他『最親愛的德拉馬歇』。最後她說：『快把這些猴子都趕走。』猴子——她指的是那些傭人，你可以想像一下他們當時的表情。接著布魯內妲把德拉馬歇的手拉向她繫在腰帶上的錢包，德拉馬歇把手伸進去，開始付錢給那些傭人，對於付錢這件事，布魯內妲的唯一參與就是敞開腰帶上的錢包站在那裡。德拉馬歇必須一再去掏錢，因為他付錢時數都沒數，也沒有審核對方的要求。最後他說：『既然你們不想跟我說話，我就只以布魯內妲的名義告訴你們馬上打包離開。』他們就這樣被解雇了，後來還有幾樁官司，有一次德拉馬歇甚至得上法庭去，但是詳細的情形我不清楚。只是那些傭人一走，德拉馬歇就對布魯內妲說：『現在你不就沒有傭人了？』而她說：『有魯賓遜呀。』於是德拉馬歇就在我肩膀上一拍，說：『好吧，你就當我們的傭人。』而布魯內妲拍拍我的臉頰，如果有機會的話，羅斯曼，也讓她拍拍你的臉頰，那種感覺有多美妙，你會驚訝的。」

「所以說，你成了德拉馬歇的傭人？」卡爾總結道。

魯賓遜從這話中聽出惋惜之意，答道：「我是傭人，但只有少數人看得出來。你看，你自己本來也不知道，雖然你已經在我們這兒待了一會兒。你也看見了，昨天夜裡我去你們飯店的時候穿著什麼樣的衣服。我穿的是精品中的精品，傭人會穿這種衣服出門嗎？只不過他們不常准我出門，我得要隨時聽候差遣，畢竟家裡總是有家務要做。要做那麼多工作，一個人實在忙不過來。你也許已經注意到了，我們房間裡有許多東西到處亂放，我們把那次大搬家時沒能賣掉的東西都帶來了。當然本來可以把這些東西送人，但是布魯內妲什麼也不送人。你想想看，把這些東西抬上樓要費多大的功夫。」

「魯賓遜，這些東西全都是你抬上來的啊？」卡爾喊道。

「不然是誰？」魯賓遜說，「還有一個工人幫忙，一個懶鬼，大部分的工作我都得一個人做。布魯內妲在樓下站在車子旁邊，德拉馬歇在樓上發號施令，哪些東西該放在哪裡，而我一直上上下下跑來跑去。那花了兩天，很長的時間，對吧？而你還根本不知道這房間裡有多少東西，所有的櫃子全是滿的，而在櫃子後面也都塞滿了東西，一直堆到了天花板。假如雇幾個人來搬運，所有的事很快就能做完，可是除了我，布魯內妲不想把這件事託付給別人。那是很令人感動，但是卻毀了我一輩子的健康，而我除了自己的健康之外還有什麼？現在我若是稍微用力，這裡、這裡還有這裡就會刺痛。假如我是健康的，你以為飯店裡那些小子，那些青蛙——不然他們還會是什麼？——能夠打贏我嗎？可是不管我哪裡不舒服，我一句話也沒對德拉馬歇和布魯內妲說，我將會繼續工作，能做多久算多久，直到做不下去了，我就會躺下來等死，等到為時已晚的時候，他們才會看出我先前病了，卻還是不斷地工作，替他們效勞，一直做到累死。唉，羅斯曼。」最後他說，用卡爾的衣袖擦乾眼淚。一會兒之後他說：「你不冷嗎？你只穿著襯衫站在那兒。」

「唉，魯賓遜，」卡爾說，「你一直哭個不停。我不相信你生病了。你看起來健康得很，可是因為你一直躺在陽台上，才會這樣胡思亂想。也許你偶爾胸前會感到刺痛，這種情形我也有，人人都有。如果每個人為了每一件小事都要像你這樣哭，那麼所有這些陽台上的人都得要哭。」

「我比你更清楚，」魯賓遜說，這會兒用被子的一角擦眼睛，「隔壁租房子住的那個大學生，他的房東太太也替我們做飯，最近我把餐具拿去還的時候，他對我說：『魯賓遜哪，你生病了嗎？』我被禁止和那些人交談，所以我放下餐具就想要走。這時候他朝我走過來，說：『喂，聽我說，別做得太過火了，你病了。』『好吧，那你說我該怎麼辦？』我問他。『這是你的事。』他說完就轉過身去。坐在桌旁的其他人都笑了，這裡到處都是跟我們作對的人，所以我寧可走開。」

「也就是說，你相信那些把你當傻瓜的人，卻不相信那些對你懷著好意的人。」

「可是我總該知道自己身體情況如何。」魯賓遜發起火來，但隨即又繼續哭泣。

「你並不知道你哪裡不舒服，你應該去找份像樣的工作，別在這裡當德拉馬歇的傭人。因為根據你的敘述和我的觀察，這不是當傭人，而是當奴隸。我相信你說的，這種事誰也受不了。你卻認為你不能拋下德拉馬歇，因為他是你朋友。這個想法是錯的，如果他看不出你過著多麼悲慘的生活，那麼你對他也就沒有絲毫義務。」

「所以，羅斯曼，你真的認為只要我別在這裡當傭人，我就會恢復健康？」

「沒錯。」卡爾說。

「沒錯？」魯賓遜又問了一次。

「肯定沒錯。」卡爾微笑著說。

「那我其實馬上就可以開始休養了。」魯賓遜看著卡爾說。

「怎麼說呢？」卡爾問。

「因為你要接替我在這裡的工作呀。」魯賓遜回答。

「這是誰告訴你的？」卡爾問。

「這是個老計畫了，已經談了好幾天。一開始是因為布魯內妲責罵我，怪我沒把公寓打掃乾淨。我當然答應了要馬上把一切整理好。可是這實在很難。舉例來說吧，以我目前的狀況，我沒法到處爬來爬去地把灰塵擦掉，在房間正中央就已經動彈不得了，更別提要去那些家具和雜物之間擦拭。而且如果想要徹底清掃，就也得把家具挪開，而這些事全都要我一個人做嗎？再說做這些家事時都得要很小聲，因為布魯內妲幾乎不出門，又不准別人吵到她。所以我雖然答應了要把整個房間打掃乾淨，事實上卻沒有做到。當布魯內妲發現了，她對德拉馬歇說這樣下去不行，說他們還得再雇個人來幫忙。『德拉馬歇，』她說，『我不希望有一天你會責怪我沒把家務料理好。我自己沒辦法太勞累，這你也看得出來，而魯賓遜又不夠用，剛開始的時候他精神很好，處處都會打點，可是現在他總是很累，大多時候都坐在角落裡。可是我們房間裡東西這麼多，不可能自動維持整潔。』於是德拉馬歇就再三考慮該怎麼做，因為像這樣的家裡當然不能隨便雇個人來，就算只是試用也不行，因為大家都在注意我們。而因為我是你的好朋友，又從雷納那裡聽說你在飯店裡必須辛苦工作，我就提出你作為人選。德拉馬歇馬上就同意了，雖然當時你對他那麼莽撞，而我當然很高興我能幫上你的忙。這個職位簡直就是為你量身打造的，你年輕力壯又靈光，我卻不再有什麼用處。不過我要告訴你，你還不算是被雇用了，如果布魯內妲不喜歡你，我們就不能用你。所以你要努力讓她對你有好感，其他的事就交給我來辦。」

「如果我成了這裡的傭人，那你要做什麼呢？」卡爾問，他鬆了一口氣，魯賓遜剛告訴他這個消息時所造成的驚嚇已經消散。所以說，德拉馬歇只是想要他當傭人，對他並沒有更壞的企圖——

假如他有更壞的企圖，多嘴的魯賓遜肯定會洩露出來——，而事情若是這樣，那麼卡爾今夜就敢離開。誰也不能強迫別人接受一個職位。先前卡爾很擔心自己被飯店解雇之後能否及時找到工作以免挨餓，能否找到一個合適而不至於太不體面的職位，而此刻，相較於他們想要給他的這個令人厭惡的職位，他覺得任何其他職位都夠好了，就連失業的窮困都勝過這個職位。但他根本沒試圖讓魯賓遜了解這一點，尤其是因為魯賓遜此刻正希望卡爾能減輕他的工作負擔，所做的任何判斷都完全不客觀。

「所以，」魯賓遜說，一邊把手肘撐在欄杆上，做出愜意的手勢，「首先我會向你說明一切，讓你看看這裡存放的東西。你受過教育，肯定寫得一手漂亮的字，可以馬上替我們所有的東西寫張清單。布魯內妲早就想要這麼做了。如果明天上午天氣好，我們就請布魯內妲坐到陽台上來，到時候我們就可以在房間裡好好工作，不會打擾到她。因為，羅斯曼，這是你最需要注意的。千萬別打擾布魯內妲。她什麼都聽得見，大概因為她是歌手，所以耳朵特別敏銳。比如說，你把放在那些櫃子後面的酒桶滾出來，那會發出噪音，因為桶子很重，而且到處都放著各式各樣的東西，沒法一下子把桶子滾出來。布魯內妲也許靜靜地躺在沙發上抓蒼蠅，那些蒼蠅把她煩死了。所以你以為她不會理你，就繼續滾你的酒桶。可是在你根本料想不到的瞬間，在你根本沒弄出什麼噪音的時候，她會忽然坐起來，把雙手在沙發上一拍，拍得塵土飛揚，讓人都看不見她了——自從我們住在這裡，我還沒有撣過那張沙發上的灰塵，我沒辦法去撣呀，因為她老是躺在上面——然後她開始嚇人地大叫，像個男人，而且會這樣叫上幾個鐘頭。鄰居禁止她唱歌，但是誰也不能禁止她大叫，她非叫不可，再說這種情況現在很少發生了，我和德拉馬歇都變得非常小心。這對她的身體也很不好。有一次她暈過去了，而我——德拉馬歇剛好不在——不得不去把隔壁那個大學生找來，他用裝在一個大瓶子裡的液體噴她，那倒也有效，可是那種液體有股難聞的氣味，直到現在，如果把鼻子湊向沙發，都還聞得到。那個大學生肯定是我們的敵人，就跟這裡所有的人一樣，你也必須要提防所有的人，不要跟任何人來往。」

「喂，魯賓遜，」卡爾說，「這可是份辛苦的差事。你還真是替我介紹了個好職位。」

「你別擔心，」魯賓遜說，閉著眼睛搖頭，以擋開卡爾所有可能的擔憂，「這個職位也有其他職位沒法給你的好處。你一直待在像布魯內妲這樣的女士身邊，有時候跟她睡在同一個房間裡，你可以想得到，這已經帶來了種種愉快。你會得到豐厚的酬勞，錢多得是，我是德拉馬歇的朋友，所以沒拿半點酬勞，不過當我出門時，布魯內妲總是會給我一點錢，可是你當然會拿到酬勞，就跟其他的傭人一樣。畢竟你就也只是個傭人。不過最重要的一點是，我會讓你這個職位變得很輕鬆。一開始我當然什麼也不會做，這樣我才能休養，可是只要我稍微恢復了一些，你就可以指望我會幫忙。至於服侍布魯內妲的工作，像是梳頭、穿衣，如果德拉馬歇沒做的話，就還是由我來做。你只需要整理房間、採買東西和料理比較沉重的家務。」

「不，魯賓遜，」卡爾說，「這一切對我都沒有吸引力。」

「別做蠢事，羅斯曼，」魯賓遜湊近卡爾的臉說，「別錯失了這個好機會。你在哪裡能馬上找到一個職位？誰認識你？你又認識誰？我們這兩個見多識廣、經驗豐富的男人到處奔波了幾個星期都沒找到工作。這不容易，甚至難得要命。」

卡爾點點頭，驚訝於魯賓遜居然也能說出有道理的話。然而這些建議對他都不適用，他不能留在這裡，在這座大城市裡總該找得到一小塊地方讓他棲身，他知道所有的飯店整夜都高朋滿座，需要有人來服務客人，而他已經受過服務客人的訓練，很快就能悄悄在哪家店裡安頓下來。就在對面那棟屋子的樓下就有一家小飯店，轟隆隆的音樂從裡面傳出來。大門只用一大片黃色門簾遮著，偶爾被風吹起，朝著街道上大幅翻飛。除此之外，街道上卻安靜多了。大多數的陽台已經一片漆黑，只在遠處還有零零落落的燈火，而那燈火才剛進入視線，那裡的人就站了起來，你推我擠地走回屋裡，同時一個男子伸手在燈泡上一扭，關了燈，身為留在陽台上的最後一人，還朝街道上瞥了一眼。

「已經入夜了，」卡爾心想，「如果我還待在這裡，就等於成了他們的一分子。」他轉過身，想拉開陽台那扇門的門簾。「你要幹嘛？」魯賓遜說，擋在卡爾和門簾之間。「我要走，」卡爾說，「讓我走，讓我走！」「你可別打擾了她，」魯賓遜喊道，「你腦袋裡究竟在想什麼。」他用雙臂勒住卡爾的脖子，把全身重量掛在他身上，兩條腿緊緊夾住卡爾的腿，轉眼就把他拉倒在地上。不過卡爾在那些電梯服務員當中學到了一點打架的技巧，於是他朝魯賓遜下巴打了一拳，但是手下留情，沒怎麼使力。魯賓遜還毫不留情地迅速用膝蓋狠狠頂了一下卡爾的肚子，接著卻用雙手捧住下巴，放聲大哭，使得隔壁陽台上一個男子拚命拍手叫他「安靜」。卡爾還靜靜地躺了一會兒，以熬過魯賓遜膝蓋那一頂造成的疼痛。他只把臉轉向門簾，它沉甸甸地靜靜掛在那顯然黑漆漆的房間前面。房間裡似乎沒有人，也許德拉馬歇和布魯內妲出門了，而卡爾已經擁有完全的自由。舉止像極了看門狗的魯賓遜已經被徹底甩開。

此時從街上遠處傳來斷斷續續的鼓號聲。許多人零星的呼喊很快匯集成一片呼喊。卡爾轉過頭去，看見所有的陽台上又重新熱鬧起來。他慢慢站起來，無法完全站直，不得不把身體重重壓在欄杆上。年輕小伙子在下方的人行道上大步前進，他們伸出雙臂，便帽拿在高舉的手中，臉向後轉。車道上仍舊無車。幾個人把燈籠舉在高高的棍子上揮動，燈籠籠罩在一陣淡黃色的煙霧裡。鼓手和號手排成寬闊的行列走進光線中，卡爾驚訝於他們的人數眾多，這時他聽見身後有人聲，轉過身去，看見德拉馬歇掀起了沉重的門簾，接著布魯內妲從黑暗的房間裡走出來，穿著紅色洋裝，肩上披著蕾絲披肩，戴著一頂小帽，頭髮大概沒有梳理而只是盤了起來，在幾處地方露出了髮梢。她手裡拿著一把打開的小扇子，但沒有搖它，而緊緊壓在自己身上。

卡爾沿著欄杆退到一旁，替他們兩個騰出位置。肯定不會有人強迫他留下來，就算德拉馬歇試圖留他，布魯內妲會在他的請求下立刻讓他走。她根本受不了他，他的眼睛嚇著了她。可是當他朝著門走了一步，她還是察覺了，說道：「去哪裡呀，小傢伙？」卡爾在德拉馬歇嚴厲的目光下說不出話來，而布魯內妲把他拉到自己身邊。「你不想看看下面的遊行嗎？」她說，把他推到欄杆旁。「你知道這是什麼遊行嗎？」卡爾聽見她在自己背後說，不禁動了一下，想擺脫她的壓迫，卻沒有成功。他悲傷地望向下面的街道，彷彿他悲傷的理由就在那裡。

德拉馬歇起初雙臂交叉站在布魯內妲身後，然後他跑進房間，替布魯內妲拿來了看歌劇用的望遠鏡。下方在那些樂手後面出現了遊行的主要隊伍。一位先生坐在一名巨人般的壯漢肩上，從這個高度看下去，只能看見他微微發亮的光頭，他不時把頭上的大禮帽高高舉起向眾人致意。在他周圍顯然有人扛著木頭看板，從陽台上看下去，那些看板顯得很白，其排列方式可說是從四面八方向那位先生聚攏，他在它們中央高高聳立。由於整個行列都在前進，這堵由看板築成的牆一再散開，又一再重新排好。這位先生的擁護者聚集在他四周，占據了整條街的寬度，雖然以黑暗中所能做的判斷來看，其長度不足為道，他們全都在鼓掌，以莊嚴的吟唱喊出一個名字，大概是那位先生的名字，名字很短，但是聽不清楚。巧妙分散在人群中的幾個人使用光線特別強烈的車燈，讓燈光緩緩上下移動，照向街道兩旁的房屋。在卡爾所站的高度，這燈光已經不刺眼了，但是看得見在較低樓層陽台上的人被那光線掃過時急忙伸手遮住眼睛。

在布魯內妲的請求下，德拉馬歇向隔壁陽台上的人打聽這場集會的意義。卡爾有點好奇，不知道別人是否會回答他。而果然，德拉馬歇問了三次也沒人回答。他趴在欄杆上，身體已經危險地探了出去，布魯內妲由於生這些鄰居的氣而輕輕跺腳，卡爾感覺得到她的膝蓋。最後總算有了個回答，可是在那個擠滿了人的陽台上，眾人同時放聲大笑。接著德拉馬歇朝那邊吼了句什麼，聲音之大，若非此時整條街都十分喧嘩，周圍所有的人想來都會吃驚地豎起耳朵。總之，那一吼發生了效果，那陣笑聲隨即不自然地平息了。

「我們這個行政區明天要選出一名法官，下面他們抬著的是個候選人。」德拉馬歇說，十分冷靜地走回布魯內妲身邊。接著他喊了聲「不！」一邊憐愛地拍著布魯內妲的背，「我們已經完全不知道世上發生的事了。」

「德拉馬歇，」布魯內妲說，又想起鄰居的態度，「要不是搬家這麼累人，我真想搬走。只可惜我不能不自量力。」她大聲嘆氣，心神不寧地撫弄著卡爾的襯衫，他盡可能悄悄地一再嘗試把這雙肥肥的小手推開，也輕易地做到了，因為布魯內妲的心思不在他身上，而惦記著全然不同的事。

不過，卡爾也很快就忘了布魯內妲，容忍她把手臂擱在他肩上，因為街上發生的事深深吸引了他的注意。一小群男子打著手勢，緊挨著那名候選人前面行進，他們的交談想必具有特殊的意義，因為看得見四面八方的人把臉轉向他們豎耳傾聽，在那一小群男子的指揮下，遊行隊伍出人意料地停在那間飯店門口。那幾個具有權威的男子其中之一舉起手來做了個信號，既是向群眾示意，也是向候選人示意。群眾不再作聲，候選人幾次嘗試想在扛著他的那人肩上站起來，又數度回復坐姿，做了一番短短的演說，同時急速地揮動那頂大禮帽。這一幕看得很清楚，因為在他演說時，所有的車燈都對準了他，使得他位在一顆明星的中央。

而這時也可看出整條街對這件事所抱的興趣。在由候選人黨內人士所占據的陽台上，大家跟著吟唱他的名字，把手遠遠伸出欄杆外，機械般地鼓掌。在其餘的陽台上，這些陽台甚至占了多數，響起了一陣強烈的對抗歌聲，只不過沒有統一的效果，因為那些人是多位不同候選人的支持者。但除此之外，在場這名候選人的所有反對者還聯合起來喝倒采，甚至有好幾處再度播放起留聲機。在陽台與陽台之間進行著政治上的爭論，由於是在夜晚而更加激動。大多數人已經身穿睡衣，只披上一件外套，婦人用深色大披巾裹住身體，沒人理會的孩童在陽台圍欄上爬來爬去，令人心驚，愈來愈多原本已經在房裡睡覺的孩童從黑漆漆的房間裡出來。偶爾會有人特別激動，把看不清是什麼的東西朝對手扔過去，有時候它們抵達了目的地，但大多掉在馬路上，往往引起一陣怒吼。如果下面那些帶頭的男子覺得這番吵鬧太過份了，那些鼓手和號手就受命干預，全力吹奏出無休無止的響亮信號，蓋過所有人的聲音，一直傳到屋頂上。而他們總是驀地停止奏樂，簡直令人不敢相信，接著馬路上對這種情況顯然訓練有素的群眾就在瞬間出現的寂靜中高聲吼出他們的黨歌——在車燈的光線中可以看見每個人都張大了嘴巴——直到對手回過神來，從各陽台和窗戶裡用比先前大上十倍的聲音大喊大叫，使得下面那群人在短暫的勝利之後完全沉默無聲，至少在這個高度聽來是如此。

「小傢伙，你喜歡嗎？」布魯內妲問，她緊貼在卡爾身後轉動著身體，以求盡可能用望遠鏡把一切都收在眼底。卡爾只點點頭作為回答。他還順帶注意到魯賓遜熱心地向德拉馬歇報告顯然是有關卡爾舉止的種種消息，但德拉馬歇似乎認為那並不重要，因為他右手摟著布魯內妲，一直試著用左手把魯賓遜推開。「你不想用望遠鏡看一看嗎？」布魯內妲問，敲了敲卡爾的胸膛，好讓他知道她指的是他。

「我看得夠了。」卡爾說。

「試試看嘛，」她說，「你會看得更清楚。」

「我眼睛很好，」卡爾回答，「我全都看得見。」當她把望遠鏡湊近他眼睛，他不覺得那是好意，而覺得那是干擾，事實上她此時什麼也沒說，只唱歌般地說出「你！」這個字，但語帶威脅。那副望遠鏡也已經貼在卡爾眼前，這下子他真的什麼也看不見了。

「我什麼也看不見，」他說，想擺脫那副望遠鏡，但她緊緊抓著望遠鏡，把頭埋在她胸口，他既無法把她的頭向後推，也無法向旁邊推。

「現在你可以看見了。」她說，轉動著望遠鏡上的旋鈕。

「不，我還是什麼也看不見。」卡爾說，心想這下子他無意之間果然減輕了魯賓遜的負擔，因為布魯內妲令人難以忍受的脾氣如今發洩在他身上。

「你到底什麼時候才會看見？」她說，一邊繼續轉動旋鈕，這會兒卡爾的整張臉都感覺到她沉重的呼吸。「現在呢？」她問。

「不行，不行，不行！」卡爾大喊，雖然此刻他果然能夠辨識出一切，只是很不清楚。不過，布魯內妲正和德拉馬歇在忙些什麼，只把望遠鏡鬆鬆地拿在卡爾臉前，卡爾得以趁她不注意時從望遠鏡下面朝馬路上看。之後她也不再堅持要他順從她的意思，而把望遠鏡拿去自己用。

一名服務生從下方那間飯店裡走出來，在門口急急走進走出，聽取領頭那些男子的交代。看得見他伸長了身子向店內張望，盡可能把更多服務人員叫來。他們顯然是在為一場大規模的招待酒會做準備，這時那名候選人並未停止演說。只替他一人效勞的壯漢扛著他，在他說了幾句話之後總是會稍微轉動方向，讓各處的群眾都能聽見他演說。那候選人通常蜷縮著身子，試圖以揮動那隻空著的手和拿著大禮帽的另一隻手來加強他的說服力。可是每隔一段幾近規律的時間，他會忽然張開雙臂站起來，不再對著一群人，而是對著所有人說話，對著各房屋裡直到最頂樓的居民說話，然而事情再清楚不過，在最底下的樓層就已經沒人聽得見他在說什麼，而且就算聽得見，也不會有人想聽他說話，因為每一扇窗前和每一座陽台上都至少有一名聲嘶力竭的講者。與此同時，幾名服務生從飯店裡抬出一塊撞球桌大小的木板，擺著閃閃發亮的玻璃杯，裡面盛了酒。領頭的男子安排了分發，以列隊經過飯店門口的方式進行。可是儘管木板上的酒杯一再被重新斟滿，還是不夠那群人喝，兩排酒保不得不在那塊木板左右兩邊穿梭來去，繼續替那群人斟酒。候選人當然停止了演說，利用這個休息時間養精蓄銳。扛著他的人遠離了群眾和刺眼的燈光，緩緩走來走去，只有幾個最親近的支持者在那裡陪他，仰著頭跟他說話。

「看看這個小傢伙，」布魯內妲說，「他只顧著看，都忘了他在哪兒了。」她嚇了卡爾一跳，用雙手把他的臉扳向她，讓她能正視他的眼睛。但這只持續了短短一瞬，因為卡爾立刻甩開了她的手，生氣別人不讓他有片刻安寧，同時一心想上街去就近觀看一切，他使出全力想掙脫布魯內妲的施壓，說道：

「請讓我走。」

「你要留在我們這兒。」德拉馬歇說，目光並未從馬路上移開，只伸出了一隻手來阻止卡爾走開。

「放開他，」布魯內妲說，一邊擋住了德拉馬歇的手，「他會留下來的。」她把卡爾壓在欄杆上壓得更緊了，他若想掙脫就得跟她扭打。而就算他能掙脫，又有什麼用。德拉馬歇站在他左邊，魯賓遜走過來站在他右邊，他的的確確被俘虜了。

「你應該高興沒人趕你出去。」魯賓遜說，把手從布魯內妲的手臂下穿過去，拍了拍卡爾。

「趕出去？」德拉馬歇說，「你不會把一個逃跑的小偷趕出去，你會把他交給警方。如果他不安分一點，這事兒明天一早就會發生在他身上。」

從這一刻起，卡爾對下方那場戲就失去了興味。只因為布魯內妲壓著他使他無法站直，他才不得不趴在欄杆上。他憂心忡忡，目光渙散地看著下面那些人，他們以大約二十人為一組走到飯店門口，拿起酒杯，轉過身，朝著此刻自顧自忙著的候選人舉杯致意，高呼一句黨員口號，乾了杯，再把酒杯放回木板上，把位置讓給不耐煩地吵吵鬧鬧的下一組人，放回酒杯的聲音肯定很大，在這個高度卻聽不見。在領頭男子的委託下，原本在飯店裡演奏的小樂隊走到街上，大型管樂器在黑壓壓的人群中閃閃發亮，但他們的演奏幾乎被那片喧嘩聲淹沒。這會兒馬路上直到遠處都擠滿了人，至少在飯店所在的那一側是如此。人潮從地勢較高處蜂擁而下，卡爾早上就是搭著汽車從那兒來的，人潮也從地勢較低的那座橋那兒跑上來，就連屋裡的人也抗拒不了誘惑，想親身參與這件事，陽台上和窗邊幾乎只剩下婦人和孩童，男人則從下方的大門擠出去。但此刻奏樂和款待已經達到了目的，集會的人數夠多了，一名站在兩盞車燈之間的領頭男子揮手示意停止奏樂，吹了一聲響亮的口哨，這時可以看見那個扛著候選人稍微走偏了的壯漢穿過一條由支持者開出的路急急走來。他才走到飯店門口，候選人就在此刻圍繞著他的車燈光圈裡展開新的演說。可是現在一切都比先前更為困難，人潮過於擁擠，扛著他的人不再有絲毫移動的餘地。最親近的支持者先前想盡辦法來加強候選人演說的效果，此刻要留在他身邊都很吃力，大約二十個人費盡力氣守在扛著候選人的那人身邊。而就連這個壯漢也無法再任意踏出一步，根本無法再藉由刻意轉動身體或適時前進後退來影響群眾。群眾沒有章法地如潮水般湧來，前仆後繼，誰也無法再站直，由於新加入的觀眾，對手的人數似乎也大為增加，扛著候選人的壯漢在飯店門口附近逗留了很久，但此刻他似乎不加反抗地任由人潮推著他在街上往上走往下走，候選人還在說話，但是已經分不清他是在闡述政見還是在呼救，如果沒有看錯的話，另一位參選人也到場了，甚至來了好幾位，因為不時會看見一名男子在驟然亮起的光線裡從人群中被高高抬起，他臉色蒼白、緊握雙拳地發表演說，受到眾聲喧嘩的歡迎。

「那裡發生了什麼事？」卡爾問道，在緊張的困惑中向看守他的人求教。

「這個小傢伙多激動呀。」布魯內妲向德拉馬歇說，抓住卡爾的下巴，把他的頭拉向她。可是卡爾不想，他用力搖動身體，由於街上發生的事而變得更加無所顧忌，力道之大，使得布魯內妲不僅鬆了手，而且向後退，完全放開了他。「現在你看夠了，」她說，顯然被卡爾的舉止惹惱了，「進房間去，把床鋪好，做好就寢前的所有準備。」她伸手指向房間。那是卡爾從幾個鐘頭前就想去的方向，他一句反駁的話也沒說。這時從街上傳來許多玻璃碎裂的聲音。卡爾忍不住又趕緊跳回欄杆前，再匆匆向下看一眼。對手的一擊成功了，而且可能是關鍵性的一擊，支持者的車燈被同時完全擊碎，先前這些車燈的強光至少讓活動的主要過程發生在全體大眾面前，因此把一切維持在某種界線之內，此刻那名候選人和扛著他的壯漢被朦朧的公共燈光籠罩，那光線驟然擴散，一時之間有如全然黑暗。現在就連大致說出那候選人所在的位置也不可能了，一陣剛剛響起的歌聲從下方那座橋漸漸接近，那歌聲悠緩一致，更增添了黑暗帶來的迷惑。

「我不是告訴過你現在該做什麼了嗎？」布魯內妲說。「動作快一點。我累了。」她又加了一句，接著高舉雙臂，使她的胸脯比平常更加隆起。德拉馬歇仍然用一隻手摟著她，把她拉到陽台一角。魯賓遜跟在他們後面，把他吃剩的東西推到一旁，那些東西還擺在那裡。

卡爾必須善用這個大好機會，這會兒不是向下看的時候，街上發生的事等他到了下面還可以看個夠，而且比從樓上這裡能看到更多。他急忙跨出兩個箭步，穿過有淡紅色燈光的房間，可是門被鎖住了，鑰匙也被拔走。現在得要找到鑰匙，可是誰會想在這片混亂中找鑰匙，還得在卡爾僅有的這段短暫而寶貴的時間裡。此刻他本來應該已經在樓梯上了，應該要跑了又跑。結果現在他在找鑰匙！在所有打得開的抽屜裡找，在桌上翻找，桌面上散放著各種餐具、餐巾和某件剛動工的刺繡，一張扶手椅吸引了他，椅子上亂七八糟地堆著舊衣服，鑰匙說不定就在那裡面，卻永遠不可能找到，最後他撲向那張氣味果然難聞的沙發，在每個角落和皺褶裡摸索尋找那把鑰匙。卡爾心想，布魯內妲一定是把鑰匙繫在她的腰帶上了，她腰帶上掛了那麼多東西，這整番尋找全是枉然。

於是卡爾隨手抓起兩把刀，插進門縫，一把在上，一把在下，以求得到兩個相隔一些距離的著力點。他才一使力，刀刃自然就斷成了兩截。這正合他的意，刀子末端的殘餘更耐用，也能插得更牢。現在他用盡力氣去撬，雙臂大大張開，雙腿大大叉開撐住，一邊呻吟一邊仔細注意那扇門。從門鎖清晰可聞的鬆動，他高興地看出這門不可能抵抗太久。不過，此事進行得愈慢愈好，不能讓門鎖彈開，否則會引起陽台上三人的注意，最好讓門鎖緩緩鬆開，卡爾極其小心地朝這個方向努力，眼睛愈來愈接近門鎖。

「看哪。」這時他聽見德拉馬歇的聲音。他們三個全都站在房間裡，門簾已經在他們身後拉上，卡爾想必是沒聽見他們進來，看見他們，他的雙手鬆開那兩把刀子，垂放下來。但他根本沒有時間解釋或道歉，因為德拉馬歇大發雷霆朝卡爾衝過來，這番發作遠遠超出眼前這件事，他身上睡袍的腰帶鬆開了，在半空中畫出一個大大的圖形。卡爾在最後一瞬躲開了此一攻擊，他本來可以把刀子從門上抽出來，用來自衛，但他沒這麼做，而縱身一躍去抓德拉馬歇那件睡袍的寬大衣領，把那衣領往上提，再往上拉得更高——那件睡袍對德拉馬歇來說實在太大了——此刻幸運地蒙住了德拉馬歇的頭，德拉馬歇過於驚訝，先是盲目地揮動雙手，過了一會兒才用拳頭往卡爾背上打，但尚未發揮完全的效果，卡爾為了保護自己的臉而撲向德拉馬歇的胸膛。卡爾忍受了拳擊，就算他痛得扭動身體，就算那些拳擊愈來愈重，而他又怎會承受不了呢，畢竟他覺得勝利在望。他用雙手壓住德拉馬歇的頭，拇指按在他眼睛上方，把他推向那亂七八糟的家具，還試著用腳尖把那件睡袍的腰帶纏在德拉馬歇腳上，想把他絆倒。

由於他必須全心全意對付德拉馬歇，再加上他感覺到對方的抵抗愈來愈強，這具充滿敵意的身體愈來愈結實地朝他頂過來，他的確忘了他並非和德拉馬歇單獨在一起。但他馬上就受到提醒，因為他的雙腳忽然不聽使喚，魯賓遜在他身後撲倒在地，大聲尖叫掰開他的雙腳。卡爾嘆了口氣，鬆開德拉馬歇，對方還向後倒退了一步。布魯內妲叉開雙腿、膝蓋略彎雄踞在房間中央，兩眼發亮地注視事情的發展。她深深呼吸，用目光瞄準，緩緩伸出一雙拳頭，彷彿她親自參與了這番打鬥。德拉馬歇把衣領翻下來，又能看清楚了，這下子當然不再有打鬥，只有懲罰。他從前面抓住卡爾的襯衫，幾乎把他從地面上拎起來，出於輕蔑根本不正眼看他，用力把他甩向幾步之外的一座櫥櫃，力道之大，使得卡爾在最初一瞬以為撞上櫥櫃時在他背部和頭部造成的刺痛乃是直接由德拉馬歇的手造成。他顫抖的眼前頓時一黑，在這片黑暗中他還聽見德拉馬歇大聲喊道：「你這個臭小子。」當他筋疲力盡地暈癱在那櫥櫃前面，「你等著瞧」這句話還隱隱在他耳中迴響。

等他恢復意識，四周一片漆黑，時間大概還是深夜，淡淡的月光從陽台上穿過門簾底下鑽進房間。聽得見那三個睡著的人平靜的呼吸，其中布魯內妲的聲音最大，她睡覺時重重喘氣，一如她在說話時偶爾也會喘氣；但是要確定這三個睡著之人各自的位置卻並不容易，整個房間都充滿了他們的呼吸聲。卡爾先稍微審視過周遭環境，才想到了自己，而他大受驚嚇，因為他雖然痛得縮成一團而且全身僵硬，卻沒想到自己可能受傷到嚴重出血。然而此時他覺得頭上有件重物，整張臉、脖子、襯衫下的胸部都濕濕的像在流血。他必須去有光亮的地方仔細檢查自己的傷勢，說不定他們把他揍成了殘廢，這樣一來德拉馬歇大概會很樂意讓他離開，可是他該怎麼辦？這樣一來他真的是毫無指望了。他想起大門口那個爛鼻子的小伙子，一時不禁把臉埋在手上。

他不由自主地轉身面向房門，手腳並用地摸索著爬過去。不久他的指尖就摸到了一隻靴子，接著又摸到一條腿。那是魯賓遜，除了他還有誰會穿著靴子睡覺？他被命令橫躺在門前，以阻止卡爾逃脫。可是他們難道不曉得卡爾的情況嗎？目前他根本不想逃走，他只想到有光線的地方去。如果他沒法出到門外，就只好到陽台上去。

他發現餐桌擺放的位置顯然跟晚上完全不同，沙發居然空著，令人驚訝，卡爾接近那沙發時當然十分小心，在房間正中央則堆著一層層的衣物、被子、窗簾、墊子和地毯，雖然壓得很緊實，仍然堆得很高。起初他以為那只是一小堆，就像他晚上在沙發上看見的那一堆，也許是滾落到地上了，但他繼續爬行時驚訝地發現那堆東西足足有一卡車的量，大概是為了夜裡睡覺而從櫃子裡取出來的，白天時這些東西則放在櫃子裡。他繞著這堆東西爬，不久便看出這類似一種床鋪，他極其小心地摸了摸，確信德拉馬歇和布魯內姐就高臥在那上頭。

現在他知道大家都睡在哪裡了，便急忙到陽台上去。在門簾外他迅速站起來，那是個截然不同的世界。在夜裡清新的空氣中，在整片月光下，他在陽台上來來回回走了幾趟。他看向街道，街上一片寂靜，雖然還有音樂從那間飯店裡傳出來，但樂聲微弱，門前有個男子在清掃人行道，晚上在眾聲喧嘩中，無法區別一名候選人的呼叫和其他千百人的聲音，此刻卻能清楚聽見掃帚刮過鋪石路面的沙沙聲。

隔壁陽台上一張桌子的挪動引起了卡爾的注意，有個人坐在那兒讀書。那是個蓄著山羊鬍的年輕男子，他一邊閱讀一邊快速動著嘴唇，同時不停地捻著鬍鬚。他面向卡爾坐在一張擺滿書籍的小桌前，他先前把燈泡從牆上取下，夾在兩本大書之間，此刻整個人被那刺眼的光線過度照亮。

「晚安。」卡爾說，因為他自以為看見了那個年輕人朝他這邊望過來。但他想必是弄錯了，因為那個年輕人先前似乎根本沒注意到他，這時把手舉在眼睛上方，以擋住光線，並且弄清楚是誰忽然打起了招呼，由於那人還是什麼也看不見，便把燈泡高高舉起，把隔壁的陽台也稍微照亮。

接著那人也說了聲「晚安」，用銳利的目光朝這邊看了一眼，又說：「還有事嗎？」

「我打擾你了嗎？」卡爾問。

「當然，當然。」那人說，把燈泡放回原來的位置。

他這樣說自然是拒絕了任何攀談，儘管如此，卡爾並未離開陽台上最靠近此人的角落。他默默地看著那人讀書，翻動書頁，偶爾迅如閃電地抓起另一本書查閱，不時在一本簿子裡記筆記，這時他總是埋首貼近那簿子，頭低得令人驚訝。

也許此人是個大學生？看起來他的確是在用功。想當年——如今那已是很久以前的事了——卡爾在家裡坐在父母的桌旁寫作業的情景與此沒有太大的不同，父親看著報紙或是替某個協會記帳和處理文書，母親則縫著衣物，把線從布料中高高地拉出。為了不要打擾父親，卡爾只把簿子和文具放在桌上，必要的書籍則排放在自己左右兩邊的椅子上。那裡是多麼安靜哪！陌生人多麼難得到那房間來！卡爾還小的時候，就一向喜歡看著母親在傍晚用鑰匙把公寓門鎖上。她無法預見卡爾如今已經淪落到試圖用刀子撬開別人家的門。

而他的整番學業有什麼用！他把學過的全都忘了；假如要在此地繼續他的學業，他會覺得很困難。他憶起在家時他曾經生過一個月的病——之後要再重新適應中斷的學習費了他多少功夫。而如今，除了那本英文商業書信教科書之外，他已經好久沒讀書了。

「喂，年輕人，」卡爾忽然聽見有人對自己說話，「你能不能站到別處去？你這樣盯著這邊看，嚴重打擾了我。在凌晨兩點總該可以指望在陽台上不受打擾地做點事吧。難道你有事找我嗎？」

「你在用功嗎？」卡爾問。

「是啊，是啊。」那人說，利用這無法用於學習的一點時間把書本重新整理一下。

「那我就不打擾你了，」卡爾說，「我反正要回房間去了。晚安。」

那人甚至沒有回答，在排除了此一干擾之後，他馬上下定決心繼續用功，用右手撐著額頭。

到了門簾前，卡爾才想起自己為何走出來到陽台上，他還根本不曉得自己的傷勢如何。究竟是什麼東西沉甸甸地壓在他頭上？他抬起手去摸，驚訝地發現那並非流血的傷口，如同他在黑漆漆的房間裡所擔憂的，而只是一條頭巾般的繃帶，還濕漉漉的。蕾絲花邊的殘餘零星垂下，由此看來，那是從布魯內妲的一件舊內衣上撕下來的，大概是魯賓遜在倉促之間把它裹在卡爾頭上。只是他忘了把繃帶擰乾，因此在卡爾失去知覺時有許多水從他臉上流下來，流到襯衫底下，讓卡爾大受驚嚇。

「結果你還在這兒？」那人問，眨著眼睛望過來。

「現在我真的要走了，」卡爾說，「我只是想在這裡看個東西，房間裡黑漆漆的。」

「你究竟是誰？」那人說，把鋼筆放在攤開在面前的書本上，走到欄杆旁，「你叫什麼名字？你怎麼會和這些人在一起？你在這裡已經很久了嗎？你想看什麼東西？把你那邊那個燈泡轉亮吧，讓我可以看見你。」

卡爾照做了，但是在回答之前先把門簾再拉緊一點，免得裡面的人會察覺什麼。然後他低聲說：「請原諒我講話這麼小聲。如果裡面的人聽見我說話，我又會惹出一場亂子。」

「又會？」那人問。

「對，」卡爾說，「晚上我才和他們大吵一架。我這裡一定還腫得厲害。」他伸手去摸他的後腦。

「你們在吵些什麼呢？」那人問，由於卡爾沒有馬上回答，他又加了一句：「你對這些人有什麼不滿都大可以向我透露。因為他們三個我都討厭，尤其是那位夫人。再說，假如他們居然還沒有挑撥你來討厭我，那我倒是會感到驚訝。我名叫約瑟夫．曼德，是個大學生。」

「喔，」卡爾說，「他們是向我提起過你，但沒說什麼壞話。你大概曾經替布魯內妲太太治療過一次，對吧？」

「沒錯，」大學生笑著說，「沙發上還有那股氣味嗎？」

「噢，是啊。」卡爾說。

「這倒是令我高興，」大學生說，伸手順了一下頭髮，「還有，他們為什麼把你的頭弄腫了？」

「我們打了一架。」卡爾說，一邊思索該如何向這個大學生解釋。但他卻沒有往下說，而問道：「我沒有打擾你嗎？」

「首先，」大學生說，「你已經打擾我了，可惜我又很神經質，需要很長的時間才能再進入狀況。自從你開始在陽台上散步，我讀書就毫無進展。其次，我在凌晨三點一向會休息一下。所以你儘管說吧。而且我也有興趣聽。」

「事情很簡單，」卡爾說，「德拉馬歇想要我當他的傭人，但我卻不想。我巴不得在晚上就離開。他不想讓我走，鎖上了門，我想把門撬開，結果我們就打了起來。我很難過我還在這裡。」

「莫非你另外有一份工作嗎？」大學生問。

「沒有，」卡爾說，「但是我不在乎，只要我能離開這裡。」

「聽我說，」大學生說，「你不在乎？」說完兩人都沉默了一會兒。

「為什麼你不想留在這些人身邊？」大學生接著問道。

「德拉馬歇是個壞人。」卡爾說，「我從以前就認識他了。我曾經跟他一起徒步跋涉了一整天，而我很高興不必再跟他在一起。現在卻要我成為他的傭人？」

「如果所有的傭人在選擇主人的時候都像你這麼挑剔！」大學生說，似乎在微笑，「你瞧，我白天是售貨員，最低階的售貨員，其實算是蒙特利百貨公司裡負責跑腿的。這個蒙特利毫無疑問是個壞東西，但我無所謂，我只氣我的工資太差。你可以拿我當榜樣。」

「什麼？」卡爾說，「你白天裡當售貨員，在夜裡讀書？」

「是啊，」大學生說，「沒別的辦法。我什麼辦法都試過了，而這種生活方式還是最好的。幾年前我就只是大學生，白天夜裡都是，只不過我差點餓死，睡在一個又髒又舊的破房子裡，我當時的西裝讓我不敢穿著走進大學教室。不過這已經是過去的事了。」

「可是你什麼時候睡覺呢？」卡爾問，納悶地看著那個大學生。

「喔，睡覺！」大學生說，「等我完成了學業我就會睡覺。目前我喝黑咖啡。」他轉過身，從書桌下拖出一個大瓶子，從瓶子裡把黑咖啡倒進一個小杯子，一飲而盡，就像別人急急吞下藥物一樣，以免嚐到藥味。

「黑咖啡是個好東西，」大學生說，「可惜你離得太遠，我沒辦法遞一點過去給你。」

「我不喜歡喝黑咖啡。」卡爾說。

「我也不喜歡，」大學生笑道，「可是沒有它我該怎麼辦。要不是有黑咖啡，蒙特利一刻也不會留用我。我老是說蒙特利，雖然他當然不知道世上有我這個人。因為我還從來不敢停止喝咖啡，我不知道假如我沒有總是在櫃台準備一個跟這一樣大的瓶子，我在店裡會有什麼舉動，但你大可以相信，我很快就會在櫃台後面躺下來睡覺。可惜別人也注意到了，店裡的人叫我『黑咖啡』，那是個愚蠢的玩笑，肯定已經妨礙了我晉升。」

「那你什麼時候會完成學業呢？」卡爾問。

「進度很慢。」大學生垂頭喪氣地說。他離開了欄杆，又坐在桌前，把手肘撐在打開的書本上，用雙手順了順頭髮，然後說：「還要一、兩年。」

「我本來也想上大學。」卡爾說，彷彿這一點讓他有權利贏得更大的信賴，大過此刻沉默不語的大學生已經對他表現出的信賴。

「哦，」大學生說，看不出來他是否已經又在讀書，還是只是心不在焉地盯著書看，「你該高興你放棄了讀大學。我自己這些年來其實只是為了堅持到底而讀大學。我從中沒得到什麼滿足感，前途更是渺茫。我能有什麼前途呢！美國到處都是冒牌博士。」

「我本來想成為工程師，」卡爾還急忙向注意力看來已經完全渙散的大學生說。

「現在卻要你成為這些人的傭人，」大學生說，抬頭看了他一眼，「這當然令你難受。」

大學生的此一結論當然是個誤會，但這個誤會也許能對卡爾有點用處。因此他問：「我有沒有可能也在百貨公司找到一個職位？」

這一問讓那大學生完全拋開了他的書；他根本沒想到他能在卡爾求職一事上提供幫助。「你可以試試看，」他說，「也許最好別試。我在蒙特利那兒得到這個職位是我一生中到目前為止最大的成功。假如我必須在學業和職位之間做選擇，我當然會選擇我的職位。我只是努力不讓自己有做出這種選擇的必要。」

「原來要在那裡得到一個職位是這麼困難。」卡爾說，這話更像是自言自語。

「不然你以為呢？」大學生說，「在這裡，要成為行政區法官還比成為蒙特利的門僮來得容易。」

卡爾沉默不語。這個大學生閱歷比他豐富得多，基於某種卡爾還不清楚的原因討厭德拉馬歇，對卡爾則肯定不懷惡意，卻想不出什麼話來鼓勵卡爾離開德拉馬歇。何況他還根本不知道卡爾有被警方抓去的危險，只有在德拉馬歇這兒才勉強受到保護。

「你晚上不是看見了下面的遊行嗎？對不對？假如不了解情況，你會以為這個名叫婁柏特的候選人應該有希望當選，或者至少在考慮之列，對吧？」

「我不懂政治。」卡爾說。

「這是個錯誤，」大學生說，「可是撇開這個不提，你總有眼睛和耳朵吧。此人毫無疑問有朋友也有敵人，這一點你一定也注意到了。現在你想一想，依我的看法，此人毫無當選的希望。他的事我湊巧全知道，住在我們這兒的一個人認識他。他不是沒有能力，而從他的政治觀點和從政經歷看來，他正好會是適合這個行政區的法官。可是沒有人認為他會當選，他將會漂亮地落選，將會為了競選花掉他那幾個錢，如此而已。」

卡爾和大學生沉默地互看了一會兒。大學生微笑著點點頭，用手揉著疲倦的眼睛。

然後他問：「嗯，你還不去睡嗎？我真的得要再用功了。你看，我還有多少東西要讀。」他很快地把半本書翻了一遍，讓卡爾對他還得要做的功課有點概念。

「那麼，晚安了。」卡爾說，鞠了個躬。

「找時間到我們這兒來坐坐吧，」大學生說，他已經又坐在桌前，「當然，要你有興趣才行。我們這兒總是有一大群人。晚上九點到十點我也有空陪你。」

「所以你建議我留在德拉馬歇這兒？」卡爾問。

「務必留下。」大學生說，已經埋首於他的書本。彷彿這句話根本不是他說的，而來自另一個聲音，比那大學生的嗓音更低沉，餘音還在卡爾耳中迴盪。他緩緩走向門簾，還朝大學生再看了一眼，此刻那人一動也不動地坐在那一圈光亮之中，被大片黑暗包圍，然後卡爾就溜進了房間。那三個睡著之人協調一致的呼吸聲迎接著他。他沿著牆壁尋找那張沙發，等他找到了，他平靜地伸展四肢躺在上面，彷彿這是他熟悉的床鋪。那個大學生清楚了解德拉馬歇和此地的情況，此外也是個受過教育的人，既然他勸卡爾留在這裡，卡爾就暫時沒有顧慮。他不像大學生有那麼高的目標，就算在家鄉也說不準他能否順利完成學業，如果連在家鄉都顯得幾乎不可能，那就無人能夠要求他在這個陌生的國家這麼做。不過，要找到一個職位，做出點成績，並且由於這點成績而受到讚賞，這份希望肯定大得多，如果他暫時接受德拉馬歇這兒的傭人職位，在這份保障中等待有利的機會。看來在這條街上有許多中、低階的公司行號，如果他們需要用人，在挑選員工時也許不會太挑剔。如果不得不然，他也樂意在公司行號裡當個工友，但他也可能被雇用為單純的辦事員，畢竟這個可能性也不能被排除，而身為辦公室職員，將來可以坐在辦公桌旁，無憂無慮地望向敞開的窗外，就像今天早上他在穿過院子時看見的那個職員。當他閉上眼睛，他心安地想到他畢竟還年輕，德拉馬歇總有一天會放了他；這個家看起來也實在不像是做了永久定居的打算。不過，假如有朝一日卡爾在一間辦公室裡有了這樣一個職位，那麼除了辦公室的工作之外他什麼也不想做，他不要像那個大學生一樣分散精力。如果有必要，他願意把夜晚也用來辦公，以他在商務上微不足道的職前訓練，一開始時別人反正也會要求他這麼做。他願意一心只考慮公司的利益，接受所有的工作，包括其他職員不屑去做的工作。他滿腦子都是這些好志向，彷彿他未來的老闆正站在沙發前，從他臉上讀出這些志向。

卡爾懷著這些念頭入睡，只是起初半睡半醒之際還被布魯內妲一聲大大的嘆息所驚擾，她似乎被沉重的夢境折磨，在她的床上翻來翻去。

第八章

「起來！起來！」早上卡爾才睜開眼，魯賓遜就喊道。門簾尚未拉開，但是從縫隙間照進來的穩定陽光可以看出上午已經過了多久。魯賓遜急急忙忙地跑來跑去，帶著擔憂的目光，一會兒拿著一條毛巾，一會兒提著一個水桶，一會兒拿著幾件內衣和外衣，每次他從卡爾身邊經過，就試圖用點頭來鼓勵卡爾起床，高高舉起他手中正好拿著的東西，來表示他今天為了卡爾還操勞最後一次，在上工的第一天，卡爾當然還無法了解工作的細節。

但卡爾隨即看出魯賓遜其實是在替誰服務。房間裡有塊地方用兩個櫃子與其餘空間隔開，那地方卡爾先前沒有看見，而此刻在那裡正進行著一次大清洗。看得見布魯內妲的頭、裸著的脖子——頭髮披散在臉上——和後頸下端從櫃子上方伸出來，還有德拉馬歇不時舉起的手，手裡拿著一塊洗澡用的海綿，在替布魯內妲清洗和擦拭。聽得見德拉馬歇向魯賓遜下達的簡短命令，原本進入那個空間的入口此刻被堵住了，魯賓遜要遞東西進去時必須仰賴一個櫃子和一具屏風之間的窄縫，而他每次要遞東西進去都得把臉撇向一邊，把手臂遠遠地伸進去。「毛巾！毛巾！」德拉馬歇喊道。魯賓遜正在桌子底下找別的東西，聽到這件任務吃了一驚，而他剛把腦袋從桌子底下抽出來，就又聽見：「該死的，水在哪裡？」同時德拉馬歇發怒的臉孔從櫃子上冒出來。凡是按照卡爾的看法在洗澡更衣時只需要用到一次的東西，在此處以各種可能的順序被多次要求送來。在一具小電爐上一直擺著一桶水在加熱，魯賓遜一再把這沉重的一桶水提在叉開的兩腿之間，提到洗澡間去。由於他的工作內容繁多，也難怪他不總是一板一眼地聽命行事，有一次，當德拉馬歇又要他拿毛巾，他乾脆從房間正中央那座大床鋪上抓起一件襯衫，揉成一團從櫃子上扔過去。

不過德拉馬歇的工作也不輕鬆，說不定他之所以對魯賓遜沒有好氣——他在惱怒中對卡爾根本視而不見——只是因為他自己無法令布魯內妲滿意。「哎喲，」她喊出聲來，就連事不關己的卡爾也為之戰慄，「你弄痛我了！走開！我寧可自己來洗，也不要受這種罪！現在我的手臂又抬不起來了。你這樣壓我弄得我很不舒服。我背上一定到處是瘀青。這你當然不會告訴我。等一等，我要讓魯賓遜或是那個小傢伙來看一看。不，我不會這麼做，但是你要溫柔一點。要體貼一點，德拉馬歇，可是這句話我可以每天早上重複地說，而你就是不體貼。」接著她忽然喊道：「魯賓遜，」把一條蕾絲內褲舉在頭上揮動，「過來幫我，看看我受的罪，這個德拉馬歇把這種折磨叫作清洗。魯賓遜，魯賓遜，你在哪裡，難道你一點同情心都沒有？」卡爾默默伸出手指，向魯賓遜示意他應該過去，可是魯賓遜垂下目光不以為然地搖頭，他更了解情況。「你在想什麼？」魯賓遜俯身湊在卡爾耳畔說道，「她不是這個意思。我只進去過一次就再也不進去了。當時他們兩個抓住了我，把我浸在水盆裡，害我差點淹死。而且好幾天布魯內妲都指責我不要臉，一再地說『你倒是很久沒來跟我一起洗澡了』或是『你什麼時候再來看我洗澡呀？』直到我好幾次跪下來向她道歉，她才罷休。這件事我不會忘記。」魯賓遜述說這件事時，布魯內妲還一再喊著：「魯賓遜！魯賓遜！這個魯賓遜到底在哪裡！」

儘管沒有人去幫她，甚至連一聲回答也沒有——魯賓遜在卡爾身旁坐下，兩人默默看向那兩個櫃子，布魯內妲或是德拉馬歇的頭不時出現在櫃子上方——儘管如此，布魯內妲並未停止大聲抱怨德拉馬歇。「可是德拉馬歇，」她喊道，「現在我又根本感覺不出你在替我洗澡了。你的海綿到哪兒去了？那就去拿呀！要是我能夠彎腰，要是我能夠動彈就好了！我就會示範給你看洗澡該怎麼洗。想當初在我的少女時代，我每天早晨都在科羅拉多州爸媽家的莊園裡游泳，是我那些女孩朋友當中最靈活的。而現在呢！你到底什麼時候才能學會替我洗澡，德拉馬歇，你把海綿揮來揮去，這麼賣力，我卻什麼也感覺不到。當我說你不該把我壓傷，我的意思並不是我想站在這裡著涼。我會跳出浴盆就這樣跑走。」

但她並沒有把這個威脅付諸行動——事實上她自己一個人也根本辦不到——德拉馬歇似乎由於擔心她會著涼，抓住了她把她按回浴盆裡，因為水花四濺的聲音啪地響起。

「你就會這樣，德拉馬歇，」布魯內妲稍微放低了聲量說，「甜言蜜語，每次你做了什麼壞事就會甜言蜜語。」接著安靜了一會兒。「現在他在吻她。」魯賓遜揚起了眉毛說。

「接下來要做什麼工作？」卡爾問。既然決定要留下來，他也就想馬上盡到職責。魯賓遜沒有回答，卡爾留他獨自坐在沙發上，自己動手把漫漫長夜裡被睡覺者的重量壓得緊實的大床位拆掉，把每一件東西整整齊齊地摺好，大概已經好幾個星期沒人這麼做過了。

「你去看看，德拉馬歐，」這時布魯內妲說，「我想他們是在拆我們的床鋪。樣樣事情我都得考慮到，沒有片刻安寧。你對他們兩個得要嚴格一點，否則他們就會為所欲為。」「這肯定是那個討厭的小傢伙勤勞過度。」德拉馬歐喊道，可能想從洗澡間裡衝出來，卡爾已經把所有的東西從手裡扔掉，但幸好布魯內妲說：「別走開，德拉馬歐，別走開。唉，這水真熱，弄得人好疲倦。留在我身邊，德拉馬歐。」這時候卡爾才注意到水蒸氣從那兩個櫃子後面不斷升起。

魯賓遜吃了一驚，把手放在臉頰上，彷彿卡爾闖了什麼禍。「把一切都保持原狀，」德拉馬歐的聲音響起，「你們難道不知道，布魯內妲洗過澡後一向還要再休息一個小時嗎？你們把事情弄得一團糟。等著我來教訓你們。魯賓遜，你大概又在做白日夢了吧。你，所有發生的事我都要你一個人負責。你得要管好這個小伙子，這裡的家務事不是按照他的意思來料理。叫你們拿什麼來，你們不拿來，不叫你們做什麼的時候，你們倒勤快起來。滾一邊去等著，等用得到你們的時候再出來。」

但是這一切隨即被拋到腦後，因為布魯內妲慵懶地低語，彷彿她被熱水給淹沒了：「香水！把香水拿來！」「香水！」德拉馬歐大叫，「你們快去拿！」好啊，可是香水在哪兒？卡爾看著魯賓遜，魯賓遜看著卡爾。卡爾察覺在這件事上他得要獨自設法，魯賓遜根本不知道香水在哪兒，就只會趴在地上，把兩條手臂伸到沙發底下到處摸，可是弄出來的就只有一團團灰塵和女人的頭髮。卡爾先是急忙跑到就在門邊的洗臉台去，可是洗臉台的抽屜裡只有舊的英文小說、雜誌和樂譜，而且全都塞得太滿，一旦把抽屜打開，就無法再關上。與此同時，布魯內妲唉聲嘆氣地說：「香水，怎麼這麼慢哪！我今天到底還拿不拿得到我的香水！」布魯內妲如此不耐煩，卡爾自然無法徹底搜查任何地方，必須仰賴表面的第一印象。香水瓶不在放盥洗用具的盒子裡，盒裡根本就只有又舊又小、裝著藥物和軟膏的瓶子，其他的東西反正都已經被送進洗澡間了。也許香水瓶是在餐桌抽屜裡。可是在前往餐桌的途中——卡爾一心只想著那香水，其餘什麼也沒想——他和魯賓遜猛然相撞，魯賓遜剛才終於放棄了在沙發下尋找，依稀意識到香水的位置，盲目地對著卡爾跑過來。兩人腦袋相撞的聲音清晰可聞，卡爾沒有吭聲，魯賓遜雖然沒有停下腳步，為了減輕疼痛卻不停地大喊大叫。

「他們沒有去找香水，反而打起架來，」布魯內妲說，「這種料理家務的方式會弄得我生病，德拉馬歇，我肯定會死在你懷裡。」接著她打起精神大聲說：「我必須拿到那瓶香水，非拿到不可。沒有拿來之前我不會離開這浴盆，哪怕我得在浴盆裡待到晚上。」她用拳頭往水裡一敲，聽得見水花四濺的聲音。

可是那瓶香水也不在餐桌抽屜裡，雖然那裡放的全都是布魯內妲的化妝用品，像是舊粉撲、胭脂罐、髮刷、小束鬈髮和許多亂七八糟黏在一起的小東西，但是香水不在那裡。魯賓遜還一直大呼小叫地在堆著上百個盒子和匣子的角落裡找，把它們一個一個地打開來亂翻，裡面總有一半的東西掉在地板上並且留在那裡，大多數是縫紉用品和書信，有時他向卡爾搖頭聳肩，表示他什麼也沒找到。

這時德拉馬歇穿著內衣褲從洗澡間裡衝出來，同時聽見布魯內妲在陣陣抽泣。卡爾和魯賓遜停止尋找，看著德拉馬歇，他全身都濕透了，臉和頭髮也在滴水，大喊道：「現在你們快去找！」「這裡！」他先命令卡爾去找，接著再命令魯賓遜，「那裡！」卡爾真的去找，而且還檢查了魯賓遜被命令去找的地方，但是他也沒找到香水，就跟魯賓遜一樣，魯賓遜找得沒那麼賣力，卻更賣力地歪著臉注意德拉馬歇的行蹤，德拉馬歇在空間許可的範圍內跺著腳在房間裡走來走去，肯定恨不得把卡爾和魯賓遜都痛揍一頓。

「德拉馬歇，」布魯內妲喊，「至少來替我擦乾吧。他們兩個反正找不到香水，只會把所有的東西都弄亂。叫他們立刻別再找了。馬上！把手上所有的東西都放下！什麼都別再去碰！他們大概是想把這間公寓變成豬窩。如果他們不住手，你就揪住他們的領子，德拉馬歇！可是他們還在弄，剛剛又有一個盒子掉在地上。叫他們別撿了，把所有的東西都擱著，出房間去！等他們出去後把門門上，到我這兒來。我已經在水裡躺太久了，腿都冷了。」

「馬上來，布魯內妲，我馬上來。」德拉馬歇喊道，趕著卡爾和魯賓遜到門口。不過他在放他們出去之前，交代他們去取早餐，並且想辦法去借瓶好香水來給布魯內妲。

「你們這實在又髒又亂，」卡爾在門外的走道上說，「等我們拿了早餐回來，我們就得開始整理。」

「要是我沒病得這麼厲害就好了，」魯賓遜說，「而且這算什麼對待！」布魯內妲在他和卡爾之間不做絲毫區分，這肯定令魯賓遜傷心，畢竟他已經伺候了她好幾個月，而卡爾昨天才來。但這也是他自己活該。卡爾說：「你得要振作一點。」不過，為了不讓他完全陷入絕望，卡爾又加了一句：「這只會是一次性的工作。我會替你在那些櫃子後面鋪個床位，等到一切稍微整理就緒，你就可以整天躺在那裡，什麼事都不必再管，很快就會恢復健康。」

「所以說，現在你也看出我的情況了，」魯賓遜說，別開了臉，以求和他的痛苦獨處，「可是他們會讓我安穩地躺著嗎？」

「如果你這麼希望，我會親自去跟德拉馬歇和布魯內妲談這件事。」

「布魯內妲哪裡會體諒人？」魯賓遜喊道，並未事先告知卡爾就用拳頭推開了他們剛剛走到的一扇門。

他們走進一間廚房，看來需要修理的爐子上正冒出一團團黑煙。一個卡爾昨天在走道上見過的婦人正跪在爐門前，徒手把大大的煤塊放進火中，從各個方向審視著那團火，同時一邊嘆氣，因為那跪姿對老婦人來說很不舒服。

看見魯賓遜時她說：「當然囉，這個討厭鬼也還要來湊熱鬧。」她吃力地站起來，把手擱在煤箱上，用圍裙裹住爐門把手，關上了爐門。「現在都下午四點了，」——卡爾吃驚地看著廚房的時鐘——「你們還要吃早餐？你們這些傢伙！」

「坐下吧，」接著她說，「等我有空再來招呼你們。」

魯賓遜拉著卡爾在門旁一張小凳子上坐下，向他低語：「我們必須聽她的。因為我們全靠她。我們的房間是向她租的，而她當然隨時可以跟我們解約。可是我們實在沒辦法換地方住，我們要怎麼把所有那些東西再搬走？尤其是無法搬運布魯內妲。」

「在這條走道上難道沒有其他房間可租嗎？」卡爾問。

「沒有人接納我們，」魯賓遜回答，「整棟屋子裡都沒有人接納我們。」

於是他們靜靜地坐在小凳子上等待。婦人一直在兩張桌子、一個洗滌用的大圓桶和爐灶之間來回奔忙。從她的叫嚷中可以得知她女兒身體不舒服，因此她得一個人做所有的工作，亦即替三十個房客服務並提供伙食。再加上爐子也有毛病，食物怎麼也煮不好，在兩個大鍋子裡正煮著濃湯，不管婦人用湯勺去檢查了多少次，讓湯從高處流下來，那湯就是煮不好，這想必得歸咎於爐火欠佳，於是她幾乎坐在爐門前的地上，用撥火鉤在燒紅的煤炭裡撥弄。廚房裡瀰漫的煙霧嗆得她咳嗽，有時咳得厲害，迫使她抓住椅子咳上好幾分鐘，別的事都不能做。她多次表示今天她將根本無法提供早餐，因為她既沒有時間，也沒興致去弄。由於卡爾和魯賓遜一方面奉命來取早餐，另一方面又無法強行取得早餐，聽到這番表示便並不回答，而是跟先前一樣繼續靜靜坐著。

椅子上、腳凳上、桌上桌下都還擺著房客吃早餐後尚未清洗的餐具，就連地上一角都塞著一些。有些小壺裡可能還有一些咖啡或牛奶，幾個小碟子上還有剩下的奶油，從一個打翻的大鐵罐裡有餅乾滾出來。是有可能用這些東西湊出一份早餐，如果布魯內妲不知道這早餐是怎麼來的，就完全無從挑剔。卡爾正在這樣盤算，看了時鐘一眼，看出他們已經在這裡等了半小時，說不定布魯內妲已經在發脾氣，並且教唆德拉馬歇對付這兩個傭人，這時婦人盯著卡爾，一邊咳嗽一邊喊道：「你們儘管坐在這裡，但是休想拿到早餐。不過，再過兩個鐘頭你們就能拿到晚餐。」

「來，魯賓遜，」卡爾說，「我們自己來弄早餐。」「什麼？」婦人歪著頭喊道。「您總得要講道理，」卡爾說，「您為什麼不肯給我們早餐？我們已經等了半個小時，夠久了。我們該付的錢明明都付了，而且付的價錢肯定比其他人都好。我們這麼晚才吃早餐對您來說肯定很麻煩，但我們是您的房客，習慣晚吃早餐，而您也得要稍微配合我們一下。今天由於令嬡生病，情況對您來說當然特別困難，但是我們願意用這些剩餘的食物弄份早餐，如果沒有別的辦法，而您又不肯給我們新鮮的食物。」

但是這婦人無意跟任何人好好商量，她似乎認為大家吃剩的早餐對這幾個房客來說還嫌太好；但另一方面她也受夠了這兩個傭人的糾纏不休，因此抓起一個托盤，朝魯賓遜的腹部推過去，過了好一會兒他才愁眉苦臉地明白她是要他端住這個托盤，以接住這婦人打算去張羅的食物。這會兒她雖然極其匆忙地擺了很多東西到托盤上，但是整體看起來比較像是一堆骯髒的餐具，而不像是一份準備端上桌的早餐。接著婦人趕他們走，他們彎著腰急忙朝門走去，彷彿害怕挨罵或挨打，在這當中卡爾就把托盤從魯賓遜手中接過去，因為他覺得托盤在魯賓遜手裡不夠安全。

在走道上，等他們離房東太太的房門夠遠了，卡爾把托盤放在地上，坐下來，以便把托盤弄乾淨，把該放在一起的東西放在一起，亦即把牛奶倒在一起，把各處剩下的奶油刮在一個盤子上，接著除去所有使用過的痕跡，亦即把刀子和湯匙擦乾淨，把咬過的小麵包切平，讓整份早餐看起來像樣一些。魯賓遜認為這樣做是多餘的，聲稱他們的早餐看起來常常比這更糟，但是卡爾沒有因此停手，還慶幸手指骯髒的魯賓遜不願參與這件工作。為了讓他安靜，卡爾隨即分給他幾片餅乾和一個原先裝著巧克力的小罐子，罐底還有厚厚一層殘餘，不過卡爾也告訴他只會給他這麼一次。

等他們來到他們的公寓門口，魯賓遜不加思索伸手就去按門把，卡爾攔住了他，因為畢竟還不確定他們是否可以進去。「喔，可以的，」魯賓遜說，「現在他只是在替她梳頭。」而果然，在那尚未通風、被簾子遮著的房間裡，布魯內妲叉開雙腿坐在扶手椅上，德拉馬歇站在她身後，把臉彎得很低，梳著她那一頭大概很亂的短髮。布魯內妲又穿著一件寬鬆的洋裝，但這一次是淡淡的玫瑰紅，可能比昨天那件稍微短一點，至少幾乎直到膝蓋都看得見那雙粗織的白襪。她對於梳頭要梳這麼久感到不耐煩，把厚厚的紅舌頭在嘴唇之間舔來舔去，有時她甚至會喊著「哎呀，德拉馬歇！」完全掙脫開來，德拉馬歇則舉著梳子安靜地等她再把頭擺回原位。

「去了真久啊，」布魯內妲說，沒有特別針對誰，又特別對著卡爾說，「如果你希望別人對你滿意，你就得動作快一點。別拿好吃懶做的魯賓遜當榜樣。你們大概是已經在哪裡吃過早餐了吧，我告訴你們，下一次我不容許這樣。」

這話很不公平，魯賓遜也搖著頭並動著嘴唇，不過沒有出聲，然而卡爾卻看出要對主人產生影響，唯有拿出無庸置疑的工作表現。因此他把一張低矮的日式小桌從一個角落拉出來，鋪上一塊布，把帶回來的東西擺上去。誰若是見過這份早餐的原貌，就會對這一切感到滿意，否則的話是有可挑剔之處，這一點卡爾不得不承認。

幸好布魯內妲餓了。在卡爾準備一切時，她滿意地向他點點頭，而且往往妨礙了他，操之過急地用她柔軟肥胖的手隨便拿起一口食物，那隻手可能馬上就會把所有的東西壓扁。「他做得很好。」她咂著嘴說，拉著德拉馬歇在她旁邊一張椅子上坐下，他把梳子插在她頭髮上，準備待會兒再繼續梳。德拉馬歇看見那食物時也和氣起來，他們兩個都很餓了，伸手在那張小桌上急速地交叉來去。卡爾看出，只要總是盡量多帶點食物回來就能令他們滿意，想到廚房地板上還扔著各式各樣尚能吃的食品，他說：「第一次我還不知道要怎麼湊齊所有的東西，下一次我會做得更好。」可是還在說話時他就想起來自己是在對誰說話，他太過惦記著事情本身了。布魯內妲心滿意足地向德拉馬歇點點頭，賞給卡爾一把餅乾。

殘稿

Fragmente

I. 布魯內妲出行記

一天早上，卡爾把布魯內妲坐在上面的活動病床推出屋子大門。時間已不如他所希望的那麼早。他們一致同意在夜間進行遷出，以免在街上引人注目，若是在白天，這難免會引人注目，就算布魯內妲甘願用塊灰布把自己蓋住。可是走樓梯搬運花了太多時間，儘管那個大學生十分熱心地協助，在這件事上也看出他的體力遠不及卡爾。布魯內妲表現得很堅強，幾乎沒有呻吟，並且想盡辦法來替搬運她的人減輕工作。但他們還是不得不每走五個台階就把她放下來，讓自己和她有時間休息，這休息不可或缺。那天早晨帶著涼意，走道上冷風颼颼，宛如在地窖裡，可是卡爾和大學生還是大汗淋漓，在停下來休息時必須各自拿起蓋住布魯內妲那塊布的一角來把臉擦乾，那是她好心遞給他們的。因此他們在兩個小時後才抵達樓下，那輛小推車從昨晚就停在那裡。把布魯內妲抬上車還費了點功夫，但接下來就可將整件事視為大功告成，因為幸虧車輪很高，要推動這輛車想來不難，唯一要擔憂的是車子會被布魯內妲的重量壓垮。不過，這個風險必須承擔，沒辦法再帶上一輛車備用，雖然大學生半開玩笑地表示願意備妥這樣一輛車並且負責操縱。接著該向大學生道別了，這番道別甚至十分真摯。布魯內妲和大學生之間的所有齟齬似乎都被遺忘，他甚至還向她道歉，為了他從前在她生病時對她的冒犯，但布魯內妲說這一切她早就忘了，而且也已經得到補償。最後她請大學生笑納一美元作為對她的紀念，她費了很大的功夫從許多件裙子裡面掏出那一美元。布魯內妲的吝嗇人盡皆知，因此這份禮物意義非凡，大學生也真的很高興，開心地把那枚硬幣高高拋向半空中。只不過接著他得在地上找那枚硬幣，而卡爾得幫忙他找，最後也在布魯內妲的車下找到了。卡爾和大學生之間的道別自然就簡單得多，他們就只是握握手，說他們深信將來後會有期，說他們當中至少有一人——大學生聲稱是卡爾，卡爾則說是那大學生——將會功成名就，只可惜到目前為止情況並非如此。接著卡爾滿懷信心地握住車柄，把車子推出了大門。在還能看見他們時，大學生一直目送著他們，同時揮動著一條手帕。卡爾頻頻回首向他點頭致意，布魯內妲也很想轉過身去，但是這種動作對她而言太吃力了。為了讓她也有機會再做最後一次道別，卡爾在街尾把車子轉了個圈，讓布魯內妲也能看見大學生，他利用這個機會格外賣力地揮動手帕。

但卡爾接著說，現在他們不能再多做逗留，路途遙遠，而且他們太晚出發，比原先預計的遲了很多。事實上已經不時能看見車輛和上班的行人，雖然還稀稀落落。卡爾這番話完全是就事論事，沒有別的意思，但布魯內妲卻敏感地做了另一番理解，用那塊灰布把自己整個蓋住。卡爾對她此舉沒有表示反對；被一塊灰布蓋住的手推車固然十分惹眼，但卻遠遠不及沒被蓋住的布魯內妲惹眼。他十分小心地推著；要在街角轉彎之前，他會先查看下一條街的情況，如有必要，甚至會把車子停下，自己先往前走幾步，如果他預見了可能會有不愉快的遭遇，他就會等待，等到能夠避開，甚至會選擇改走另一條街。即使如此，他也從來不會有繞太多路的危險，因為他事先仔細研究過所有可能的路線。只不過會碰上一些先前雖然擔心過、細節卻無法預見的阻礙。例如在一條緩緩上坡的路上，視野遼遠，而且幸好空無一人，卡爾正打算趕緊加快腳步來善用這個有利的情況，忽然有個警察從一棟房屋大門的陰暗角落走出來，問卡爾用這部仔細蓋住的車子在運送些什麼。不過他雖然嚴厲地看著卡爾，當他掀開那塊布，看見布魯內妲激動而害怕的臉，也忍不住露出笑容。「嗄？」他說，「我以為你載著十袋馬鈴薯，結果就只是一個女人？你們要去哪裡？你們是什麼人？」布魯內妲根本不敢看著警察，只是一直盯著卡爾，顯然懷疑就連他也救不了她。但是卡爾對於和警察打交道已經有足夠的經驗，覺得整個情況並不危險。「小姐，」他說，「您就出示一下您收到的那份文件吧。」「喔，好。」布魯內妲說了就動手找，可是找的方式實在太無望，反倒真使她顯得可疑。「這位小姐，」警察說，毫無疑問帶著嘲諷，「找不到那份文件。」「噢，找得到的，」卡爾鎮靜地說，「她肯定帶著，只是不知道放在哪裡。」於是他自己動手找，果然從布魯內妲背後抽出了那份文件。警察只粗略地看了一眼，面帶微笑地說：「原來如此。這位小姐是這樣一位小姐？而小伙子你負責聯絡和運送？你真的找不到更好的事兒做嗎？」卡爾就只聳聳肩，警方愛管閒事是出名的，這又是一例。警察見他沒有回答就說：「好吧，祝你們一路順風。」警察的話中大概帶著輕視，於是卡爾沒有道別就繼續推著車走，警察的輕視還勝過警察的關注。

不久之後，他遇上一件可能更不愉快的事。一個男子推著一輛裝著大罐牛奶的車子朝他接近，很想知道卡爾車上那塊灰布下面是什麼東西。想來他和卡爾並非同路，卻一直跟在旁邊，即使卡爾出其不意地轉彎也一樣。起初他只是嚷嚷幾聲，像是「你推的東西一定很重」或是「你裝載得不好，上面有些東西會掉下來」，後來他卻直截了當地問：「你那塊布下面究竟是什麼東西？」卡爾說：「關你什麼事？」可是這句話卻使得那人更為好奇，於是卡爾說道：「是蘋果。」「這麼多蘋果。」那人驚訝地說，不停地重複這句驚嘆，然後又說：「這可是一整批收成。」「是啊。」卡爾說。可是那人或許是不相信卡爾的話，或許是想要激怒卡爾，他得寸進尺，開始——這一切都是在車子繼續前進時發生的——像是開玩笑地把手伸向那塊布，最後甚至敢輕輕去拉。布魯內妲不知受了多大的罪！為了顧及她，卡爾不想和那人起爭執，看見一座敞開的大門就把車推了進去，彷彿這就是他的目的地。「我到家了，」他說，「謝謝你一路陪伴。」那人驚訝地在大門前停下腳步，目送著卡爾，卡爾鎮靜地準備好在不得不然時穿越第一個院落。那人無法再有懷疑，可是為了最後一次滿足他的壞心眼，他把自己的車停住，踮起腳尖跟在卡爾身後，用力去扯那塊布，差點露出布魯內妲的臉。「讓你的蘋果透透氣。」那人說著就往回跑。這口氣卡爾也嚥下了，因為他徹底擺脫了那個人。接著他把車子推到院子一角，那兒擺著幾個大大的空箱子，他想在這些箱子的掩護下向那塊布下面的布魯內妲說幾句話，讓她放心。而他不得不勸她勸了很久，因為她淚流滿面，認真地央求他整天都待在這些箱子後面，直到入夜再繼續推著車走。單憑他自己也許根本無法說服她這樣做多麼不妥，可是後來有人在這堆箱子的另一端把一個空箱子扔到地上，發出一聲巨響，響聲在空曠的院子裡迴盪，她嚇了一大跳，一句話也不敢再說，拉起那塊布蓋住自己，當卡爾當機立斷立刻推車離開，她可能還滿心歡喜。

此時街上雖然愈來愈熱鬧，但是這輛推車並未如卡爾所擔心地引起太大的注意。說不定選擇另一個時段來運送根本就是更明智的做法。如果將來又有必要這樣推車送人，卡爾就敢在中午時分進行。他並未受到嚴重的打擾，終於轉進一條陰暗的窄巷，二十五號企業就位在那裡。管理員站在門口，斜眼看著手裡的錶。「你總是這麼不準時嗎？」他問。「遇上了各種麻煩。」卡爾說。「大家都知道麻煩總是會有的，」管理員說，「在這家公司卻不能當作理由。你記住了！」這種話卡爾幾乎不再去聽，每個人都利用自己的權力去責罵地位低下的人，一旦聽慣了，聽起來就跟規律的鐘響沒有兩樣。當他把車子推進門廊，此處的骯髒卻把他嚇了一跳，雖然這也在他預料之中。如果湊近去看，會發現那種骯髒不是摸得著的。門廊的石板地面幾乎掃得很乾淨，牆壁的油漆並不舊，人造棕櫚上也只是沾了點灰塵，然而一切卻都油膩膩地令人厭惡，彷彿一切都遭到惡劣的使用，再怎麼清潔也無法加以補救。卡爾不論去到何處，都喜歡思索能在那裡做些什麼改善，想著若能立刻動手改善會是何等樂事，哪怕也許會招來沒完沒了的工作。在此地他卻不知道該如何改善。他緩緩拿開蓋住布魯內妲的那塊布。「歡迎，小姐。」管理員矯揉做作地說，毫無疑問，布魯內妲給他留下了好印象。而卡爾心滿意足地看出，布魯內妲一旦察覺了這一點，就懂得立刻加以利用。這幾個鐘頭以來的恐懼都煙消雲散。她

II.

卡爾在街角看見一張海報，上面寫著：「在克萊登的賽馬場從今晨六點到午夜將替奧克拉哈馬大劇場招募工作人員！奧克拉哈馬大劇場在呼喚你們！只有今天，僅此一次！如果現在錯過了這個機會，就將永遠錯過！為自己前途著想的人就是我們的一員！我們歡迎每一個人！想成為藝術家的人請到這裡來！我們的劇場用得上各種人才，人人各得其所！決定要加入我們的人，我們在此向他道賀！但是動作要快，才能趕在午夜前入場！午夜十二點就全部關閉不再開放！誰要是不相信我們就會後悔莫及！快到克萊登來吧！」

海報前面雖然站了很多人，但這張海報似乎並未得到多少喝采。海報這麼多，誰還相信海報。而這張海報比起一般的海報更加令人難以置信。它尤其犯了個重大錯誤，對於薪資酬勞一字未提。假如薪資酬勞稍微值得一提，海報上肯定會提；它不會把最吸引人的一點給遺漏了。沒有人想成為藝術家，但人人都想拿到工作的酬勞。

但海報上卻有一點大大吸引了卡爾。上面說：「我們歡迎每一個人。」每個人，所以也包括卡爾。別人會忘了他在這之前所做的一切，沒有人會因為他的過去而指責他。他可以去應徵一份不丟臉的工作，一份可以公開招募的工作！而且海報上也公開承諾將會雇用他。他沒有更高的要求，只想終於展開正當的職業生涯，而這也許就是起點。就算海報上所有的吹噓都是謊話，就算奧克拉哈馬大劇場只是個小小的巡迴馬戲團，它想要招募人員，這就夠了。卡爾沒有把海報再讀一次，但卻把「我們歡迎每一個人」那句話再找了出來。

起初他想走路去克萊登，但那得要長途跋涉三小時，說不定等他趕到時剛好得知所有的職位都已額滿。當然，照那張海報的說法，要招募的人員在名額上沒有限制，可是所有這類招募廣告都是這樣寫的。卡爾明白，他若是不想放棄這個職位，就得搭車前往。他數了數他的錢，假如不搭這趟車，這些錢還夠他過八天，他把那幾枚硬幣在掌心推來推去。一位先生觀察著他，拍拍他的肩膀說：「祝你搭車前往克萊登一路順風。」卡爾默默地點點頭，繼續數錢。但他隨即做出決定，撥出搭車所需的錢，跑去搭地鐵。

當他在克萊登下了車，立刻聽見許多喇叭製造出的噪音。那是片嘈雜的噪音，那些喇叭沒有把音準調成一致，各吹各的，不顧旁人。但卡爾並不嫌吵，在他看來，這反而證明了奧克拉哈馬劇場是個大企業。可是當他走出車站，望見眼前那整片場地，他看出這一切遠比他所能想像的還要更大，而他不明白一家企業竟然會單是為了招徠員工而做如此大的花費。在賽馬場的入口前搭起了一個長而矮的舞台，幾百名女子打扮成天使，身裹白布，背上插著大翅膀，吹奏著金光閃閃的長喇叭。但她們並非直接站在舞台上，而是每個人各自站在一個基座上，不過別人看不見那基座，因為天使服裝飄逸的長袍蓋住了整個基座。由於那些基座很高，最高的大概接近兩公尺，這些女子的身形顯得十分巨大，只是她們小小的頭部與她們給人的高大印象有點不相稱，她們披散的頭髮垂在那雙大翅膀中間和兩側也顯得太短，幾乎可笑。為了避免單調，所使用的基座高矮不一，有些女子顯得相當矮，只比真人高一點，但是在她們旁邊就有其他女子高高聳立，稍微有陣輕風吹來就令人擔心起她們的安危。此時這些女子全都在吹奏。

聽眾不多。十來個小伙子在舞台前面走來走去，和那些巨大的身形相比顯得矮小。他們抬頭望向那些女子，對她們指指點點，但看來並不打算走進去接受招募。放眼看去只有一名男子年紀較長，他站得稍微遠一點，帶著妻子和一個坐在娃娃車裡的小孩。他妻子用一隻手握住娃娃車，另一隻手則撐在丈夫肩頭。他們雖然欣賞這場表演，卻看得出他們感到失望。他們大概也期望能找到一個工作機會，而這番喇叭吹奏卻把他們弄糊塗了。

卡爾的處境相同。他走到那男子附近，聽了一會兒喇叭演奏，然後說：「這裡不是奧克拉哈馬劇場的招募站嗎？」「我也這麼以為，」那男子說，「可是我們在這裡已經等了一個鐘頭，聽見的就只是這些喇叭聲。沒看見一張海報，也沒看見有人宣布什麼，連一個能夠提供資訊的人也沒有。」卡爾說：「也許他們在等待人群聚集得更多一點。這裡的人真的還很少。」「有可能。」那人說，他們便又沉默下來。在嘈雜的喇叭聲中也很難聽懂什麼。可是接著那人的妻子在丈夫耳邊說了些什麼，他點點頭，她隨即向卡爾喊道：「能不能麻煩您到賽馬場那邊去問問看招募在哪裡進行？」「好，」卡爾說，「可是我必須要越過這座舞台，必須從那些天使之間穿過去。」「這有那麼難嗎？」婦人問。她覺得這條路對卡爾來說很容易，但她卻不想派她丈夫去。「好吧，」卡爾說，「我這就去。」「您很樂於助人。」婦人說，夫婦倆都跟卡爾握了手。那些小伙子跑過來，想從近處看看卡爾怎麼爬上舞台。那些女子似乎吹奏得更大聲了，來歡迎這第一批求職者。當卡爾從她們的基座旁邊走過去，那些女子甚至把喇叭從嘴裡拿開，朝側面彎下身子，目送著他走過去。卡爾在舞台另一端看見一名男子煩躁地走來走去，顯然就只等著向眾人提供他們想要的所有資訊。卡爾正打算朝他走過去，這時他聽見上方有人喊他的名字。「卡爾。」一個天使喊道。卡爾抬起頭來看，驚喜地笑了；那是芳妮。「芳妮。」他喊，舉起手來向她致意。「上來吧，」芳妮喊道，「你總不會就這樣從我身邊走過吧。」她把長袍下襬拉開，露出基座和一道通往上面的狹窄階梯。「我可以上去嗎？」卡爾問。「誰會禁止我們握握手呢？」芳妮喊道，氣呼呼地四處張望，看是否已經有人前來禁止。卡爾則已經爬上了階梯。「慢一點，」芳妮喊，「否則這個基座會倒，我們兩個都會摔下去。」但是什麼也沒發生，卡爾平安地爬上最後一階。「看哪，」在他們互相問候過之後芳妮說，「看看我得到了什麼樣的工作。」「這工作很棒，」卡爾說，看看四周。所有在附近的女子都已經注意到了卡爾，咯咯地笑著。「你幾乎是最高的。」卡爾說，伸出手去量其他女子的高度。「你一從車站走出來，我就看到你了，」芳妮說，「只可惜我站在最後一排，別人看不見我，而我也不能大喊。雖然我吹奏得特別大聲，但是你沒有認出我來。」「你們全都吹得很糟，」卡爾說，

「讓我來吹吹看。」「沒問題，」芳妮說，把喇叭遞給他，「可是你別破壞了合奏，否則我會被解雇。」卡爾開始吹，他原本以為這是支粗製濫造的喇叭，只用來製造噪音，但這會兒發現這件樂器幾乎能做任何細膩的吹奏。如果所有的樂器都具備相同的性能，那麼它們就大大被糟蹋了。卡爾不受其他人發出之噪音的干擾，中氣十足地吹出一首他曾在一家酒館聽過的曲子。他很高興自己遇見了一位老朋友，在這裡受到得以吹奏喇叭的特殊待遇，而且說不定很快就能得到一個好職位。多名女子停止了吹奏，豎耳傾聽；當他忽然停止吹奏，只剩下不到一半的喇叭還在吹響，漸漸地，整片噪音才又回復。「你是個藝術家，」芳妮說，當卡爾把喇叭遞還給她，「你去應徵喇叭手吧。」「難道他們也招募男性喇叭手嗎？」卡爾問。「是啊，」芳妮說，「我們吹奏兩個小時，然後就由打扮成魔鬼的男子接替。一半吹喇叭，另一半打鼓。場面好看極了，基本上這整套裝備都很昂貴。我們的服裝不也很美嗎？還有這對翅膀？」她向下打量著自己。「你認為，」卡爾問道，「我也能得到一個職位嗎？」「一定可以，」芳妮說，「這可是全世界最大的劇場。多巧呀，我們又再相聚了。當然，這要看你得到什麼樣的職位。因為就算我們都在這裡工作，也有可能根本見不到面。」「這整個劇場真的這麼大嗎？」卡爾問。「這是全世界最大的劇場，」芳妮又說了一次，「當然，我還沒親眼見過，但我有些女同事已經去過奧克拉哈馬，她們說那幾乎大得無邊無際。」「可是來應徵的人很少。」卡爾說，指著下面那幾個小伙子和那個小家庭。「這倒是真的，」芳妮說，「但你要考慮到，我們在各個城市裡進行招募，我們的招募大隊一直在旅行，而且像這樣的招募大隊還有好幾個。」「難道這個劇場還沒開張嗎？」卡爾問。「喔，」芳妮說，「這是座老劇場了，但是一直在擴建。」「我覺得納悶，」卡爾說，「居然沒有更多人搶著要來。」「是啊，」芳妮說，「是很奇怪。」「也許，」卡爾說，「大費周章地弄這些天使和魔鬼沒有吸引人來，反而把人嚇跑了。」「你還真想得出來，」芳妮說，「不過是有這個可能。你去告訴我們的隊長吧，說不定你還幫了他一個忙。」「他在哪裡？」卡爾問。「在賽馬場上，」芳妮說，「在裁判席上。」「這一點也令我納悶，」卡爾說，「為什麼會在賽馬場上進行招募？」「喔，」芳妮說，「我們在各地都替最大的人潮做好最大的準備。而賽馬場上地方夠大。在所有平常下注的投注間都設置了招募處，據說共有兩百個。」「可是，」卡爾喊道，「難道奧克拉哈馬劇場有這麼高的收入來維持這樣的招募大隊嗎？」「這哪裡關我們的事，」芳妮說，「不過，卡爾，現在走吧，免得錯過了機會，我也該再吹奏了。你無論如何要設法在這支招募大隊裡得到一個職位，然後馬上來告訴我。要記得，我會焦急地等待這個消息。」她握握他的手，提醒他下階梯時要小心，把喇叭又舉到唇邊，但是直到看見卡爾平安走下地面，她才開始吹奏。卡爾把她的長袍下襬恢復原狀，再蓋住那座階梯，芳妮向他點頭致謝，然後卡爾就走了，再三思索剛才聽到的話，一邊朝那名男子走去，那人剛才已經看見卡爾在上面跟芳妮在一起，走近這個基座來等他。

「你想加入我們嗎？」那人問，「我是這支招募大隊的人事主管，向你表示歡迎。」像是出於禮貌，他一直微微彎著腰，踩著跳舞般的步伐，雖然並未離開原地，一邊把玩著他的錶鍊。「謝謝，」卡爾說，「我讀了你們公司的海報，按照上面的要求前來報名。」「你做得對，」那人讚許地說，「可惜不是每個人都像這樣。」卡爾心想，現在他可以提醒此人，這支招募大隊的招徠方式說不定正是因為場面太大才沒有發揮作用。但是他沒有說，因為此人根本不是這支招募隊的隊長，再說，他也根本還沒被錄取，如果急著提出改善的建議，不會給人什麼好印象。因此他只說：「外面還有一個人想報名，他只是叫我先過來。我現在可以去帶他過來嗎？」「當然可以，」那人說，「來的人愈多愈好。」「他還帶著妻子和一個坐在娃娃車裡的幼兒。也要他們一起過來嗎？」「當然，」那人說，似乎對卡爾的懷疑感到好笑，「所有的人我們都用得著。」「我馬上回來。」卡爾說，又往回跑到舞台邊緣。他向那對夫妻招手，喊道所有的人都可以過來。他幫忙把娃娃車抬上舞台，接著他們就一起走。那幾個小伙子看見了，彼此商量了一會兒，到最後一刻都還在猶豫，然後雙手插在口袋裡緩緩走上舞台，最後跟在卡爾和那一家人後面。剛好又有新乘客從地鐵站走出來，他們看見這座站滿天使的舞台，驚訝地舉起手臂。至少，應徵的情況這會兒看來會變得熱鬧一些。卡爾很高興自己這麼早就來了，說不定還是第一個，那對夫妻很擔心，提出各種問題，想知道招募的要求是否很高。卡爾說確切的情形他也不清楚，但他得到的印象確實是每個人無一例外都會被錄用，他認為大家可以放心。

人事主管已經迎向他們，對於來了這麼多人感到十分滿意，搓著手，微微鞠躬向大家表示歡迎，讓他們全部排成一列。卡爾是第一個，後面是那對夫妻，再後面才是其他人。那幾個小伙子先是擠成一團，過了一會兒才平靜下來，等他們全都排好了，喇叭不再作聲，人事主管說：「我代表奧克拉哈馬劇場歡迎各位。各位來得早（可是明明已經快中午了），人潮還不擁擠，因此錄用各位的手續很快就能辦完。各位想必都帶了身分證件。」那些小伙子立刻從口袋裡掏出某種證件，對著人事主管揮動，那個做丈夫的推推妻子，她從娃娃車的羽絨被下抽出一整疊文件，而卡爾卻沒有證件。難道這會妨礙他被錄用嗎？這並非不可能。不過卡爾從經驗中得知，只要下定決心，很容易就能迴避這種規定。人事主管看了看一整排的人，確認了大家都有證件，由於卡爾也把手舉起，雖然手裡空空，人事主管便假定在他身上也一切都沒問題。「好，」人事主管接著說，那幾個小伙子想要他馬上檢查他們的證件，他揮揮手拒絕了，「現在會在招募處檢查證件。如同各位在我們的海報上讀到的，我們用得上每一個人。但我們當然得知道每個人之前從事哪種職業，才能把他放在適當的職位上，讓他能夠善用他的知識。」「這不是一座劇場嗎？」卡爾懷疑地想，十分專注地傾聽。「因此，」人事主管繼續說，「我們在下注間設置了招募攤位，每一個攤位負責一種職業。所以，現在請每個人都把自己的職業告訴我，眷屬一般說來跟丈夫同屬一個招募攤位，然後我就會帶各位到那些攤位去，在那裡會先查驗各位的證件，之後再審核各位的專業知識——那只會是個很簡短的審核，誰也不必擔心。在那裡各位也將立刻被錄用，並得到進一步的指示。現在我們就開始吧。這裡是第一個攤位，上面寫了，是負責招募工程師的。各位當中有工程師嗎？」卡爾舉手了。他認為，正因為他沒有證件，他必須想辦法盡快辦完所有的手續，而他舉手也有一個小小的根據，因為他原本就想成為工程師。可是當那些小伙子看見卡爾舉了手，他們感到嫉妒，於是便也舉了手，大家都舉手了。人事主管踮起腳尖、伸長脖子，對那些小伙子說：「你們是工程師？」這時他們全都慢慢把手放下，卡爾卻堅定不移。人事主管雖然不怎麼相信地看著他，因為在他看來，卡爾的衣著太寒酸，也太年輕，不太可能會是工程師，但他沒有多說什麼，也許是出於感謝，因為至少在他看來是卡爾替他把應徵者帶了過來。於是他只用邀請的手勢指指那個攤位，而卡爾就走了過去，人事主管則去招呼其他人。

在負責招募工程師的那個攤位上，有兩位先生分別坐在一張方桌的兩側，正在比對他們面前兩份厚厚的清單。其中一人唸出名字，另一人則把唸出來的名字在清單裡標示出來。當卡爾打了招呼走到他們面前，他們立刻把清單放下，拿起攤開在他們面前的其他簿冊。其中一人顯然只是個抄寫員，他說道：「請出示你的身分證件。」「可惜我沒帶在身上。」卡爾說。「他沒帶在身上。」抄寫員向另一位先生說，隨即把這個答覆寫進簿冊裡。接著另一人問：「你是工程師？」看來他是這個攤位的負責人。「我還不是，」卡爾很快地說，「但是——」「夠了，」那位先生說得比他更快，「那麼你就不該到這個攤位來。請你遵照標示。」卡爾咬緊牙關，那位先生想必是注意到了，因為他說：「犯不著擔心。我們用得著所有的人。」幾個僕人無所事事地在隔開攤位的柵欄間走來走去，他揮手叫來一個：「帶這位先生到負責招募技術人員的攤位去。」僕人把這道命令做了字面上的理解，牽起了卡爾的手。他們穿過那許多攤位，卡爾在其中一個攤位看見先前那些小伙子當中的一個已經被錄用了，正感激地握著那邊兩位先生的手。在卡爾現在被帶去的那個攤位，整個過程就和第一個攤位相似，一如卡爾的預料。只不過當對方聽說他上過中學，就又叫他到負責招募曾上過中學的人的攤位去。可是當卡爾在下一個攤位說他上過的是歐洲的中學，對方就也表示這不歸他們負責，請人帶他到負責上過歐洲中學的人的攤位。那個攤位在最邊緣，不僅比其他攤位都小，甚至還比其他攤位更為低矮。帶卡爾過去的僕人對於帶著他走了這麼長一段路又多次遭到拒絕而感到生氣，依他的看法，這全都是卡爾一個人的錯。沒有等對方發問他就跑走了。這個攤位大概也是最後的避難所了。當卡爾看見這個攤位的負責人，他差點嚇了一跳，因為對方長得很像他家鄉那所中學的一位老師，那位老師如今可能還在同一所中學裡授課。不過，他很快就發現這份相似只在於一些小地方，但是那架在寬鼻梁上的眼鏡、那把有如展覽品一般保養得當的金色大鬍子、微駝的背、還有總是出其不意發出的響亮嗓音，這些相似之處還是讓卡爾驚訝了好一會兒。幸好他也不需要十分專心，因為比起其他攤位，在這裡事情進行得比較簡單。雖然在這裡也記錄了他沒帶身分證件，而且攤位負責人說這是件不可思議的疏忽，但是在此處那個抄寫員比較強勢，他很快就略過這一點，負責人問了幾個簡短的問題之後，正打算要問一個比較大的問題，抄寫員就宣布卡爾被錄用了。負責人張口結舌地向抄寫員轉過身去，此人卻把手一揮表示事情到此為止，說：「錄用了。」並且馬上就把這個決定寫進簿冊裡。抄寫員顯然是認為，上過歐洲的中學實在是件太丟臉的事，但凡有人聲稱自己上過歐洲中學，就可以直截了當地相信他。卡爾對此沒什麼意見，朝他走過去，想要謝謝他。不過，當對方問起卡爾的名字，又有一陣小小的延遲。他沒有馬上回答，羞於說出自己的真名讓對方寫下來。等到他在這裡得到了一個職位，哪怕是最小的職位，並且勝任愉快，屆時就可以讓人得知他的名字，但不是現在，他已經隱姓埋名太久了，現在也沒理由透露。由於他一時想不出別的名字，因此就只說出他在做前幾份工作時別人喊他時用的名字：「黑人*。」「黑人？」負責人問，轉過頭來做了個鬼臉，彷彿卡爾的不可信任到了極點。抄寫員也審視了卡爾一會兒，但他隨即複誦著「黑人」，登記了這個名字。負責人訓斥他：「你總不會寫下了『黑人』吧？」「是『黑人』沒錯。」抄寫員鎮靜地說，做了個手勢，彷彿接下來的事該由負責人來安排。負責人也克制住自己，站起來說道：「你被奧克拉哈馬劇場——」但是他說不下去了，他做不出昧著良心的事，坐下來，說道：「他不叫黑人。」抄寫員揚起了眉毛，這會兒自己站起來說：「那麼就由我來告訴你，你被奧克拉哈馬劇場錄用了，接下來會把你介紹給我們的隊長。」又有一個僕人被叫來，帶著卡爾走向裁判席。

卡爾在下面的台階上看見那部娃娃車，而那對夫妻也正好走下來，婦人把孩子抱在手上。「你被錄用了嗎？」那個男的問，他比先前活潑得多，婦人也笑著從他肩頭望出去。當卡爾回答他剛被錄用，現在要去見隊長，那男子說：「那麼我恭喜你。我們也被錄用了，看來這是家好企業，當然，我們沒辦法馬上適應一切，但是在任何地方都是如此。」他們還互道了一聲「再見」，卡爾就爬上了裁判席。他走得很慢，因為上方那個小小的空間似乎擠滿了人，而他不想擠進去。他甚至停下來，眺望那一大片賽馬場，四面八方都與遠處的樹林相接。他忽然有了看一場賽馬的興致，在美國他還不曾有過看賽馬的機會。在歐洲，他小時候曾經被帶著一起去看過一次賽馬，但他只記得母親拉著他從許多不願讓路的人之間穿過去，除此之外什麼也不記得。所以他其實根本沒看過賽馬。一具機器在他身後噠噠響起，他轉過身，看見在賽馬時公布獲勝者名單的設備上，此時正升起了下面這行字：「商人卡拉和妻兒」。原來這裡在向那些招募處公告被錄用者的名字。

幾位先生正走下台階，一邊熱烈交談，手裡拿著鉛筆和筆記本，卡爾把身體貼著欄杆，讓他們通過，由於上面現在有位置了，他便往上爬。那個有木頭欄杆的平台看起來就像一座細長塔樓的平頂，在平台一角坐著一位先生，貼著木頭欄杆伸長了手臂，一條寬寬的白色綢帶橫在胸前，上面寫著：奧克拉哈馬劇場第十招募隊隊長。他旁邊一張小桌上擺著一具電話，肯定也是在賽馬時會用到的，這名隊長顯然是透過電話在與各個應徵者見面之前就先得知了他們的相關資料，因為一開始他根本沒有問卡爾問題，而是對旁邊一位先生說：「黑人，上過歐洲的中學。」那人雙腿交叉，用手托著下巴，倚在領導人旁邊。而彷彿這句話就足以打發正深深鞠躬的卡爾，隊長望下台階，看看是否又有人再上來。可是由於沒有人來，他有時就聽著另外那位先生和卡爾所做的交談，但大多時候眺望著賽馬場，並且用手指敲著欄杆。這些手指纖細修長而有力，並且快速移動，有一段時間吸引

* 原文為 Negro，源於西班牙語和葡萄牙語，原意為黑色，後來成為「黑奴」、「黑鬼」的同義詞，具有明顯的歧視含義

了卡爾的注意力，雖然另外那位先生也沒讓他閒著。

那位先生首先問道：「你原先沒有工作？」這個問題很簡單，就跟他所問的幾乎所有問題一樣，一點也不令人為難，而且他也不會在聽見答覆時又插入提問來加以檢驗。儘管如此，這位先生懂得用各種方式來賦予這些問題一份特殊的意義，他提問時睜大了眼睛，上身前傾，觀察提問產生的效果，傾聽答覆時把頭垂在胸前，偶爾大聲把答覆複述一次。別人雖然不了解這份特殊的意義，但是意識到這份特殊意義卻使人變得小心而拘謹。有好幾次卡爾都想收回自己所做的答覆，改用另一個也許更能博得讚賞的答覆來取代，但每一次他都克制住了自己，因為他知道這樣搖擺不定勢必給人留下很糟的印象，何況這些答覆所產生的效果也大多難以捉摸。此外他的錄用似乎已成定局，這份自覺支撐著他。

問他先前是否沒有工作的那個問題，他用一句簡單的「是」來回答。那位先生接著問：「你最後一份工作是在哪裡？」卡爾正想要回答，這時對方舉起食指，又說了一次：「最後一份！」卡爾在他第一次問時就已經聽得很明白，不禁搖搖頭甩開後面這句令人迷惑的話，答道：「在一個辦事處裡。」這還是實話，但是假如對方要求得知此一辦事處的性質，那麼卡爾就得說謊。但是這位先生沒這麼問，而問了一個極其容易如實回答的問題：「你在那裡的時候感到滿意嗎？」「不。」卡爾大聲說，幾乎打斷了對方的話。卡爾往旁邊一瞥，注意到隊長微微一笑，他後悔自己最後這個答覆答得有欠考慮，但是喊出那聲「不」的誘惑實在太大，因為在他最後那份工作的整段期間他只有一個心願，希望哪天會有個陌生的雇主走進來問他這個問題。而他的答覆還可能具有另一個缺點，因為對方現在可以問他先前為什麼不滿意。然而對方沒有這麼問，而問道：「你覺得什麼樣的職位適合你？」這個問題有可能的確是個陷阱，因為既然卡爾已經被錄用為演員，對方為何還要提出這個問題。然而儘管他看出了這一點，他仍然無法違心說明他自認特別適合演員這一行。因此他避開了這個問題，冒著會顯得倔強的危險，說道：「我在城裡讀到那張海報，因為海報上寫著劇場用得上每個人，我就來報名了。」「這一點我們知道。」那位先生說，接著用沉默表示出他堅持原先提出的問題。「我被錄用為演員。」卡爾猶豫地說，為了讓對方明白最後這個問題令他為難。「是這樣沒錯。」那位先生說，隨即又沉默不語。「嗯，」卡爾說，找到一份工作的希望開始動搖，「我不知道我是否適合演戲。但我會努力去完成所有的任務。」那位先生轉身面向隊長，兩人都點點頭，卡爾似乎做了正確的答覆，於是鼓起勇氣，打起精神等待下一個問題。而下一個問題是：「你本來想在大學裡攻讀什麼？」為了問得更明確一點——這位先生一直很在乎明確的表達——他又補了一句：「我的意思是在歐洲的時候。」這時他把手從下巴上移開，輕輕一揮，彷彿想藉此暗示歐洲是多麼遙遠，而在歐洲時曾有過的計畫又是多麼無關緊要。卡爾說：「我原本想成為工程師。」雖然他並不想這麼回答，他很清楚自己在美國到目前為止的職業生涯，在這種情況下，重溫他曾想成為工程師的舊夢實在很可笑——就算是在歐洲，難道他就會成為工程師嗎？——但他剛好想不出別的答覆，所以就這麼說了。但那位先生認真看待這個答覆，一如他認真看待一切。「嗯，」

他說，「你大概沒辦法馬上成為工程師，但是從事一些較低階的技術性工作也許可以暫時令你滿意。」「肯定是。」卡爾說，他很滿意，雖然他若是接受這個建議，就會從演員這一行被挪到技術工人當中，但他的確認為自己在技術工作上能表現得更好。再說，他一再重複地告訴自己，工作的性質並沒有那麼重要，能在某個地方長期安定下來才更重要。「那麼，你夠強壯嗎？能做粗重的工作？」那位先生問。「喔，是的。」卡爾說。於是對方讓卡爾走近，按了按他的臂膀，再拉著卡爾的手臂到隊長那兒，說：「他是個強壯的少年。」隊長微笑點頭，伸手與卡爾相握，仍維持靜坐的姿勢，說道：「那就這樣了。在奧克拉哈馬，一切還會再經過審核。你要替我們這個招募隊爭光！」卡爾鞠躬道別，接著他也想向另一位先生道別，此人卻已經高高抬起了臉，在平台上來回踱步，彷彿他的工作已經完全結束。當卡爾走下台階，台階旁的告示板上升起了這一行字：「黑人，技術工人。」由於一切都步上了正軌，假如告示板上出現的是他的真名，卡爾也不會太過遺憾。事情甚至安排得十分周到，因為一名僕人已經在台階底下等著卡爾，把一個臂章繫在他的手臂上。等卡爾抬起手臂去看看臂章上寫著什麼，他發現上面正確地印著「技術工人」。

不管卡爾現在將被帶往何處，他還想先去通知芳妮，告訴她一切都進行得十分順利。然而他遺憾地自僕人口中得知，那些天使和魔鬼已經啟程前往招募隊的下一個目的地，去宣布招募隊次日即將抵達的消息。「可惜，」卡爾說，這是他在這家企業裡經歷的第一次失望，「那些天使當中有我的一個熟人。」「你們會在奧克拉哈馬再相見，」僕人說，「不過現在請跟我來，你是最後一個了。」他帶著卡爾沿著舞台後端走，先前舞台上站著那些天使，現在只剩下無人的基座。不過，卡爾先前認為若是沒有那些天使奏樂就會有更多求職者前來，這個假設被證明並不正確，因為現在根本沒有成年人站在舞台前面了，只有幾個小孩在搶奪一支長長的白羽毛，可能是從天使的翅膀上掉下來的。一個男孩把羽毛高高舉起，別的小孩則用一隻手想按住他的頭，用另一隻手去搆那支羽毛。

卡爾指指那些孩子，僕人卻沒往那邊看，說道：「請走快一點，錄用你花了很長的時間。他們是有疑慮嗎？」「我不知道，」卡爾驚訝地說，但他並不這麼認為。就算事情再清楚不過，也總是有人想引起別人擔心。可是這時他們走到大片觀眾看台，那賞心悅目的景象讓卡爾很快就忘了這僕人剛才說的話。看台上一張很長的長凳上鋪了白布，所有被錄用的人都背對著賽馬場坐在低一層的長凳上受到款待。大家都興高采烈，卡爾是最後一個到場的，當他在長凳上悄悄坐下，許多人舉杯起立，其中一人向第十招募大隊的隊長敬酒，稱他為「求職者之父」。有人提醒大家，說從這裡也能看得見隊長，而果然可以看見那兩位先生所在的裁判席就在不遠處。這會兒眾人全都朝著這個方向舉杯，卡爾也拿起自己面前的酒杯，但是不管大家喊得多麼大聲，多麼想要引起注意，沒有任何跡象顯示裁判席上的人注意到了這番歡呼，或至少是想要注意到。隊長跟先前一樣倚坐在角落裡，另一位先生則站在他旁邊，用手托著下巴。

大家有點失望地再度坐下，偶爾還有人朝著裁判席轉過身去，但很快地，大家就只忙著享用那豐盛的食物，端上桌來的是卡爾從未見過的大型家禽，烤得酥脆的肉裡插著許多叉子，僕人一再替大家斟酒——眾人幾乎沒有察覺，埋首在自己的盤子上，而紅酒注入杯中——凡是不想和大家聊天的人，可以欣賞奧克拉哈馬劇場的風景圖片，這些圖片疊放在餐檯的一端，打算讓眾人傳閱。然而大家並不怎麼在乎這些圖片，於是，只有一張圖片傳到最後一個就座的卡爾這兒來。但是從這張圖片來判斷，所有的圖片想必都很值得一看。這張圖片上是美國總統的包廂。乍看之下會以為這不是包廂而是舞台，弧形的胸牆遠遠延伸出去，伸進開闊的空間。這道胸牆的各部分都用金子打造。一根根小柱子宛如用最精緻的剪刀剪成，在柱子之間放著歷任總統的浮雕肖像，其中一個有著醒目的挺直鼻子、噘起的嘴唇和斂目垂視的眼睛。在包廂周圍，從兩側及高處都有燈光照射；柔和的白光照亮了包廂的前部，其深處則隱藏在沿著整個邊緣垂掛的紅色絲絨後面，像個閃著深紅色光芒的空間，那絲絨用繩子挽住，形成濃淡不一的皺褶。很難想像在這個包廂裡會有人，一切看起來是如此自給自足。卡爾沒有忘了吃東西，卻還是不時看著這張圖片，把它放在自己的盤子旁邊。

最後他還是很想至少再看一張其餘的圖片，但他不想自己去拿，因為一名僕人把手擱在那疊圖片上，想來是要維持圖片的順序。因此卡爾只試著望向整張餐檯，看看是否還有一張圖片會朝他傳過來。這時他吃驚地發現——起初他根本不敢相信——在那些埋首用餐的臉孔當中有一張他熟悉的臉——賈柯摩。他馬上跑過去，喊道：「賈柯摩。」賈柯摩每次一受驚就會變得膽怯，他擱下食物站起來，在長凳間的狹窄空間轉身，伸手擦擦嘴，但隨即很高興能見到卡爾，請他坐在自己旁邊，說他也可以去坐在卡爾的位置旁邊，他們想要向彼此述說一切，想要永遠待在一起。卡爾不想打擾其他人，表示他們應該暫時留在原本的位置上，用餐時間很快就會結束，到時候他們當然就要永遠互相扶持。可是卡爾卻還是留在賈柯摩旁邊，只想看著他。多少對舊日時光的回憶湧上心頭！女主廚如今在哪兒？德蕾莎又在做什麼？賈柯摩自己在外貌上幾乎毫無改變，女主廚的預言沒有應驗，她曾說賈柯摩再過半年就會長成一個健壯的美國人，如今他還是跟以前一樣柔弱，臉頰凹陷一如從前，只不過此刻他的臉頰圓鼓鼓的，因為他嘴裡塞了一大塊肉，正把多餘的骨頭從這塊肉裡慢慢抽出來，扔在盤子上。卡爾從他的臂章上可以看出賈柯摩也並非被錄用為演員，而是被錄用為電梯服務員。看來奧克拉哈馬劇場果真用得上每個人。

卡爾看著賈柯摩出神，卻離開他的位置太久了，他正想回去時，人事主管來了，站上一排位置較高的長凳，把雙手一拍，講了一番簡短的話，大多數人都站了起來，那些捨不得擱下食物的人仍然坐著，但是在其他人的推擠下終於還是不得不站起來。「我希望，」人事主管說，這時卡爾已經踮著腳尖跑回他的位置，「各位對我們的接待餐會感到滿意。一般說來，大家都很稱讚我們這個招募隊所提供的餐點。可惜我必須結束這場宴席了，因為要載送各位前往奧克拉哈馬的火車在五分鐘後即將出發。這趟旅途雖然很長，但各位將會發現我們做了妥善的安排。在此向各位介紹將負責此次運送的先生，各位要聽他指揮。」一位瘦小的先生爬上了人事主管所站的那排長凳，幾乎連匆匆鞠個躬的時間都沒有，就立刻伸出神經質的雙手指示大家該如何集合，如何排隊行進。但是起初大家並未照他的話去做，因為眾人當中曾經致過詞的那人把手在桌上一拍，開始講一番略長的謝詞，雖然——卡爾變得十分不安——剛剛才說過火車待會兒就要開了。但是說話者甚至沒注意到就連人事主管也沒在聽，而是向負責運送的先生做出各種指示，他侃侃而談，細數被端上桌的每一道菜餚，表達了他對每一道菜餚的評價，最後用一聲呼喊來總結：「各位可敬的先生，這樣就爭取到我們了。」除了那兩位先生，大家都笑了，但這其實更接近實話而非玩笑。

而大家為了這番致詞所付出的代價是現在必須跑步去搭火車。不過這也並非難事，因為——卡爾直到此刻才注意到——沒有人帶著行李，唯一一件行李其實就是那輛娃娃車，此刻在隊伍前端彷彿停不下來似地跳上跳下，由那個父親掌控方向。聚在這裡的都是些什麼樣的人！一無所有而又可疑，卻受到這麼好的招待和照顧！而負責運送的那位先生想必非常關心他們。他一會兒用一隻手抓住那部娃娃車的車把，同時舉起另一隻手來鼓勵整支隊伍，一會兒又跑到最後一排的後面去催促他們，一會兒跑在隊伍兩側，用目光鎖定隊伍中跑得比較慢的幾個人，試圖用擺動的雙臂示範給他們看該怎麼跑。

等他們抵達火車站，火車已經準備好出發。火車站裡的人對著這支隊伍指指點點，聽得見有人在喊「這些全都是奧克拉哈馬劇場的人」這類話語，看來這座劇場比卡爾所以為的還要有名，當然，他以前從未關心過跟劇場有關的事。一整節車廂專門保留給這支隊伍，負責運送的先生催促大家上車，比車掌還要著急。他先察看每一個隔間，不時做些安排，然後自己才上車。卡爾湊巧得到了一個靠窗的座位，把賈柯摩拉到自己身邊。於是他們就挨坐在一起，兩人基本上對這趟旅程都很期待，在美國他們還從不曾如此無憂無慮地旅行過。當火車駛動，他們向窗外招手，坐在他們對面的那幾個小伙子則推推彼此，覺得這很可笑。

III.

他們行駛了兩天兩夜。卡爾這才明白美國有多大。他不知疲倦地看出窗外，賈柯摩也一直擠到窗邊來，直到坐在對面忙著玩牌的小伙子對此感到厭煩，自願把窗邊的座位讓給他。卡爾向他們道謝——賈柯摩的英文不是人人都聽得懂——隨著時間過去，他們變得友善多了，這在同一個隔間的乘客之間也是自然而然的事，然而他們的友善常常也很煩人，例如，如果有一張紙牌掉在地上，他們要在地板上找，就會使勁去捏卡爾或賈柯摩的腿。每一次賈柯摩都會大叫，再次受到驚嚇，把腿抬高，卡爾有時會試著踢對方一腳作為回敬，但除此之外就默默地容忍一切。面對著車窗外的景色，在這個就連窗戶開著都仍然煙霧瀰漫的車廂隔間裡所發生的一切都不重要了。

第一天他們駛過一座高山。藍黑色的巨石以尖銳的楔形貼近火車，他們把身子探出車窗，徒勞地尋找峰頂，陰暗、狹窄、被撕裂的山谷伸展開來，他們用手指畫出這些山谷消失的方向，寬廣的山澗奔湧而來，在丘陵起伏的河底形成大浪，夾帶著成千上萬小小的泡沫浪花，湧向火車駛過的橋下，這些浪花如此接近，其涼意使人的臉打起寒顫。

美國版前言

德國流亡文學作家、《梅菲斯特》作者
克勞斯・曼（Klaus Mann）

在二十世紀的前四分之一，除了巴黎以外，布拉格的文學氣息要比歐洲其他任何城市都更為濃厚。這個地處東歐門戶的奇特聚落陰鬱而秀麗，充滿了古代的榮光和當代的掙扎，產出大量優秀乃至卓越的文學作品，也孕育出幾位天才作家，像是里爾克（Rainer Maria Rilke）、威爾佛（Franz Werfel），以及卡夫卡。

卡夫卡並非「職業作家」，意思是他並未將寫作視為職業生涯或事業。白天他在沉悶的辦公室上班，直到一樁惡疾使他無法繼續工作，在夜晚他則孜孜於創作幾頁無懈可擊的德語散文，這番努力雖然耗費心力，卻能夠提升心靈。他對文字風格的狂熱堅持讓人想起福婁拜（Gustave Flaubert）的激進唯美主義，而他對於人類心靈的熱情關注則近於哲學家齊克果（Søren Aabye Kierkegaard）——順帶一提，這也是卡夫卡最由衷敬佩的兩位大師。

在他生前，只有少數摯友及行家了解他的偉大，了解這個謎樣的非凡人物。只有少數被揀選之人明白他的短篇散文和三部未完成之長篇小說，在哲學及藝術上的重要性，那三部小說分別是《城堡》、《審判》和《美國》（*Amerika*）*，構成了小說家兼評論家馬克斯．布羅德口中莊嚴的「孤獨三部曲」。而在一般文人眼中，卡夫卡只是又一個你偶爾會在咖啡館遇見的奇特人物，猶太人上層社會裡一個體弱多病的年輕人：憂鬱、害羞、帶著幾乎令人生畏的嚴肅和古怪的幽默感。他並非放蕩不羈的藝術家，反倒很講究外表的整潔；他謙恭、和藹、內向，有時以天生的優雅舉止散發出迷人風采，有時則由於眼中及笑意中那股深沉的悲傷而令人不安。他看起來一向比實際上年輕。就連他在染患不治之症的最後一年（一九二四年）所拍的照片都呈現出年輕的身影，微微有點駝背，但是靈活優雅。他死時四十歲，當時他大多數的作品都並未發表。

他討厭出風頭，部分原因在於旁人難以理解的自尊，部分原因在於真心的謙遜。要想把他的稿子寄給文學雜誌或出版社，他的朋友必須和他苦苦糾纏。他沒有留下遺囑，只留下一條嚴格的指令，要求燒掉他的所有遺稿。他最親近、最信賴也最知己的朋友馬克斯．布羅德面臨著進退維谷的兩難局面：他應該不去理會卡夫卡專橫無情的願望？還是要摧毀一份他深知其獨特非凡的文學寶藏？

他最後做的決定——保存這些手稿並加以編輯——當然是唯一正確而可敬的決定。卡夫卡的作品得以保存，其實要歸功於布羅德，卡夫卡遲來並日益增長的名聲主要歸因於他。

一個從來不求名也不曾出名的作者，一個從未在尋常意義上「成功」過的作者，在這樣的特例上，「名聲」這個字眼適用嗎？卡夫卡的作品並非暢銷書，即使在納粹掌權之前的德國也不曾暢銷，雖然那時的德國樂於接受各種藝術上的實驗。然而，他作品的實際效果要比當時許多轟動一時的文學作品更大，也更持久：事實證明，他的潛在影響具有穿透力，而且強烈得不可思議。一位批評家曾稱他為「現代德語散文的祕密之王」†。愈來愈多的人意識到這份不起眼的偉大，逐漸越過了德語世界的邊界。他的大多數作品已被翻譯成多種語言；評論卡夫卡的文章以各種語言寫成，除了德文之外，還有英文、法文、西班牙文、捷克文、瑞典文和匈牙利文。他個人的文字風格——那種獨樹一幟的混合體，有巴洛克與古典的成分、夢幻般的浪漫主義和精準的寫實主義——啟發並影響了大西洋兩岸的年輕作家。

「我們稱之為『名聲』者，只不過是針對某一個人所流傳之所有誤解的總和。」這句傲慢而無奈的話出自里爾克——另一個天才，他有如王子般害羞，蔑視並排斥群眾喧鬧的好奇。即使是有如貴族般拘謹的卡夫卡，也不能免於受到難堪的誤解。曾有人把他與超現實主義者和某一頹廢的維也納學派扯上關係，甚至有人試圖從馬克思主義者的觀點來分析他書中某些謎樣的章節。所有這些詮釋當然都不正確，而且完全未能闡明他生命及寫作的真實本質。

他從來無意用陰森的手法來令讀者感到驚駭。他想要鮮明、簡單、明瞭。他的文學導師是福

---

* 《美國》係《失蹤者》首次出版時由布羅德所採用的標題。

† 此語出自赫曼・赫塞。赫塞一再公開表示他對卡夫卡作品的欣賞，尤其是卡夫卡運用德文寫作的能力，曾說卡夫卡一人可勝過三十個其他作家。

婁拜和托爾斯泰（Лев Толстой），而非波特萊爾（Charles Baudelaire）與杜斯妥也夫斯基（Фёдор Достоевский）。有人把他和愛倫・坡（Edgar Allan Poe）相提並論，但他欣賞狄更斯（Charles Dickens）。他最大的目標在於徹底而寫實地描寫他心中冒險的不安與狂喜，就像福婁拜描寫包法利夫人外貌的所有細節，亦如托爾斯泰描寫一個俄國農民的臉孔及氣味。卡夫卡並非超現實主義者，而是最寫實的探險家，探勘那些一般旅人無法到達、但其真實性並不因此而稍減的領域。他對於夢魘般的景色所做的地形描繪就跟任何科學報告一樣精確。

他描寫中幽默、怪誕的成分令一些欣賞他的人感到不安，又被另一些人過度重視，而這些成分只不過是他鄭重誠實的自然結果。他自身的經驗使他領悟到即使是神的奧祕也有滑稽的一面——順帶一提，這滑稽的一面乃是中古時期的聖徒及雕刻家所熟悉的。魔鬼（或者至少是他派出的嘍囉）的確可能以酷似小丑的姿態出現——既可笑又邪惡。我們能在一些哥德式雕像上認出那種呈現出卡夫卡特有之黑色幽默的驚悚笑容。想必是某種難以想像的苦難凍結了他的眼淚，麻痺了他絕望的吶喊，只留下那種駭人的幽默作為他唯一的慰藉！

卡夫卡飽受各種恐懼與憂慮的折磨。原罪及罪與罰的概念乃是他感受與思考的基礎。他向神捎去近乎無望的禱告，而那個神乃是耶和華，報復之神，雖然他幾乎不曾提起過祂的名字。並沒有救世主在人類與其無情的天父之間調解。人類必須不斷為了自己所犯的罪過而贖罪，他們不知道這些罪有多重，甚至不知道罪名為何。我們神祕的罪過乃是在一場永恆的審判中被審理，有各個層級的神祕法官，就連其中最低階的法官都有懾人的威嚴，令我們無法正視。

這些執念及想像出的折磨，自然是深植於卡夫卡個人生活的種種情況與經驗。他筆下故事中的自傳成分要比乍看之下更濃。任何一位心理分析師都能將卡夫卡的宗教情懷——他對神那種謙卑但不信任的敬畏——定義為明顯之「父親情結」的「昇華」。的確，卡夫卡父親的父權形象在他的人生中舉足輕重。由於他父親的堅實力量以及健全的生命力，他對父親既欽佩又畏懼。他父親活得「像個男人」，能掌控自己的人生，身為兒子的他，則在所有真正重要的事情上自認是個失敗者，縱使有他的靈感所帶來的那種狂喜。

而就生活的殘酷現實而言，他也的確是個失敗者：他受不了在陰暗辦公室裡的工作；身為作家他並未獲得顯赫的「成功」，從來無法靠寫作維持生計；健康欠佳使他無法結婚，他一生中最重要的一段羅曼史注定成為令人沮喪的挫敗。

他飽受折磨——不僅是由於他的病，而是由於生活本身：生為猶太人，生活在布拉格，生在世界大戰與革命的動盪時代。他對政治幾乎不感興趣。社會問題在他的作品中只間接出現——喬裝改扮，移至遙遠而神祕之境。那股隱形的力量藏在他想像出的《審判》和《城堡》中，這份想像不僅是受到猶太教神祕哲學深奧智慧的影響，也受到他在奧匈帝國古老官僚體系中擔任一名小公務員此一親身經歷的影響。他對於善變的暴政所作的詳細長篇敘述並不具有煽動性，也並非真是諷刺之作。面對世間當局，卡夫卡表現出同樣那種半帶嘲諷的畏懼以及帶有批判性的尊重，表現出他面對難以揣度的父親時那份特有的忠誠，不管是人父還是天父。

對他而言，布拉格這座城市以一種怪異而明確的方式意味著人類社會的縮影，他在其中看出人類的悲劇與掙扎。事實上，布拉格是他所認識的一切——他的整個世界，他的天堂與牢籠。他嚮往不同的風景，嚮往更輕盈明亮之美。但是他能做的幾趟旅行都短暫而不盡如人意，不管係與朋友結伴而行或是獨自出遊。

他所做過規模最大的旅行純粹在他心靈裡進行。他大膽出遊的目的地是美國。當他向朋友透露他的祕密——他將要寫一部以美國為題的小說（其實他已經開始寫了），他的朋友非常驚訝。

他們問：「你對美國知道些什麼？」而他愉快地回答：「我讀過班傑明．富蘭克林的自傳，而且我一向欣賞華特．惠特曼，我喜歡美國人的健康和樂觀。」他想像所有的美國人臉上都永遠掛著微笑。後來，在他染患不治之症的那幾年，他在一家療養院裡遇到了幾個常發牢騷又愛抱怨的美國人，令他深感失望。然而，當他於一九一三年構思這部以美國為題的小說時，他一個美國人也不認識，英文也只懂一點。他唯一的資料來源是他讀過的那幾本書，再加上他自己的文學想像。

在創作《美國》的那段時間，他顯得異常快活而有自信。朋友很高興見到他的氣色和心情都近乎奇蹟般地好轉。只不過他的相對樂觀並未能完全免除他的疑慮與不安。當時他正在閱讀或重讀狄更斯的幾本小說，在日記中寫下了這段話：

「狄更斯，《塊肉餘生記》。《司爐》顯然是模仿狄更斯，甚至比計畫中這部小說更明

顯。」（在《美國》這部小說出版之前，小說的第一章曾單獨印成薄薄一冊，題為《司爐》〔*der heizer*〕）

> 「……現在我看出，我意圖寫出一部狄更斯式的小說，只是用取自當代更犀利的光線及出自我內心的蒼白光線使其更為豐富。——狄更斯的豐富想像及毫不遲疑的滔滔敘述，但也因此在某些地方疲軟無力……那無意義的整體給人的印象是粗俗——多虧了我的虛弱及從模仿中得到的教訓，我得以避免這種粗俗……」*

說也奇怪，在卡夫卡心中，狄更斯這個人物及其作品與美國的氣氛與風景極其相關。此一奇特的關聯背後並非狄更斯在《馬丁·朱述爾維特》（*Martin Chuzzlewit*）中對美國的辛辣諷刺。卡夫卡所珍視的畫面是一個名叫查爾斯·狄更斯、有如慈父般的天才在紐約受到成千上萬美國讀者的熱烈歡迎。卡夫卡常向朋友描述那個熱鬧場面，興高采烈的群眾擠在碼頭上，翹首引領等待《塊肉餘生記》（*David Copperfield*）的下一章，當載著這份文學寶藏的船隻緩緩進港，大家揮手歡呼。

至於他把自己那部小說《美國》稱之為「模仿狄更斯之作」，實在一點也不正確。因為和狄更斯相似之處純屬偶然，而且只在表面上；而狄更斯風格那種多愁善感或幽默詼諧的鉅細靡遺，與卡夫卡那種虛構的精準之間則有本質上的根本差異。

那位英國小說大師筆下的少年主角必須歷盡艱辛，因為世界是邪惡的，也因為說故事的人必須

---

* 語出卡夫卡一九一七年十月八日的日記。

提供動人的情節。而卡夫卡故事中的主角卡爾．羅斯曼所遭受的危險卻更為深沉複雜：「罪」本身的問題，原罪的神祕詛咒隨著他遠渡重洋。我們看見這個天真但機靈的小伙子抵達紐約，受到美國「自由的微風」以及自由女神像的歡迎，這座雕像令人驚訝地（或許是象徵性地？）舉著一把劍。雖然前途坎坷，他看起來幾乎是快樂的，至少和他悲劇性的文學親戚——卡夫卡另外兩部小說《城堡》和《審判》中注定毀滅的主角——相比之下顯得快樂。這兩個主角奇怪地始終沒有名字，或者應該說，在顯而易見的姓氏縮寫K後面藏著他們與作者的神祕同一性；而卡夫卡卻讓少年卡爾．羅斯曼擁有自己的名字，致命的字母K也出現在這個名字中，但並不顯著。他是無名氏K較年少、較幸運的兄弟，K沒有美國可去：他必須留在歐洲，留在布拉格，忍受高深莫測之法官的無情判決。

然而，卡爾也可能有罪，儘管女傭承認在導致這名少年離開歐洲的那樁醜事上她是主動的一方。卡爾沒有責任——按照一般人的判斷。但我們的判斷當然會有錯誤，很容易遭到更高當局判決的駁斥。

我們的罪是什麼？由誰來界定其根源、其後果及其應得的懲罰？誰也不知道那個司爐（第一章裡可憐的主角）是無辜還是有罪，而主宰著卡爾．羅斯曼生活的無常法則也同樣神祕莫測。起初他似乎受到愛作弄人之命運的眷顧，近乎奇蹟般地遇見了他既慈祥又富有的舅舅，參議員雅克。然而舅舅固然出人意料地提供了他庇護，後來卻也同樣出人意料地拒絕再接納他，於是我們看見這個少年冒險家被有權有勢的恩人拋棄，在一個廣袤陌生的國家淪落在公路上，一文不名而且沒有朋友。

這景觀多麼令人驚嘆！——透過這個天真敏感的少年能預見未來之雙眼所見到的這片美國風景。卡夫卡對美國人生活的描述在每一個細節上都不太準確，然而整體的描述卻具有詩的真理。慷慨的舅舅提供給外甥使用的那張超現代書桌，就像卓別林電影中的一件古怪家具：這件驚人的物品有著無數工藝上的巧思——按一個隱藏式按鈕就能打開祕密抽屜，還有精細的活板和複雜的鎖。一個富豪在紐約近郊的鄉村別墅建造得像座古老的歐洲城堡——事實上是座典型的卡夫卡式城堡——令人困惑，令人害怕，有數不清的走道和迴廊，外加令人生畏的樓梯和一間尚未完工的禮拜堂。還有美國都市裡驚人的街道，一排排高聳的鋼構摩天大樓襯著黯淡的天空，宛如來自另一個星球的大教堂，那裡的人向另一個上帝禱告！公路沒有盡頭，路旁有小客棧和灰塵滿天的庭院，髒兮兮的男人倉促嚥下難以形容的飲料，服務生愁眉苦臉地來回奔走，彷彿疼痛不止。

然而，在這一片宛如被施了魔法的風景中，那場大審判仍在進行——這齣大規模的正義劇同時也是齣鬧劇——充滿了反諷，令人困惑、恐懼，而且滑稽。善良及邪惡的精靈似乎為了占有卡爾的靈魂而彼此交戰，一如上帝與魔鬼在中古聖蹟劇*裡爭奪浮士德博士。而這的確是齣聖蹟劇，既滑稽又深刻，卡爾在劇中既是英雄，也是受害人、罪人、受難者和丑角。西方飯店裡慈祥的主廚太太代表著善的一方。但事實證明，就連這個能幹的守護天使也無力幫助她想保護的卡爾，當他發現自

* 聖蹟劇亦稱奇蹟劇，中古時期教士用以宣傳道德及教誨。

已置身於由德拉馬歇和魯賓遜這兩個惡魔所掀起的風波之中，這兩人始終尾隨著卡爾這個天真的流浪者。描述卡爾身為這兩名惡棍的傭人所受屈辱的那一章精彩而駭人，係此一冒險故事滑稽而動人的高潮。

然而，彷彿作者受不了繼續寫作這篇恐怖的報導，敘述戛然而止，等到卡爾再度出現——在幾個月之後，說不定是在幾年之後——他在尋找一份新工作，並且在「奧克拉哈馬露天劇場」找到了一份工作。這個劇場有如「美國公共事業促進局」*的一項大規模事業，由勢力龐大的幕後捐助人設立並贊助。卡夫卡特別喜歡結尾這一章，他的朋友曾說他以「令人難忘的方式」大聲朗誦過此章。帶著謎樣的微笑，他宣稱他的少年主角卡爾．羅斯曼可能會「在這個幾乎無窮大的劇場」再度找到職業、保障和自由，說不定還會找到他的祖國和父母——「彷彿藉由一種冥冥中的魔力」。

卡夫卡自己沒能描述故事中這些可喜的發展。這部小說始終沒有完成，就跟他所有的長篇作品一樣，依循這些作品不得不然的內在法則。這些作品的真正主題——罪與贖罪、人的孤單及最高法律深不可測之謎——使它們不可能有結局：它們在本質上無可避免地「沒有盡頭」。不過，在卡夫卡幾篇未完成的小說中，唯有《美國》在最後幾頁流露出自信的氣氛。這位少年主角失蹤了——像匹魯莽的小馬，在一片遼遠壯闊的風景中奔跑、跳躍。他悲劇性的兄長及創造者，法蘭茲．卡夫卡，看著這個靈活的身影在高山、樹木和建築物之間漸行漸遠。最後，詩人別開了美麗憂鬱的前額，黯然道別，心情摻雜著溫柔與放棄。

卡夫卡在新世界的出遊到此結束。眼前又是布拉格陰暗的街道，他受苦受難的熟悉背景。這座城市麻木而嚴肅，歡迎這個回頭的浪子。那些巴洛克雕像、大教堂、煉金術士的神祕居所、圖書館、猶太人區微甜的奇怪氣味——這一切熟悉的美、熟悉的恐怖，帶著高深莫測的淡淡微笑歡迎他：你來了——我們的子民，我們的囚犯，我們的詩人；這裡是歐洲——你的鎖鍊、你的詛咒和你的愛：歐洲，你含怨的愛，你必須容忍它，接受它。你必須在這裡繼續寫作、沉思和祈禱，尋找上帝並敬畏祂。你必須在這裡忍受宗教迫害之妄想的折磨，必須把你持續的苦惱轉化成脆弱美麗的澄澈散文。你必須在這裡服役並死亡，在最終贏得那頂陰暗的冠冕——你自身毀滅的黑暗榮光。低頭吧！認命吧！你無處可逃。

他接受了他的命運。他是勇者——一個英勇的古老民族柔弱而頑強的子民，這個民族擁有最多受苦、受辱和堅忍不拔的經驗。然而有時候，他多情的愁緒想必會越過海洋，去拜訪那個他創造出來而後拋棄在彼岸的漂泊少年，捎去他的祝福和希望。他希望卡爾勇敢——事實上，就跟卡爾的文學兄長K在自己身處之地不得不勇敢一樣。這個詩人和先知必須歌頌並分析他的厄運，必須繼續和一位幕後之神對話——不倦、詼諧、熱情、絕望，卻又忠實。但是卡爾必須活下去——這件任務也

* 「美國公共事業促進局」（Works Progress Administration，簡稱 WPA）成立於一九三九年，係羅斯福（Franklin D. Roosevelt）總統新政下促進就業的重要機構，在經濟大蕭條期間雇用了數百萬名美國人從事公共事業。

不容易。而且他必須在美國生活，從而擁有特別的機會。他的創造者希望他能夠證明自己值得擁有這個機會，不希望他走向毀滅。因為詩人在他的一切榮光和悲慘之中深愛著他所創造出的這個純真人物，他最心愛的夢想，他的繼承人。

一九四〇年八月於洛杉磯布倫塢（Brentwood）

法蘭茲・卡夫卡年表

一八八三年 法蘭茲・卡夫卡於七月三日在布拉格出生，是商人赫爾曼・卡夫卡（Hermann Kafka）和妻子茱莉・洛維（Julie Löwy）的第一個孩子。卡夫卡有三個妹妹，愛莉・卡夫卡（Elli Kafka）、娃莉・卡夫卡（Valli Kafka）與奧特拉・卡夫卡（Ottla Kafka）；另有兩名早夭的弟弟。

一八八九—一九〇一年 先於肉品市場旁的國民小學就讀，一八九三年進入舊城區的德語中學，一九〇一年夏天中學畢業。

一九〇一—一九〇六年 就讀於布拉格德語大學（Deutsche Universität Prag）；起初修習化學、德語文學及藝術史課程，後來改讀法律。

一九〇二年 十月時與馬克斯・布羅德（Max Brod）首次相遇。

一九〇四年 開始寫作〈一場戰鬥紀實〉（Beschreibung eines Kampfes）的初稿。

一九〇六年 於六月獲得法學博士學位。

一九〇六—一九〇七年 在布拉格地方與刑事法庭實習。

一九〇七年 著手寫作〈鄉村婚禮籌備〉（Hochzeitsvorbereitungen auf dem Lande）的初稿。

一九〇七—一九〇八年 於布拉格「忠利保險公司」擔任臨時雇員。

一九〇八年 三月時首度發表作品：在文學雙月刊《亥伯龍神》（*Hyperion*）發表了幾篇短篇散文，均以〈沉思〉（Betrachtung）爲題；七月三十日進入「波西米亞王國布拉格勞工事故保險局」任職。

一九〇九年 於初夏開始寫札記；九月時和布羅德兄弟一同去義大利北部旅行，隨後在布拉格的《波西米亞日報》（*Bohemia*）發表〈布雷西亞的飛行機〉（Die Aeroplane in Brescia）；秋天編修〈一場戰鬥紀實〉的第二個版本。

一九一〇年 三月底在《波西米亞日報》發表了幾篇以〈沉思〉爲題的短篇散文；十月時和布羅德兄弟前往巴黎旅行。

一九一一年 夏天時和馬克斯·布羅德前往瑞士、北義大利和巴黎旅行；九月底時在蘇黎世附近的「艾倫巴赫療養院」休養；遇見一個曾在布拉格演出數月的意第緒語劇團。

一九一二年 夏天時和馬克斯·布羅德前往萊比錫和威瑪旅行，隨後在哈茨山區施塔伯爾堡附近的「容波恩自然療養院」短期休養；八月時和菲莉絲·包爾（Felice Bauer）在布拉格首度相遇，九月時開始和她通信；寫出的作品包括〈判決〉（Das Urteil）和〈變形記〉（Die Verwandlung），卡夫卡同時開始創作長篇小說《失蹤者》（*Der Verschollene*，一九二七年由馬克斯・布羅德以《美國》〔*Amerika*〕爲題首度出版）；十二月，卡夫卡的第一本書《沉思》由德國萊比錫「恩斯特・羅沃特出版社」出版。

一九一三年 和菲莉絲密集通信；五月底時《司爐：一則斷簡》（*Der Heizer*，《失蹤者》的第一章）在「庫特・沃爾夫出版社」的《最新一日》文學叢刊（*Der jüngste Tag*）中出版；六月時〈判決〉在布羅德編集的年度文選《樂土》（*Arkadia*）中發表；九月時前往維也納、威尼斯及里瓦旅行。六月一日和菲莉絲在柏林正式訂婚，七月十二日解除婚約。

一九一四年 七月時經由德國北部呂北克前往丹麥的瑪麗里斯特旅行；八月初開始寫作小說《審判》（*Der Prozess*）；在接下來這段創作豐富的時間裡，卡夫卡還寫了〈在流刑地〉（In der Strafkolonie）等短篇故事。

一九一五年 一月時，在解除婚約後首次和菲莉絲見面；〈變形記〉發表於十月號的《白書頁》（*Die Weien Blätter*）文學月刊；獲頒「馮塔納文學獎」（Fontane-Freis）的卡爾・史登海姆（Carl Sternheim）把獎金轉贈給卡夫卡，作爲對他的肯定。

一九一六年 和菲莉絲的關係再度親密，七月時兩人一同前往馬倫巴度假；開始用八開的筆記簿寫作；十一月，《判決》在庫爾特・沃夫出版社的《最後一日》文學叢刊中出版。

一九一六—一九一七年 在位於黃金巷的工作室裡完成了許多短篇作品（主要包括後來收錄在《鄉村醫生》〔*Ein Landarzt*〕中的作品）。

一九一七—一九一八年 七月時和菲莉絲二度訂婚；八月時首度發現染患肺病的徵兆，九月四日診斷爲肺結核；十二月時二度解除婚約。

一九一七—一九一八年　在波西米亞北部的曲勞度過一段休養假期，住在一間農舍裡，由妹妹奧特拉料理家務；寫下一〇九條編號的《曲勞箴言錄》。

一九一九年　夏天時和茱莉・沃麗采克（Julie Wohryzek）訂婚；《在流刑地》於秋天在庫爾特・沃夫出版社出版；十一月時完成〈給父親的信〉（Brief an den Vater）。

一九二〇年　四月時在義大利梅蘭度過療養假期；開始和米蓮娜・葉森思卡（Milena Jesenska）通信；春天時在庫爾特・沃夫出版社出版了短篇故事集《鄉村醫生》；七月時解除了和茱莉・沃麗采克的婚約。

一九二〇—一九二一年　在塔特拉山的馬特里亞里療養（從一九二〇年十二月至一九二一年八月）。

一九二二年　從一月底至二月中於科克諾謝山的史賓德慕勒療養；開始寫作小說《城堡》（*Das Schloss*）；此外尚完成〈飢餓藝術家〉（Ein Hungerkünstler）等短篇；七月一日卡夫卡從「勞工事故保險局」退休；七月底至九月在波西米亞森林魯許尼茲河畔的卜拉那度過。

一九二三年　七月時在波羅的海的濱海小鎮米里茲和朵拉・迪亞芒（Dora Diamant）首度相遇；九月時從布拉格遷至柏林，和朵拉共同生活；寫出〈一名小女子〉（Eine kleine Frau）等作品。

一九二四年

健康情形惡化；三月時回到布拉格；完成〈約瑟芬、女歌手或者耗子的民族〉(Josefine, die Sängerin oder Das Volk der Mäuse)；四月時住進奧地利歐特曼一地的「維也納森林療養院」，隨後被送至維也納「哈謝克教授醫院」，最後住進維也納附近基爾林一地的「霍夫曼醫師療養院」；卡夫卡開始校訂他的故事集《飢餓藝術家》；六月三日去世；六月十一日葬於布拉格城郊史塔許尼茲的猶太墓園。

卡夫卡逝世百年紀念版

失蹤者

Der Verschollene

作　　者｜法蘭茲．卡夫卡　Franz Kafka
譯　　者｜姬健梅

副 社 長｜陳瀅如
總 編 輯｜戴偉傑
責任編輯｜涂東寧
行銷企劃｜陳雅雯、趙鴻祐
封面設計｜IAT-HUÂN TIUNN
內頁排版｜宸遠彩藝
印　　刷｜呈靖彩藝有限公司

出　　版｜木馬文化事業股份有限公司
發　　行｜遠足文化事業股份有限公司（讀書共和國出版集團）
地　　址｜231新北市新店區民權路108-3號3樓
電　　話｜(02)2218-1417
傳　　真｜(02)2218-0727
客服信箱｜service@bookrep.com.tw
客服專線｜0800-221-029
郵撥帳號｜19588272木馬文化事業股份有限公司
客服專線｜0800-221-029
法律顧問｜華洋法律事務所　蘇文生律師

初版一刷｜2024年12月

I S B N｜9786263147539
定　　價｜400元

國家圖書館出版品預行編目(CIP)資料

失蹤者 / 法蘭茲.卡夫卡(Franz Kafka)作 ; 姬健梅譯. -- 初版. -- 新北市 :
木馬文化事業股份有限公司出版 : 遠足文化事業股份有限公司發行, 2024.12
296　面 ; 14.8 X 21　公分　譯自 : Der Verschollene
ISBN 978-626-314-753-9(平裝)　　882.457　　113013932